노르타 왕국 및
주변 지역들

레이크랜즈

타리온 호수

초크

코르비움 로캐스타

에리스 호수

엘리전트 리버

프린스 스테이트

리프트

피타러스   타우

리프트 로드

워

피에드몬트

레드 퀸: 적혈의 여왕 II

RED QUEEN #1

by Victoria Aveyard

레드 퀸 : 적혈의 여왕 II

빅토리아 애비야드 | 김은숙 옮김

RED
QUEEN

황금가지

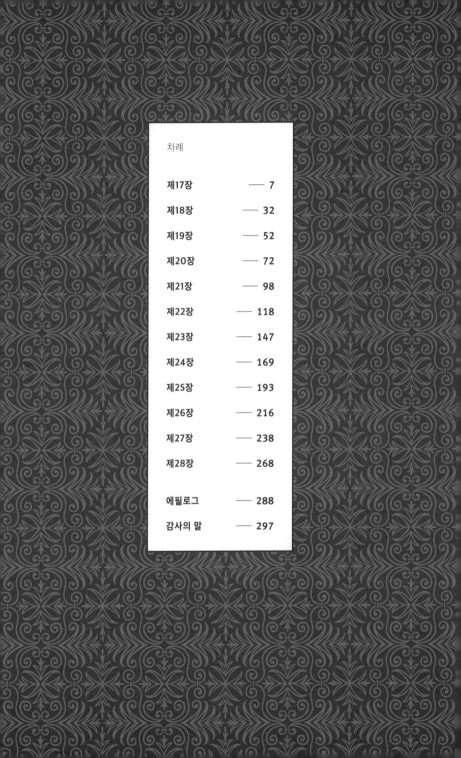

차례

제17장

"당연히 말도 안 됩니다."

메이븐이 으르렁거린다.

"그녀는 이제 막 두 주 훈련받았을 뿐이에요, 당신은 그녀를 반으로 쪼개 버릴걸요."

대답 대신 그저 어깨를 으쓱하는 에반젤린의 얼굴 위로 느릿한 비웃음이 떠오른다. 가만히 있는 다리와 달리 그녀의 손가락들은 춤을 추고 있는데, 그 손가락들이 내 피부 위를 집게발처럼 긁는 것을 거의 느낄 수 있을 것만 같다.

"만약 그렇다한들 어때서요?"

소녀가 끼어든다. 순간 그녀의 눈에 자기 할머니의 모습이 언뜻 비치는 듯하다.

"힐러들이 와 있어요. 아무 해도 남지 않을 거예요. 게다가 그녀가 우리랑 계속 훈련한다면, 그녀도 공평하게 해야 하지 않겠어요, 안 그런가요?"

아무 해도 남지 않는다. 나는 머릿속으로 코웃음을 친다. 아무 해는 남지 않겠지만 내 피가 모두에게 노출되겠지. 머릿속에서 심장 소리가 쾅쾅 울리고, 매초 점점 빨라진다. 머리 위로 밝게 빛나는 빛은 원형 경기장을 환하게 비추고, 내 피는 숨기기 어려울 테니 모두가 내가 어떤 존재인지 보게 되겠지. 적혈, 거짓말쟁이, 도둑.

"괜찮으시다면, 나는 경기장에 들어가기 전에 좀 더 관찰할 시간을 갖고 싶어요."

나는 은혈처럼 들리려고 최선을 다하면서 대꾸한다. 대신 내 목소리는 떨린다. 에반젤린이 그걸 눈치 챈다.

"싸우기는 너무 겁나나?"

한 손을 느릿느릿 가볍게 튕기며, 그녀가 긁어 댄다. 은색의 치아처럼 보이는 그녀의 칼들 중 하나가 대놓고 위협하듯 에반젤린의 허리를 빙글빙글 돈다.

"불쌍한 작은 번개 소녀."

그래. 나는 소리 지르고 싶다. 그래, 난 겁이 나. 하지만 은혈들은 그런 걸 인정하지 않는다. 은혈들은 자부심과 힘을 빼면 아무것도 없다.

그래서 나는 대신 그녀의 말을 면전에 되돌려 주며 대꾸한다.

"싸우게 되면, 나는 이길 겁니다. 나는 바보가 아니에요, 에반젤린. 그리고 난 아직 이길 수 없고요."

"경기장 밖에서의 훈련만이 당신이 유일하게 길게 할 수 있는 건가 보죠, 메리어나."

소녀가 내 거짓말에 바로 반응해서 고소하다는 듯 가르랑거린다.

"동의하지 않으세요, 선생님? 시도하지도 않는다면, 어떻게 이기길 기대할 수 있겠어요?"

아벤은 나에게 뭔가 다른 점이 있다는 것을, 내 능력과 힘에 이유가 있다는 것을 알고 있다. 하지만 그것이 무엇인지까지는 그가 헤아릴 수가 없어서, 그의 눈에는 호기심이 번뜩인다. 그도 내가 경기장에 서는 모습이 보고 싶은 것이다. 내 유일한 동맹인 칼과 메이븐이 걱정스러운 시선을 주고받으며, 이토록 흔들리는 땅을 어떻게 하면 헤쳐 나갈 수 있을지 생각 중이다. *저 사람들은 이런 일도 예상 못했던 거야? 이런 일이 올 수 있다는 생각도 못했냐고?*

어쩌면 이건 내가 계속 향하고 있던 길인지도 모르겠다. 훈련 중의 사고사, 왕비가 늘어놓기 좋은 또 다른 거짓말, 어디에도 속해 있지 않던 소녀가 맞기에 적절한 죽음. 이것은 내가 기꺼이 걸어 들어갈 덫이다.

게임은 끝날 것이다. 그리고 내가 사랑하는 모든 이들이 지게 되겠지.

"레이디 타이타노스는 돌아가신 전쟁 영웅의 딸이니, 그녀를 못살게 굴지 말게."

칼이 날카로운 시선을 여자애들에게 던지면서 으르렁거리듯 말한다. 그들은 거의 그의 말을 신경쓰지도 않고, 그의 불쌍한 방어에 웃음까지 터뜨린다. 그는 분명 타고난 싸움꾼이겠지만, 말로 싸워야 하는 때가 오니 바로 패배한다.

소냐는 심지어 그 말에 더 격분하고, 그녀의 음흉한 본성은 더 강력해진다. 칼이 경기장 안에서의 전사라고 한다면, 연설에 있어서는 그녀 쪽이 투사로, 그녀는 그의 말을 무서울 정도로 쉽게 왜곡한다.

"장군의 따님이시라면 경기장 안에서도 잘 하셔야겠죠. 어느 쪽인가 하면, 에반젤린이 두려워 해야 하지 않겠나요."

"그녀는 장군의 손에 자란 것이 아닙니다, 어리석게 굴지 마요."

메이븐이 조롱한다. 그가 아마도 이런 종류의 일에는 더 낫겠지만, 나로서는 그가 내 전투를 이기게 둘 수야 없다. 이런 여자애들을 상대로라면 더더욱.

"싸우지 않을 겁니다."

나는 다시 말한다.

"다른 사람에게 도전하세요."

에반젤린이 하얗고 날카로운 이를 드러내는 미소를 짓는 순간, 내 오래된 본능이 종처럼 머리를 울린다. 그녀의 칼이 공기를 뜨겁게 태우면서, 몇 초 전까지 내 목이 있던 지점을 통과하는 순간 나는 간신히 몸을 숙인다.

"나는 당신에게 도전합니다."

그녀가 쏘아붙이며 또 다른 칼을 내 얼굴에 날린다. 더 많은 칼이 그녀의 허리띠에서 날아올라, 나를 줄줄이 잘라 버릴 준비를 한다.

"에반젤린, 그만……."

메이븐은 소리를 지르고, 칼은 나를 일으켜 준다. 그의 눈이 걱정으로 생생하다. 아드레날린에 맞춰 내 피가 노래하고, 맥박이 어찌나 시끄럽게 뛰는지 나는 그가 속삭이는 말들을 거의 놓칠 뻔한다.

"그대가 더 빨라. 그녀가 계속 달리도록 만들어. 두려워하지 마."

또 다른 칼날이 번쩍 하더니, 이번에는 내 발치의 땅을 파고든다.

"그녀에게 그대가 피 흘리는 모습을 보여 주지 마."

어깨 너머로 에반젤린은 포식자 고양이처럼 배회하며 주먹 안에 칼날로 이루어진 번쩍이는 폭풍을 준비하고 있다. 바로 그 순간 어떤 것도, 어떤 누구도 그녀를 멈출 수 없으리라는 느낌이 든다. 왕자들조차도 못할 것이다. 나라면 그녀에게 이길 기회를 주지 않을 수 있다. *나는 질 수 없어.*

번쩍하는 번개가 나에게서 빠져나가서, 내 명령에 따라 공기를 통해 긴 줄을 남긴다. 번개는 그녀의 가슴을 때리고, 그녀는 그 충격에 뒤로 물러서며 경기장의 바깥쪽 벽과 충돌한다. 하지만 화를 내는 대신에, 에반젤린은 나를 신난 얼굴로 바라본다.

"이 경기는 빨리 끝내 줄게, 작은 번개 소녀."

그녀가 흘러내리는 은색 피를 닦아 내며, 큰 소리로 외친다.

주변의 다른 학생들은 물러나며, 우리 두 사람 사이를 힐끗힐끗 본다. 아마 그들이 살아 있는 나를 보는 마지막 순간이리라. *아니야.* 나는 다시 생각한다. *나는 질 수 없어.* 점점 강하게 집중하자, 힘에 대한 감각이 깊어지며 우리 주변으로 벽들이 움직이는 것도 거의 알아차릴 수 없을 정도로 강해진다. 철컥 철컥 프로보스가 경기장을 재구성하여 우리를 함께 가둔다. 적혈 소녀와 미소 짓고 있는 은혈 괴물을 함께.

그녀는 나를 향해 미소를 보이며, 바닥에서 벗겨낸 면도칼처럼 얇은 금속 조각으로 그녀의 의지에 맞는 모양을 만든다. 그것은 구부

11

러지고 부르르 떨며 살아 있는 악몽의 형태를 입는다. 보통 때 쓰던 칼날들은 새로운 전략을 위해 내던진다. 에반젤린의 생각대로 창조된 금속 생명체들이 바닥 위를 경쾌하게 달려서 그녀의 발 앞에 선다. 각각이 8개의 면도날 같은 다리를 가졌고, 날카롭고 잔인하다. 그것들은 해방되기를, 나를 조각내 버리기를 기다리며 몸을 떤다. *거미들*. 거미들이 벌써 내 위로 올라오기라도 한 것처럼 끔찍하게 기어가는 감각에 피부에 소름이 돋는다.

스파크가 내 손 안에서 생명을 얻고, 손가락 사이로 춤을 춘다, 물을 스펀지로 흡수하듯이 내가 방 안의 전기 에너지를 빨아들이자, 전등이 깜빡거린다. 힘이 내 몸을 달리고, 내 힘에 의해, 내 필요에 의해 움직인다. *나는 여기서 죽진 않을 거야.*

벽의 다른 한편에서, 메이븐이 미소를 짓는다. 하지만 그의 얼굴은 창백하고 겁에 질려 있다. 메이의 옆에 서 있는 칼은 움직이지 않는다. 전쟁에서 이길 때까지 군인은 눈도 깜빡하지 않는 법이다.

"누가 유리하지?"

아벤이 묻는다.

"메리어나인가, 에반젤린인가?"

아무도 손을 들지 않는다. 에반젤린의 친구들조차 그렇다. 대신, 그들은 우리가 서로 자신의 능력을 키우는 모습을 지켜본다.

다시 전구들이 깜빡이며 꺼졌다 켜지고, 과부하된 전선처럼 내 몸이 웅웅거린다. 번쩍이는 어둠 속에서 바닥을 기어 오는 에반젤린의 거미들이 금속 다리들을 끔찍한 합창처럼 챙그랑거린다.

다음 순간, 핏줄에 밀려드는 공포와 힘과 에너지 외에는 모든 것이 사라진다.

어둠과 빛은 왔다 갔다 하며 폭발하고, 우리는 함께 깜빡거리는 빛들의 이상한 전투 속으로 급락한다. 내 번개가 어둠 사이로 폭발할 때마다, 매번 거미들을 부서트리면서 자백색의 흔적을 남긴다. 칼의 충고를 머리에 새긴 채 나는 계속 움직이며 에반젤린이 나를 상처 입힐 만큼 긴 시간을 결코 바닥 위 한 자리에 머무르지 않는다. 그녀는 자신의 거미들 사이로 이리저리 몸을 흔들며 할 수 있는 한 내 불꽃을 재빨리 피한다. 삐쭉삐쭉한 금속이 내 팔을 잡아 뜯지만 가죽 슈트는 단단하다. 그녀는 빠르지만 나는 더 빠르고, 심지어 거미들이 내 다리를 할퀴고 있어도 그렇다. 잠깐은 그녀의 땋은 은색 머리가 내 손가락 사이로 빠져나간다. 하지만 나는 그녀의 달리기를 따라잡는다. *나는 이기고 있어.*

금속이 지르는 비명과 학생들의 환호 사이로 메이븐이 그녀를 끝장내라고 내게 고함지르는 소리가 들린다. 빛이 번쩍하고, 그녀의 위치를 찾기가 쉽진 않지만, 짧은 순간 나는 그들이 되는 것이란 어떤 것인지 느낀다. 절대적인 힘과 권력을 느끼고, 수백 만의 사람들은 할 수 없는 것을 할 수 있다는 사실을 아는 것. 에반젤린은 매일 이런 기분을 느끼겠지만 이제 내 차례다. *공포를 안다는 것이 어떤 것인지 가르쳐 주겠어.*

주먹이 등의 잘록한 허리 부분을 때리고, 몸의 나머지 부분으로 통증이 번진다. 무릎이 고통으로 휘어져 나는 바닥에 넘어진다. 에반젤린이 위에서 나를 누르고 그녀의 미소 짓는 입 주위로 은색 머리카락이 커튼처럼 펼쳐진다.

13

"말했잖아, 빠를 거라고."

그녀가 조롱한다.

다리가 스틸츠의 뒷골목에서 수도 없이 했던 방식으로 알아서 휙 움직인다. 심지어 킬런에게도 한두 번은 먹혔다. 발을 그녀의 다리에 붙인 채 그녀의 아래에서 몸을 쓸며 빠져나오자, 에반젤린은 내 옆의 바닥을 쿵 박는다. 등에서 느껴지는 폭발하는 듯한 고통에도 불구하고, 다음 순간 나는 그녀를 올라탄다. 손은 그녀의 얼굴에 부딪치는 순간조차 뜨거운 에너지로 탁탁 소리를 낸다. 고통이 손가락 뼈를 화끈거리게 하지만 나는 달콤한 은색 피를 보고 싶은 마음에 계속 몰아붙인다.

"빨랐으면 하고 바라게 될 거다."

나는 그녀를 압도하며 울부짖는다.

어쨌든 멍든 입술 사이로 에반젤린은 간신히 소리 내어 웃는다. 웃음소리가 사라지는 자리를 금속이 긁히는 거슬리는 소리가 차지한다. 우리 주변으로 전기구이가 되어 떨어져 있던 거미들이 다시 생명을 얻는다. 금속 몸체가 다시 모양을 찾고 접합부가 흔들거리며 그놈들은 망가진 연기 나는 짐승이 된다.

거미들은 놀라운 속도로 달려와 그녀를 나에게서 떼어 놓는다. 이제 붙들린 쪽은 내 쪽으로, 나는 비틀린 금속 조각들을 올려다보는 모양새가 된다. 손 안에서 불꽃이 죽고, 공포와 기진맥진함이 자리한다. *이 일이 끝나고 나면 힐러들조차 나를 고칠 수 없을 거야.*

면도날 다리들이 내 얼굴 위로 기어 올라오고, 붉고 뜨거운 피가 흐른다. 내 비명 소리가 들린다. 고통 때문이 아니라 패배로 인한 비명. *이것이 끝이라니.*

다음 순간 불꽃이 타오르는 팔이 금속 괴물들을 나에게서 떼어내고, 녀석들을 그저 검정 숯 더미로 불태워 버린다. 강한 손이 나를 일으키고, 머리를 만져 내 얼굴에 난 배반의 붉은 흔적을 가릴 수 있게 해 준다. 나는 메이븐에게 몸을 돌리고, 그는 나를 이끌고 훈련실을 나간다. 몸의 모든 부분이 떨리지만 그는 나를 침착하게 움직이도록 한다. 힐러가 내 쪽으로 오지만, 칼이 그를 가로막아 내 얼굴을 그의 시야에서 보호한다.

문이 우리 뒤로 쾅 하고 닫히기 직전, 에반젤린이 지르는 소리와 평상시에는 잔잔한 칼의 목소리가 되받아 소리치며 그녀에게 폭풍처럼 포효하는 것이 들린다.

마침내 다시 말을 하는 내 목소리는 연약하다.

"카메라, 카메라들이 보고 있어요."

"내 어머니에게 맹세한 감시병들만 카메라를 맡고 있어, 날 믿어, 카메라들은 우리가 걱정할 만한 거리가 아니야."

메이븐이 더듬으며 말한다. 그는 내 팔을 꽉 붙들고 있다. 마치 내가 그를 밀치기라도 할까 봐 걱정된다는 것처럼. 그의 손이 내 얼굴 위를 소리 없이 움직이며 소매로 피를 닦아내 준다. *만약 다른 사람이 본다면…….*

"줄리언에게 데려다 줘요."

"줄리언은 바보야."

그가 툴툴거린다.

복도의 먼 끝에서 사람들이 나타난다. 어슬렁거리는 귀족들 한 쌍이다. 그는 그들을 피하기 위해 나를 하인들 통로로 밀어 넣는다.

"줄리언은 내가 누구인지 알아요."

나는 그를 꼭 붙잡으면서 속삭인다. 그의 손아귀 힘이 강해지고, 나 역시 그렇다.

"줄리언은 무얼 해야 할지 알 거예요."

메이븐은 갈등하는 얼굴로 나를 내려다보지만 마침내 고개를 끄덕인다. 줄리언의 구역에 도착할 때쯤 출혈은 멎지만 내 얼굴은 여전히 엉망이다.

한 번 두드리자 그가 문을 열고 평소처럼 무방비한 모습을 보인다. 놀랍게도 그는 메이븐을 보고 얼굴을 찌푸린다.

"메이븐 왕자님."

그가 딱딱하고 거의 모욕에 가까운 절을 한다. 메이븐은 대꾸도 없이 나를 밀어 줄리언을 지나 그 뒤의 응접실로 들어간다.

줄리언은 작은 방들 여러 개를 가지고 있는데, 방들은 퀴퀴한 냄새가 나고 어둡기까지 해서 더 작게 느껴진다. 커튼이 오후의 해를 가리며 늘어져 있고, 바닥은 되는 대로 쌓여 있는 종이 더미로 인해 미끄럽다. 주전자가 구석에서 끓고 있는데, 주전자 아래에 놓인 금속 기계 조각이 아마도 스토브를 대신하고 있는 것 같다. 수업 시간 외에는 그를 전혀 보지 못한 것도 놀랄 일은 아닌 것이, 그는 필요한 모든 것을 여기에 다 갖추고 있는 듯하다.

"무슨 일입니까?"

그가 한 쌍의 더러운 의자를 우리에게 가리켜 보이며 묻는다. 지금 이 상황을 환영하지 않는 것이 분명하다. 나는 자리에 앉지만 메이븐은 거절하고 그대로 서 있다.

나는 얼굴에 드리운 머리카락을 치우고 내 정체성을 드러내는 번쩍이는 붉은 깃발을 보여 준다.

"에반젤린이 자제력을 잃었어요."

줄리언은 자기 두 발이 불편한 사람처럼 움직인다. 하지만 그를 꿈틀거리게 만드는 것은 내가 아니다. 메이븐이다. 서로를 보는 두 사람의 시선에는 내가 이해할 수 없는 어떤 이상한 무언가가 있다. 마침내 그가 다시 나에게 시선을 돌린다.

"나는 스킨 힐러가 아니에요, 메어. 내가 할 수 있는 최선은 당신을 소독해 주는 것뿐입니다."

"말했잖아. 아무것도 해 줄 수 있는 게 없을 거래도."

메이븐의 말에 줄리언의 입술이 조롱으로 말린다.

"사라 스코노스를 찾아와요."

줄리언은 쏘아붙이더니 턱을 앙 다문 채로 메이븐이 움직이기를 기다린다. 메이븐이 이토록 화난 모습은, 심지어 칼과 있을 때조차도 본 적이 없다. 하지만 다음 순간, 메이븐이나 줄리언에게서 뿜어져 나오는 것은 분노가 아니다. 그것은 증오다. 그들은 서로를 절대적으로 경멸하고 있다.

"가세요, *왕자 저하*."

줄리언의 입술을 통해 들으니 왕자라는 지위가 꼭 저주 같다.

메이븐은 마침내 마지못해 수긍하고는 문으로 사라진다.

"도대체 다 무슨 일이에요?"

내가 줄리언과 문을 가리켜 보이며 속삭인다.

"다음에요."

그가 얼굴을 닦으라고 하얀 천을 건네주며 말한다. 내 피가 천을 엉망으로 만들며 어두운 붉은색으로 물들인다.

"사라 스코노스가 누구예요?"

다시 한 번, 줄리언은 망설인다.

"스킨 힐러입니다. 그녀가 당신을 돌봐줄 거예요."

그가 한숨을 쉰다.

"그녀는 친구입니다. 신중한 친구죠."

나와 책 외에도 줄리언에게 친구가 있는지 몰랐지만, 나는 아무 질문도 하지 않는다.

잠시 후에, 메이븐이 방으로 돌아왔을 때, 나는 막 얼굴을 제대로 닦으려 애쓰고 있던 참이다. 여전히 끈끈하고 부어오른 느낌이지만. 내일이면 안 보이던 멍들이 여기 저기 생길 터고, 그때 가면 등이 어떻게 될지 알고 싶지도 않다. 에반젤린이 때린 곳에 생강처럼 혹이 자라는 것이 느껴진다.

"사라는……."

메이븐이 잠시 멈추더니 말을 세심하게 고른다.

"그녀는 내가 이 일을 위해 고를 만한 사람이 아니야."

왜인지 묻기도 전에, 문이 열리고 내 생각에는 사라일 것 같은 여인이 나타난다. 그녀는 조용하게 들어와서 눈만 간신히 들어올린다. 다른 사람들, 그러니까 블로노스 블러드 힐러들과는 달리, 그녀는 자신의 얼굴에 자랑스럽게 나이를 드러내고 있다. 주름과 폭 들어간

공허한 뺨에 나이가 드러난다. 그녀는 줄리언의 나이 또래로 보이지만, 어깨가 굽은 모습으로 볼 때, 그녀의 삶 역시 줄리언의 것과 그다지 많이 달랐을 것 같지가 않다.

"만나서 반갑습니다, 레이디 스코노스."

내 목소리는 차분하고, 날씨를 묻는 것처럼 들린다. 의전 수업이 그렇게까지 망해 가는 것만은 아니었나 보다.

하지만 사라는 대꾸하지 않는다. 대신 그녀는 의자 앞에 무릎을 꿇고 앉아, 거친 손으로 내 얼굴을 잡는다. 그녀의 손은 햇볕에 입은 화상에 뿌리는 물처럼 차갑고, 그녀의 손가락은 놀랍도록 부드럽게 내 뺨에 난 상처를 더듬는다. 그녀는 부지런히 작업을 해서, 얼굴의 다른 멍들도 치료해 준다. 등에 대해 언급하기도 전에, 그녀가 그 상처에 손을 미끄러트리는데, 무언가 매끄러운 얼음이 고통을 따라 흐른다. 모두 다 끝나는 데 걸리는 시간은 아주 잠시 동안이다. 나는 처음 이곳에 왔을 때 같은 상태가 된다. 사실은, 더 좋은 기분이다. 오래된 상처와 멍들이 완전히 사라졌다.

"고맙습니다."

나는 다시 말하지만, 그녀는 아무 답도 하지 않는다.

"고마워, 사라."

줄리언이 나직하게 말하고, 그녀의 눈은 회색 섬광이 비치는 그의 눈에 꽂힌다. 그녀는 고개를 가볍게 숙여 인사한다. 정말 눈에 보일 듯 말듯 한 인사다. 그는 앞으로 몸을 내민다. 그녀가 일어나는 것을 도와주려고 내민 그의 한 손이 가볍게 그녀의 팔을 스친다. 그들 두 사람은 마치 함께 춤을 추는 파트너들처럼 움직이고, 다른 이들은 아무도 들을 수 없는 음악을 두 사람만 듣고 있는 듯하다.

메이븐의 목소리가 그들의 침묵을 부순다.

"그게 다입니다, 스코노스."

사라가 줄리언의 손에서 빠르게 빠져나와 상처 입은 짐승처럼 문으로 재빨리 사라지는 동안 그녀의 조용한 침착함은 거의 티 나지 않을 숨겨진 분노로 녹듯이 변한다. 그녀가 자신의 뒤로 쾅 소리가 나게 문을 닫자, 유리 감옥 속에 갇힌 지도들이 액자 안에서 흔들린다. 줄리언의 손도 떨리고 있다. 그녀가 가고 난 후에도 한참 동안 떨리는 것이, 마치 그가 여전히 그녀를 느낄 수 있는 것 같다.

그는 감추려고 하지만, 그다지 잘하지는 못한다. 줄리언은 그녀와 한때 사랑에 빠졌고, 아마도 심지어 여전히 사랑하고 있는 듯하다. 그는 그녀가 다시 돌아오길 바라며, 귀신 들린 사람처럼 문을 바라본다.

"줄리언?"

"당신이 오래 자리를 비우면 비울수록, 더 많은 사람들이 수군거릴 겁니다."

그는 떠나라는 몸짓을 하면서 투덜거린다.

"내 생각도 그래."

당장이라도 문을 열고 나를 떠밀 듯한 메이븐이 문 쪽으로 움직인다.

"아무도 못 봤다고 확신해요?"

이제는 매끈하고 깨끗한 볼을 손으로 만져 본다.

메이븐은 잠시 생각하며 멈춰 선다.

"떠들 만한 사람은 아무도 못 봤어."

"비밀은 여기서는 비밀이 못 됩니다."

줄리언이 기분 나쁜 듯 중얼거린다. 그의 목소리는 생생한 분노로 떨리고 있다.

"왕자님도 아시겠지만요, 저하."

"*당신도 비밀과 거짓말 사이의 차이점은 알아야죠.*"

메이븐이 쏘아붙인다.

여기서 대체 무슨 일이 일어나고 있는 건지 미처 물을 새도 없이, 메이븐은 손을 내 허리에 두르고 나를 복도 밖으로 밀어낸다. 익숙한 형태가 우리를 멈추는 바람에 그다지 멀리 가지는 못한다.

"문제가 있니, 얘야?"

비단의 화신처럼 보이는 엘라라 왕비가 메이븐에게 말을 건다. 이상하게도 그녀는 감시병의 보호를 받지 않고 혼자 있다. 그녀의 눈이 여전히 내 손을 잡고 있는 메이븐의 손에 맴돈다. 처음으로, 나는 그녀가 내 생각들을 읽으려고 하는 느낌을 받지 못한다. *왕비는 지금 메이븐의 머릿속에 있는 거야, 내 머릿속이 아니라.*

"제 선에서 다 해결할 수 있습니다."

메이븐이 마치 내가 정신적 지주라도 되는 양 내 손을 더 세게 잡으며 말한다.

그녀는 그가 하는 말을 하나도 믿지 않는 듯이 눈썹을 치켜세우지만, 그에게 묻지는 않는다. 왕비가 누군가에게 뭐를 묻기는 하는지 의심스럽긴 하다. *대답을 전부 알고 있을 텐데.*

"최선을 다해서 서두르지 그래요, 레이디 메리어나. 아니면 오찬에 늦을 거예요."

그녀는 마침내 귀신같은 눈매를 나에게 돌리며 가르랑거린다. 이제 내 쪽이 메이븐에게 의지할 차례다.

"그리고 훈련 수업에서 조금 더 주의를 기울이는 게 좋겠군요. 붉은 피라는 건 깨끗하게 지우기가 너무 힘드니까."

"왕비님은 알고 있었죠."

나는 쉐이드 오빠를 생각하며 쏘아붙인다.

"얼마나 숨기기 어려워하는 것처럼 보이든, 그 때문에 오히려 나는 잘 알겠어요."

그녀의 눈이 내 외침에 놀라서 커진다. 누구도 그녀에게 이런 식으로 말한 적이 없었을 터라, 이렇게 대들고 나니 마치 스스로가 정복자가 된 기분이 든다. 하지만 오래 가지 않는다.

갑자기 몸이 뒤로 비틀리고, 탁 소리와 함께 복도 벽에 스스로를 내던진다. 왕비는 흉포한 줄로 조종되는 꼭두각시 인형처럼 나를 춤추게 만든다. 모든 뼈가 덜그럭거리고 목에는 금이 가고, 얼음 같은 파란 별들을 볼 때까지 머리가 뒤로 힘껏 밀린다.

아니, 별이 아니야. 눈이야. 왕비의 눈.

"어머니!"

메이븐이 소리 지르지만, 그의 목소리는 너무나 멀게 들린다.

"어머니, 멈춰요!"

손이 내 목 주변을 에워싸고, 몸은 딱딱하게 굳으며 내 몸에 대한 제어가 빠져나간다. 얼굴 위에 머무는 그녀의 숨결은 달콤하다. 너무 달콤해서 주저앉아 버릴 만큼.

"나에게 다시는 그렇게 말하지 말거라."

엘라라 왕비가 머릿속에서 속삭이는 것조차 귀찮을 정도로 화가 난 채 말한다. 그녀의 손아귀 힘이 강해지고, 나는 그러고 싶다고 한들 그녀의 말에 동의조차 할 수 없었을 것이다.

왜 왕비는 그저 나를 죽이지 않지? 숨이 막히면서도 그 점이 궁금하다. *내가 그토록 짐이 되고, 그토록 골칫거리라면 왜 그냥 날 죽이지 않는 거야?*

"됐어요!"

메이븐이 포효하자, 복도 위로 그의 분노가 일으킨 열기가 맥동한다. 흐릿한 어둠이 시야를 먹어치우고 있는 와중에도, 그가 놀랄 정도의 힘과 배짱으로 왕비를 나에게서 떼어내는 것이 보인다.

그녀의 능력이 몸을 여전히 마비시킨 상태라, 나는 벽에 털썩 하고 몸을 기댄다. 엘라라 왕비는 충격으로 마음이 동요한 듯, 몸을 비틀거린다. 이제 그녀의 시선은 메이븐에게, 자신에게 맞선 친아들에게 향한다.

"스케줄로 돌아가, 메어."

그가 어머니의 시선을 피하지 않고 부글거리며 말한다. 그녀가 그의 머릿속에서 고래고래 고함을 지르며, 나를 보호한 행동을 두고 그를 꾸짖고 있으리라는 것은 명백하다.

"가!"

메이븐의 피부를 중심으로 열기가 온 곳에 타닥타닥 타오르며 방사형으로 퍼지고, 잠시 동안 나는 칼의 신중한 온도를 떠올린다. 메이븐도 불꽃을 숨기고 있던 것 같다. 심지어 더 센 녀석으로. 그것이

23

폭발할 때 근처에 있고 싶은 마음은 없다.

나와 왕비 사이에 할 수 있는 한 먼 거리를 벌리려고 애를 쓰며 재빨리 도망치지만, 두 사람을 돌아보지 않을 수가 없다. 그들은 서로를 뚫어져라 바라보며, 내가 이해할 수 없는 게임을 하며 싸우는 두 말들처럼 서 있다.

방에 돌아오니, 하녀들이 침묵 속에서 기다리고 있다. 팔에는 또 다른 금박을 입힌 드레스를 걸치고 있다. 한 명이 나에게 보라색 보석과 비단으로 이루어진 굉장한 것을 입히는 동안, 다른 하녀들은 머리와 화장을 고쳐 준다. 늘 그렇듯, 그들은 한 마디도 하지 않는다. 심지어 내가 그런 아침을 겪은 후라서 제정신이 아닌 듯 어찌할 바 모르는 상태로 보이는 데도.

점심은 완전히 사건의 혼합이다. 대개 여자들은 다가올 결혼식이라든가 아니면 부유한 숙녀들이 떠들법한 모든 종류의 멍청한 주제들을 논의하며 함께 식사를 하지만, 오늘은 다르다. 우리는 강을 내려다보는 테라스에 자리를 잡는다. 사람들 사이로 붉은색 제복을 입은 하인들이 미끄러지듯 다니는데, 그들이 입은 옷은 전보다 더 유난히 군대 스타일이다. 마치 우리가 부대 전체와 함께 식사를 하고 있는 것처럼 보인다.

칼과 메이븐도 메달을 번쩍이며 나타나서, 왕이 군인들과 직접 손을 흔들며 인사하는 사이에 반가운 대화를 나누며 미소 짓는다. 모든 군인들은 어리고, 은색 휘장이 달린 회색 군복을 입고 있다. 오빠들이나 다른 적혈들이 징병될 때 지급받는 지저분한 붉은색 군인용 훈련복과는 전혀 다르다. 그렇다, 이 은혈들은 참전할 것이다. 하지만 진짜 전투는 아닐 것이다. 그들은 중요한 사람들의 딸과 아들이고, 그들에게 전쟁은 그저 또 하나의 방문지일 뿐이다. 자신들의 훈련에 있어서의 또 다른 단계. 우리에게는, 한때는 나에게도 그랬지만, 전쟁은 막다른 길이다. 죽음이다.

하지만 나는 여전히 내 의무를 다해야 하고, 미소를 짓고 그들과 악수하고 그 용감한 봉사에 대해서 감사해야만 한다. 단어 하나하나가 씁쓸하다. 나는 사람들을 피해서 식물들로 반쯤 가려진 벽감에 숨는다. 군중이 내는 소음은 정오의 태양과 함께 점점 커지지만, 그래도 나는 숨을 다시 쉴 수 있다. 적어도, 잠시 동안은.

"다 괜찮나?"

칼이 옆에 서서, 나를 걱정하는 얼굴로 바라보고 있다. 하지만 이상하게 편안한 모습이다. 그는 군인들에게 둘러싸여 있는 것이 좋은 것이다. 그것이 그의 자연스러운 본성이라는 생각이 든다.

사라지고 싶은 심정이지만 나는 척추를 곧게 편다.

"미인 대회의 팬이 아니라서요."

그가 얼굴을 찌푸린다.

"메어, 저들은 전선으로 가는 거야. 다른 사람들은 몰라도 그대만큼은 저들에게 적절한 배웅을 해 주고 싶으리라고 생각했는데."

웃음이 총성처럼 내게서 새어나온다.

"내 인생의 어느 부분이 왕자님에게 내가 이 버릇없는 녀석들이 마치 휴가라도 떠나듯 전쟁터로 가는 걸 신경 쓸 거라고 생각하게 만든 거죠?"

25

"그저 그들이 가기로 선택되었다고 해서 그들이 덜 용감하다는 뜻은 아니니까."

"글쎄요, 저들이 자신들의 병영과 보급품과 집행 유예와 내 오빠들은 결코 받을 수 없었던 모든 것들을 즐겼으면 좋겠네요."

이 자발적인 군인들이야 실제로는 단추조차 원하지 않으리라고 생각하지만.

나를 향해 소리치고 싶은 것처럼 보이지만, 칼은 분노를 삼킨다. 이제는 그가 자기 기분에 따라 무엇을 할 수 있는지 알기에, 나로서는 그가 그렇게까지 스스로를 제어할 수 있다는 것이 놀랍다.

"이건 최초로 완전히 은혈들로만 이루어져 참호로 뛰어들게 될 부대야."

그가 침착하게 말한다.

"저들은 적혈들과 함께 싸울 거고, 적혈들처럼 입고, 적혈들과 함께 복무할 거야. 레이크랜즈 군인들은 그들이 누구인지, 그들이 언제 초크에 도달할지 알 수 없을걸. 그리고 폭탄이 떨어지면, 적들이 선을 넘으려고 하면, 그들은 자신들이 얻으려고 했던 것 이상을 돌려받게 될 거야. '그림자 부대'가 그들을 상대할 테니."

갑자기 나는 흥분과 오싹함을 동시에 느낀다.

"독창적이네요."

하지만 칼은 내 인정에 흡족해하지 않는다. 오히려 그는 슬퍼 보인다.

"내게 이 아이디어를 준 건 그대야."

"네?"

"그대가 퀸스트라이얼에 떨어졌을 때, 누구도 뭘 해야 할지 몰랐지. 레이크랜즈 군인들도 똑같이 느끼리라고 확신한다."

말을 하려고 해 보지만, 아무 소리도 나오지 않는다. 나는 전투 책략은 고사하고, 결코 어떤 것에도 영감을 주는 존재였던 적이 없다. 칼은 더 많은 말을 하고 싶은 사람처럼 나를 보지만, 아무 말도 하지 않는다. 우리 둘 다 무슨 말을 해야 할지 모른다.

훈련 수업을 함께 듣는 소년, 윈드위버 올리버가 한 손으로 칼의 어깨를 탁 친다. 다른 손에는 음료가 출렁이는 잔을 들고 있다. 그도 군복을 입고 있다. *애도 싸우러 가는 거야.*

"왜 숨고 그러세요, 왕자님?"

그가 우리 주변의 사람들을 가리켜 보이며 빙그레 웃는다.

"레이크랜즈 놈들이랑 비교하면, 이 무리쯤은 우습겠죠!"

칼의 눈이 내 눈과 마주치고, 그의 뺨이 은색으로 물든다.

"레이크랜즈 놈들이라면 언제라도 상대할 수 있지."

그는 대꾸하면서도 내 눈에서 결코 시선을 떼지 않는다.

"왕자님도 저들과 함께 간다고요?"

올리버가 칼 대신, 전쟁으로 향하는 소년치고는 지나치게 활짝 웃으면서 내 질문에 대꾸한다.

"함께 가냐고요? 왕자님은 우리를 지휘하실 거예요! 온전히 전선으로 향하는 왕자님의 직속 부대죠."

느리게, 칼은 올리버의 시야 밖으로 움직인다. 취한 윈드위버는 알아차리지도 못하고 계속 떠들고 있다.

"왕자님은 역사상 가장 어린 장군이자 전선에서 싸운 최초의 왕자가 될 거라고요."

그리고 최초로 죽은 왕자가 되겠지. 비참한 목소리가 머릿속에서 속삭인다. 본능과는 반대로, 나는 칼에게 팔을 뻗는다. 그는 나를 피하지 않고, 내가 자신의 팔을 잡도록 내버려 둔다. 지금 그는 왕자나 장군이나 심지어는 은혈로도 보이지 않는다. 술집에서 만났던 소년, 나를 구하고자 했던 바로 그 소년처럼 보인다.

내 목소리는 작지만 강하다.

"언제요?"

"그대가 수도로 떠날 때, 무도회 후에. 그대는 남쪽으로 가겠군."

그가 중얼거린다.

"나는 북쪽으로 갈 테고."

킬런이 처음 내게 자신이 싸우러 가야 한다고 했던 때처럼 공포가 주는 차가운 충격이 내 몸에 파문처럼 번진다. 하지만 킬런은 어부이자 도둑이었고, 살아남는 법을 아는, 갈라진 곳을 피해 미끄러질 줄 아는 사람이다. 칼과는 다르다. 칼은 군인이다. 그는 그래야 한다면 죽을 것이다. 그는 자신의 전쟁을 위해 피를 흘릴 것이다. 왜 이런 생각이 나를 공포에 질리게 하는지 모르겠다. 왜 신경이 쓰이는지, 대답할 수 없다.

"칼 왕자님과 함께 전선에 가면, 이 전쟁은 마침내 끝날 거예요. 왕자님과 함께라면, 우리는 이길 수 있어요."

올리버가 바보처럼 미소 지으며 말한다. 다시, 그는 칼의 어깨를 잡는다. 하지만 이번에는 칼을 붙들고 파티로 돌아가 버린다. 나만 뒤에 남겨둔 채.

누군가가 내 손에 차가운 음료수를 건네주기에, 나는 단숨에 그걸 마셔 버린다.

"천천히 마셔."

메이븐이 툴툴거린다.

"아직 오늘 아침에 대해 생각하는 거야? 아무도 그대 얼굴을 못 봤어, 내가 감시병들까지 확인했어."

하지만 칼이 아버지와 악수하는 모습을 지켜보는 내 머릿속에서 그 문제는 이미 멀리 사라진 지 오래다. 그는 얼굴에 아름다운 미소를 붙이고 있다. 오직 나만이 꿰뚫어 볼 수 있는 가면을 쓴 채로.

메이븐이 내 시선과 생각을 좇는다.

"형님이 원한 거야. 전부 자신의 선택이었어."

"그렇다고 해서 우리가 그 사실을 좋아해야 한다는 뜻은 아니잖아요."

"내 아들 장군!"

티베리아스 왕이 어찌나 굵은 목소리로 말하는지, 그의 자랑스러운 목소리는 파티의 소음 사이를 뚫고 선명하게 들린다. 잠시 동안, 그가 칼을 가까이 당겨 자신의 팔로 끌어안을 때, 나는 그가 왕이라는 사실을 잊는다. 나는 그를 기쁘게 해 주고 싶은 칼의 마음을 거의 이해할 수 있다.

어머니가 나를 저렇게 보는 걸 위해서, 나는 무엇을 할 수 있었을까? 고작 도둑 외에는 아무것도 아니었던 시절로 돌아가서. 이제는 뭘 할 수 있지?

이 세계는 은색이지만, 또한 잿빛이다. 흑백은 없다.

그날 밤 저녁 식사 한참 후에, 누군가 내 문을 두드린다. 윌시와 또 다른 비밀 메시지를 담은 찻잔을 예상하지만 대신 그곳에 서 있는 이는 칼이다. 군복이나 갑옷 차림이 아닌 그는 자신의 모습 그대로인 소년처럼 보인다. 이제 막 19살이 된 소년, 죽음이나 위대함, 아니면 그 모두의 경계선에 있는 모습으로.

나는 잠옷 차림에 오그라든 채, 가운을 입었더라면 좋았을걸 하고 깊이 생각한다.

"왕자님? 무슨 일이에요?"

그가 조금 능글맞은 미소를 띠며 어깨를 으쓱거린다.

"에반젤린이 오늘 경기장에서 그대를 거의 끝장낼 뻔했지."

"그래서요?"

"그래서 난 에반젤린이 댄스 플로어 위에서까지 그대를 끝장내는 모습만큼은 보고 싶지 않거든."

"내가 뭘 놓친 거죠? 무도회에서도 싸움이 있어요?"

그는 문틀에 기대면서 웃음을 터뜨린다. 하지만 그의 발은, 마치 그럴 수 없는 것처럼 결코 내 방에 들어오지 않는다. 아니면 그러면 안 된다는 듯이. *너는 칼의 동생의 아내가 될 거잖아. 그리고 그는 이제 전쟁터로 갈 거고.*

"그대가 만약 적절하게 춤추는 법을 안다면, 싸울 필요도 없지."

일생 내내 내가 얼마나 춤을 못 췄는지 언급했던 것을 기억해 낸다. 블로노스의 지독한 지휘 아래에서도 안 되는데, 칼이 어떻게 나를 도울 수 있단 말인가? 그리고 왜 그러고 싶어 하는데?

"난 놀랄 만큼 훌륭한 교사거든."

그가 삐뚜름한 미소를 지으며 덧붙인다. 그가 나를 향해 손을 내밀자, 몸이 떨린다.

그러면 안 되는 걸 안다. 문을 닫고 이 길을 가지 말아야 한다는 것도 안다.

하지만 그는 싸우러 떠날 거야, 어쩌면 죽을 거야.

떨리는 채로, 나는 내 손을 그의 손에 맡기고, 그에게 이끌려 방 밖으로 나선다.

제18장

바닥 위로 쏟아지는 달빛은 서로를 알아보기 충분할 정도로 밝다. 은색 빛 아래, 내 피부의 홍조는 거의 보이지 않는다. 나는 은혈처럼 보인다. 칼이 응접실을 재배치해서 연습할 공간을 만드는 동안, 의자들이 나무 바닥을 긁는다. 방은 한적하지만, 카메라들이 웅웅거리는 소리는 결코 멀어지지 않는다. 엘라라 왕비의 사람들이 지켜보고 있을 것이다. 하지만 아무도 우리를 제지하러 오지는 않는다. 아니 더 정확히 말하면, 칼을 제지하러 오진 않는 거겠지.

그는 낯선 장비를 꺼낸다. 작은 박스인데, 그는 그것을 윗도리에서 꺼내서 바닥 가운데에 놓는다. 그가 신나는 일을 기다리는 듯한 얼굴로 그것을 바라보며, 무언가를 기다린다.

"그 물건이 춤추는 법을 알려 주는 건가요?"

그가 여전히 미소를 지으면서 머리를 흔든다.

"아니야, 하지만 도움은 될 거야."

갑자기 상자에서부터 맥박치듯 음악이 터져 나오고, 나는 그것이 고향 경기장에 있는 것 같은 스피커라는 사실을 깨닫는다. 다만 이 것은 전투가 아니라, 음악을 위한 것이다. 죽음이 아니라, 삶을 위한 것이다.

멜로디는 밝고 빠르고, 심장박동 같다. 내 바로 맞은편의 칼이 더 크게 미소를 짓고, 그의 발은 음악에 맞춰 바닥을 두드린다. 나도 저 항할 수가 없다. 내 발은 음악에 맞춰 꼼지락거린다. 이 음악은 블로 노스의 교실의 차갑고 기계적인 음악과도, 고향의 슬픈 노래들과도 다르게 너무 통통 튀고 낙천적이다. 발이 레이디 블로노스가 내게 가르치려고 했던 스텝을 기억하려 애쓰며 미끄러진다.

"지나치게 신경 쓸 필요 없어, 그냥 계속 움직여."

칼이 웃음을 터뜨린다. 드럼 소리가 음악 위로 명랑하게 울리고, 그는 음악을 따라 콧노래를 부르면서 빙글 돈다. 처음으로, 그는 어 깨에 왕좌의 무게를 짊어지지 않은 사람처럼 보인다.

나도 공포와 걱정들을 내려놓고 같은 기분이 된다. 몇 분만이라 해도. 이건 칼의 오토바이에 타고 날았을 때처럼, 또 다른 종류의 자 유다.

칼은 아마 이런 춤을 나보다는 더 잘 추겠지만, 그래도 여전히 바 보처럼 보인다. 나 역시 분명 어마어마하게 멍청이처럼 보일 것이라 는 걸 그저 상상만 할 수 있을 뿐이다. 그럼에도, 노래가 끝나니 슬 프다. 음들이 공기 중으로 사라지자, 다시 현실로 떨어진 것만 같은 느낌이 든다. 그 차가운 이해에 소름이 끼친다. *나는 이곳에 있어서*

는 안 돼.

"그렇게 좋은 생각은 아닌 것 같아요, 왕자님."

그가 기분 좋은 얼굴로 이해가 안 간다는 듯 머리를 기울인다.

"왜 그렇게 생각해?"

정말로 내가 그 말을 꼭 하게 만들어야겠나 봐.

"난 심지어 메이븐 왕자님하고도 단둘이는 있지 못하도록 되어 있는걸요."

그 말을 하려니 더듬거리게 되고, 얼굴이 달아오른다.

"왕자님이랑 이렇게 어두운 방에서 춤을 추는 것이 정말로 괜찮은지 모르겠어요."

논쟁하는 대신에, 칼은 그저 소리 내어 웃으며 어깨를 으쓱한다. 또 다른 노래가, 잊을 수 없는 음으로 느리게 방을 채운다.

"내가 생각하기에는 말이지, 내가 내 동생을 도와주고 있는 것 같은데."

다음 순간 그가 뒤틀린 미소를 짓는다.

"그대가 내 동생의 발을 밤 내내 밟고 싶은 게 아니라면 말이지."

"내 발 디딤은 훌륭하거든요, 칭찬 감사합니다."

나는 팔짱을 끼며 말한다.

느리고, 부드럽게, 그가 내 손을 잡으며 말한다.

"아마도 경기장에서는 그렇겠지. 댄스 플로어에서는, 별로 그렇지 않을걸."

나는 그의 발이 음악에 맞춰 움직이는 모습을 보려고 시선을 내린다. 그는 나를 잡아당겨 강제로 리드하고, 최선을 다해서 노력했

34

음에도 불구하고 나는 그에게 발이 걸리고 만다.

그는 내가 틀렸다는 사실을 증명한 것이 기뻐 미소를 짓는다. 그는 가슴으로부터 군인이고, 군인들이란 이기는 걸 좋아하는 법이다.

"이 곡은 그대가 무도회에서 듣게 될 대부분의 노래들과 똑같은 타이밍이야. 간단한 춤이지, 배우기 쉬워."

"어떻게든 망칠 방법을 찾아볼게요."

나는 투덜거리며 그에게 밀려 바닥을 돈다. 우리의 발은 거칠게 네모 모양을 따라가고, 그가 그토록 가깝다는 사실이나 그의 손에 박인 굳은살에 대해서는 생각하지 않으려고 애를 쓴다.

놀랍게도, 그 손은 내 손과 비슷한 느낌이다. 수년간의 노력으로 거칠어진 손.

"해 보든가."

그가 중얼거린다. 그는 미소를 싹 지운다.

그간 칼이 나보다 키가 크다는 사실에 익숙해 있었는데, 오늘밤 그는 더 작아 보인다. 어쩌면 어둠 때문에, 아니 어쩌면 춤 때문에 그런지도 모른다. 그는 내가 처음 만났을 때의 모습처럼 보인다. 왕자가 아닌, 그냥 사람.

그의 눈이 내 얼굴을 물끄러미 보며, 내 상처가 어디에 있는지 훑는다.

"메이븐이 그대를 꽤 잘 고쳐 주었군."

그의 목소리에는 이상한 쓰라림이 있다.

"줄리언이 해 준 거예요. 줄리언이랑 사라 스코노스요."

메이븐이 그랬던 것처럼은 강하지 않지만, 칼의 턱이 단단해진다.

"왕자님들도 그녀를 좋아해 보면 어때요?"

"메이븐에게는 이유가 있지, 제대로 된 이유가. 하지만 내 이야기는 말할 만한 성질의 것이 아니야. 그리고 나는 사라를 *싫어하지 않아*. 그녀에게 대해서 생각하고 싶지 않은 거야."

그가 웅얼거린다.

"왜요? 그녀가 왕자님께 무슨 일을 했기에요?"

"나에게는 아니지."

그가 한숨을 쉰다.

"그녀는 외삼촌과 내 어머니와 함께 자랐어."

자신의 엄마에 대해 언급하는 순간 그의 목소리가 낮아진다.

"그녀는 우리 어머니의 가장 친한 친구였지. 그리고 어머니가 돌아가셨을 때, 사라는 어떻게 비통해 해야 하는지 몰랐어. 외삼촌은 만신창이가 되셨지만, 사라는……."

그가 어떻게 이어나가야 하는지 망설이며 말꼬리를 흐린다. 우리의 스텝은 느려지다가 마침내 멈추고, 음악은 우리 주변을 메아리치다 얼어붙는다.

"나는 어머님이 기억나지 않아."

그가 스스로에게 설명하려는 것처럼 날카롭게 말한다.

"어머님이 돌아가셨을 때, 나는 심지어 한 살도 안 됐었어. 나는 오직 아버님이 내게 해 주시는 말씀, 외삼촌이 내게 해 주시는 이야기로 알 수 있을 뿐이야. 그리고 두 분 모두 어머님에 대해 얘기하는 걸 좋아하시지 않아."

"분명 사라가 왕자님께 어머님 이야기를 해 줄 수 있었을 텐데요,

두 사람이 친한 친구사이였다면요."

"사라 스코노스는 말을 할 수 없어, 메어."

"전혀요?"

칼은 그의 아버지가 사용하던 것 같은 차분한 목소리로 느리게 말을 잇는다.

"그녀는 말해서는 안 될 것들을 말했어, 끔찍한 거짓말들을. 그래서 그 대가를 치러야만 했지."

공포가 얼룩진다. 말을 할 수 없다.

"그녀가 뭐라고 했기에요?"

아주 짧은 순간, 내 손가락 아래에서 칼이 얼어붙는다. 그는 음악이 마침내 끝나자 뒤로 물러서며 내 팔 밖으로 빠져나간다. 빠른 동작으로 그는 스피커를 주머니에 넣고, 우리 두 사람의 심장이 쿵쿵 뛰는 소리만이 침묵을 채운다.

"그녀에 대해서는 더 이상 얘기하고 싶지 않아."

그가 무겁게 숨을 내쉰다. 그의 눈은 이상할 정도로 빛나고, 나와 창문 사이로 달빛이 한가득 반짝거린다.

무언가가 내 심장 안에서 꿈틀거린다. 그의 목소리에 담긴 고통이 나를 아프게 한다.

"알았어요."

재빠르고 신중한 발걸음으로 그가 문을 향한다. 달아나지 않으려고 몹시 노력하는 것처럼 보인다. 하지만 다시 돌아서서 방 건너편에서 나와 얼굴을 마주하는 순간, 그의 모습은 평소와 똑같이 침착하고, 차분하며, 무심하다.

"스텝을 연습해 둬."

무척 레이디 블로노스와 비슷한 투로 그가 말한다.

"내일 똑같은 시각에."

그러고 나서 그는 나를 메아리만이 가득한 방에 홀로 남기고 사라진다.

"내가 도대체 뭘 하고 있는 거람?"

나는 누구에게도 아닌 나 자신에게 투덜거린다.

방을 가로질러 침대로 반쯤 향하던 중에 나는 내 방의 어떤 부분이 아주 잘못되었다는 사실을 깨닫는다. 카메라들이 꺼져 있다. 단 한 개도 나를 향해서 웅웅거리고 있지 않고, 전기적 눈을 통해서 보고 있지도, 내가 하는 일을 모두 기록하고 있지도 않다. 하지만 이전의 정전 때와는 다르게, 나를 둘러싼 모든 다른 것들은 여전히 시끄럽게 윙윙거린다. 전기는 여전히 벽을 따라 맥동하고 있다. 내 방만 빼고 모든 방에서.

팔리.

하지만 혁명분자 대신에, 메이븐이 어둠 속에서 걸어 나온다. 그는 커튼을 옆으로 밀어서, 서로를 알아볼 정도로 충분한 달빛이 들어오도록 한다.

"심야 산책?"

그가 쓴 미소를 지으며 말한다.

나는 말을 찾느라 입을 쩍 벌린다.

"왕자님도 지금 여기 있으면 안 된다는 사실을 알 텐데요."

나는 스스로 진정하길 바라며 억지로 미소를 짓는다.

"레이디 블로노스가 분개하시겠어요. 우리 둘 다에게 벌을 주실 거예요."

"어머니의 사람들이 내게 한두 가지 빚진 게 있거든."

그가 카메라가 어디에 숨어 있는지 손가락으로 가리켜 보인다.

"블로노스는 유죄를 확신할 증거를 찾지 못할걸."

어쨌든 그렇다고 해도 마음이 편해지지는 않는다. 대신에, 피부 위를 떨림이 내달린다. 공포는 아니지만, 예상은 할 수 있다. 떨림은 점점 깊어지고, 메이븐이 나를 향해 신중한 발걸음을 딛을 때 신경 은 감전된 듯하다.

그는 만족처럼 보이는 감정으로 얼굴을 물들이며 나를 본다.

"때때로 나는 잊곤 해."

그가 내 뺨을 쓰다듬으며 중얼거린다. 손가락은 마치 그가 내 핏 줄에서 맥박 치는 색깔을 느낄 수 있는 것처럼 머문다.

"사람들이 그대를 매일 색칠하지 않았으면 좋겠어."

그의 손가락 아래에서 내 피부가 떨린다. 하지만 나는 그 기분을 무시한다.

"같은 생각이에요."

그의 입술이 미소를 지으려는 것처럼 비틀리지만, 그는 끝내 미소 는 짓지 않는다.

"무슨 일이에요?"

"팔리가 다시 접촉해 왔어."

그는 떨리는 손가락을 감추려고 주머니에 손을 쑤셔 넣으며 뒤로 물러선다.

"그대는 여기 없너군."

운이 따랐네.

"팔리가 뭐래요?"

메이븐은 어깨를 으쓱한다. 그는 창문으로 걸어가서 밤하늘을 응시한다.

"그녀는 대부분의 시간을 질문만 던졌어."

목표물들. 그녀가 다시금 그를 압박했던 것이 틀림없다. 메이븐은 주고 싶어 하지 않는 정보들을 얻어내기 위해서. 나는 그의 풀죽은 어깨, 목소리의 떨림으로 그가 말하고 싶어 하는 것 이상의 것을 읽는다. 더 많은 것을.

"누구예요?"

내 마음은 여기서 만났던 수많은 은혈들에게로 날아간다. 나름 그들의 방식으로 내게 친절했던 사람들에게로. 그들 중 어떤 누구라도 그녀의 혁명에 희생될 수 있지 않을까? 누가 표적이 될 것인가?

"메이븐 왕자님, 왕자님이 누굴 포기한 건데요?"

빙글 돌아서는 그의 눈에 내가 본 적 없는 흉포함이 번뜩인다. 잠시 동안 나는 그가 불꽃을 터뜨릴까 봐 무섭다.

"정말 그러고 싶지 않았지만, 그녀의 말이 옳아. 아직도 앉아 있을 수만은 없어, 우리는 행동해야만 해. 그것이 내가 그녀에게 사람들을 내어 줘야 한다는 의미라면, 그 일을 할 거야. 좋지는 않지만, 해야 해. 그래서 했어."

칼처럼 그도 스스로 진정하기 위해서 흔들리는 숨을 길게 뱉는다.

"나는 아버지와 함께 의회에 앉아서 세금과 보안과 방어에 대해서 논의하지. 나의…… 아니 은혈들이 누구를 그리워하게 될지 나는 잘 알아. 그녀에게 이름 네 개를 줬어."

"누구를요?"

"레이날드 아이럴. 프톨레무스 사모스. 엘린 매칸토스. 벨리코스 르롤란."

고개를 끄덕이기도 전에 한숨이 내 입에서 빠져나온다. 이 죽음들은 숨길 수 없을 것이다. 에반젤린의 오빠와 대령은…… 정말로 사람들이 그리워 할 만하다.

"매칸토스 대령은 왕자님 어머니가 거짓말하는 걸 알아차렸어요. 그녀는 다른 공격들에 대해서도 알고 있……."

"그녀는 군단의 반을 지휘하고 군사 회의를 이끌지. 그녀가 없으면 전선은 몇 달 간 엉망이 될걸."

"전선요?"

칼. 그의 부대.

메이븐이 고개를 끄덕인다.

"아버지는 이 일 후에는 후계자를 전쟁으로 보내지 않으실 거야. 공격이 집에서 가까이 일어나면 일어날수록, 아버지는 결코 형님을 수도 바깥으로 내보내지 않으실걸."

그렇다면 그녀의 죽음이 칼을 구하겠구나. 그리고 진홍의 군대도 돕고.

쉐이드 오빠가 이 일 때문에 죽었지. 그의 조직은 이제 내 조직이 되었어.

"일석이조네요."

나는 뜨거운 눈물이 떨어지려고 하는 느낌에 숨을 들이쉰다. 이 일이 아무리 어렵다 해도, 그녀의 목숨을 칼의 것과 바꿀 것이다. 수천 번이라도 그 일을 할 것이다.

"네 친구도 이 일의 일부라고 하더라."

무릎이 떨리지만, 똑바로 서려고 애를 쓴다. 메이븐이 무겁고 냉담한 마음으로 계획을 설명하는 동안 나는 분노와 공포 사이에서 왔다 갔다 한다.

"우리가 만약 실패하면요?"

나는 그가 설명을 마쳤을 때 묻는다. 그가 회피해 온 그 말을 마침내 소리 내어 뱉는다.

그는 애써 머리를 흔든다.

"그럴 리 없을 거야."

"하지만 만약 실패하면요?"

나는 왕자가 아니고, 내 삶은 매력적이지 않았다. 나는 모든 것과 모든 사람의 최악의 면에 대해서 예상하고는 한다.

"우리가 *실패*하면 어떤 일이 벌어질까요, 왕자님?"

그가 침착함을 유지하려고 애쓰며 깊게 숨을 들이쉬는 동안, 가슴 안에서 그의 숨이 덜컹댄다.

"그러면 우리는 반역자가 되는 거지, 우리 둘 다. 반역죄로 고소되어 유죄가 되면, 사형이지."

줄리언과의 다음 수업 동안, 나는 집중하지 못한다. 다가올 일을 제외한 어떤 것에도 집중할 수가 없다. 완전히 잘못될 수도 있다. 너무나 위태롭다. 내 삶, 킬런의 삶, 메이븐의 삶…… 우리 모두 이 일을 위해서 나란히 목을 내놓았다.

"정말로 내가 참견할 바는 아니지만 말이죠, 하지만……."

말을 시작하는 줄리언의 목소리에 나는 깜짝 놀라고 만다.

"당신은, 음, 메이븐 왕자에게 몹시 애착을 느끼는 것 같아 보여서요."

나는 안도하는 마음에 거의 웃음을 터뜨릴 뻔 하지만, 동시에 기분이 상할 수밖에 없다. 이 뱀들의 구덩이 속에서 내가 경계해야 할 사람을 꼽으라면 메이븐은 가장 마지막으로 고를 사람인데. 그 의견은 나를 그저 발끈하게 만든다.

"나는 왕자님이랑 약혼했다고요."

톡 쏘지 않으려고 최선을 다하며 대꾸한다.

하지만 거기서 끝내는 대신에, 줄리언은 앞으로 몸을 기울인다. 그의 얌전한 거동은 대개 나를 가라앉히지만, 오늘은 짜증만 날 뿐이다.

"나는 그저 당신을 도우려는 겁니다. 메이븐 왕자는 그의 어머니의 아들이잖아요."

이번에야말로 나는 정말로 톡 쏘아붙인다.

"당신은 왕자님에 대해서 하나도 몰라요."

메이븐은 내 친구인데. 그는 나보다도 더 많은 위험을 지고 있는 사람인데.

"그를 그의 부모로 판단하는 것은 나를 내 피로 판단하는 것과 똑같아요. 그저 당신이 왕과 왕비를 싫어한다고 해서 그게 왕자까지 미워할 수 있다는 뜻은 아니라고요."

나를 뚫어져라 바라보는 줄리언의 시선은 흔들림 없고 열기가 가득하다. 다시 입을 열 때, 줄리언의 목소리는 으르렁거리는 소리에 가깝다.

"나는 왕이 내 누이를 구할 수 없었기 때문에, 왕이 내 누이의 자리를 저 독사로 채웠기 때문에 왕이 밉습니다. 나는 왕비가 사라 스코노스를 망가트렸기 때문에, 왕비가 내가 사랑했던 소녀를 빼앗아 그녀를 갈가리 찢어 놓았기 때문에 왕비가 밉습니다. 그녀가 사라의 혀를 잘랐기 때문에."

다음 순간, 낮은 비탄이 이어진다.

"그녀는 너무나 아름다운 목소리를 가졌었지요."

메스꺼움의 파도가 나를 훑는다. 갑자기 사라의 고통스러운 침묵, 그녀의 푹 들어간 뺨이 이해가 간다. 줄리언이 나를 치료하라고 그녀를 부른 것도 당연하다. 그녀는 누구에게도 진실을 말할 수 없을 테니까.

"하지만……."

내 목소리는 작고 쉬어서, 마치 목소리를 뺏긴 것만 같다.

"그녀는 힐러잖아요."

"스킨 힐러들은 스스로를 치유할 수 없습니다. 그리고 아무도 왕비의 벌을 거스르지 않았지요. 그래서 사라는 그렇게 수치스러운 모습으로 평생 살아야만 하는 겁니다."

그의 목소리는 점점 더 최악의 기억을 더듬으며 메아리친다.

"은혈들은 고통은 신경 쓰지 않죠, 하지만 우리는 자부심이 넘칩니다. 자신감, 긍지, 명예…… 그런 것들은 능력이 대신할 수 없는 겁니다."

사라에 대한 얘기에 끔찍한 기분이 들면 들수록, 공포를 느끼지 않을 수가 없다. *뭔가를 말했다는 이유로 그녀의 혀를 잘랐지. 그렇다면 나에게는 도대체 무슨 짓을 할까?*

"지금 당신은 자신의 분수를 잊고 있어요, 작은 번개 소녀."

그 별명은 얼굴을 후려치는 것처럼, 나를 충격 속에서 현실로 데리고 온다.

"이 세계는 당신의 것이 아닙니다. 궁중 예법을 배운다고 해서 그 사실이 변하지 않아요. 당신은 우리가 벌이는 게임에 대해서 *이해하지 못해요.*"

"왜냐하면 이것이 게임이 아니니까요, 줄리언."

나는 그의 기록부를 그에게로 민다. 죽은 사람들의 이름이 든 목록이 그의 무릎으로 툭 밀린다.

"이건 삶과 죽음에 관한 거예요. 나는 왕좌나 왕관이나 왕자를 놓고 게임을 벌이는 게 아니에요. 나는 그 어떤 게임도 하고 있지 않아요. *난 달라요.*"

내 말에 그가 종이 위로 손가락을 움직이며 중얼거린다.

"그래요. 그리고 그것이 당신이 위험한 이유죠. 심지어 메이븐에게도. 심지어 나에게도. *누구도 누구라도 배신할 수 있는 겁니다.*"

그의 마음이 표류하는 듯, 그의 눈이 온통 흐려진다. 이런 불빛 아래에서 보니 그는 늙고 창백하며 쓰디쓴 남자, 죽은 누이의 유령에 시달리며 부서진 여자와 사랑에 빠진, 거짓말 말고는 할 줄 아는 게 없는 소녀를 가르치는 운명에 처한 남자로 보인다. 그의 어깨 너머, 나는 이전에 그랬던 세계의 지도에 시선을 던진다. *전 세계가 유령으로 뒤덮여 있어.*

다음 순간, 가장 최악의 생각이 찾아온다. *쉐이드 오빠는 이미 내 유령이 되었지. 다른 누가 오빠의 뒤를 따르게 될까?*

"실수하지 마요, 내 아가씨."

그가 마침내 나직하게 말한다.

"당신은 누군가의 장기 말이 되어서 게임을 하는 중이니까."

언쟁할 힘도 없다. *마음대로 생각해요, 줄리언. 난 보기보다 똑똑하다고요.*

프톨레무스 사모스. 매칸토스 대령. 칼과 함께 응접실 바닥을 지나 빙글 도는 동안 그들의 얼굴이 내 머릿속에서 춤춘다. 오늘밤 달은 줄어들고 있고, 사라지려 하지만 내 희망은 지금처럼 강했던 적이 없다. 무도회는 내일이고, 그 후에는, 글쎄, 어떤 길로 가게 될지 확신할 수가 없다. 하지만 그것은 다른 길, 우리를 더 나은 미래로 이끌 새로운 길이 될 것이다. 메이븐이 지적했다시피 거기에는 우리가 피할 수 없는 피해, 부상, 죽음들이 따를 것이다. 하지만 우리는 위험을 안다. 모든 것이 계획대로 된다면, 진홍의 군대는 모두가 볼 수 있는 곳에 깃발을 세울 수 있으리라. 팔리가 공격 후에 또 다른 비디오를 방송해서, 우리의 요구사항을 상세히 알릴 것이다. 평등, 자유, 권리. 전면적인 반란과 비교하면, 그것은 정말 좋은 느낌으

로 울린다.

몸이 바닥을 향해 느린 호를 그리면서 내려가서, 나는 꺅 하고 비명을 지른다. 다음 순간 칼의 강한 팔이 나를 감싸 안으며 손쉽게 내 몸을 끌어 올린다.

"미안하다. 그대가 준비가 된 줄 알았지."

그가 반쯤 당황한 얼굴로 말한다.

준비가 되지 않았어요. 난 무서워요. 나는 억지로 소리 내어 웃으며 그에게 보일 수 없는 것들을 감춘다.

"아니에요, 내 잘못이에요. 또 한 번 마음이 다른 곳에 가 있었지 뭐예요."

그는 쫓아내기 쉬운 사람이 아니라서 머리를 살짝 기울이며 내 눈을 들여다본다.

"여전히 무도회가 걱정되나?"

"왕자님이 아는 것 이상으로요."

"한 번에 한 걸음씩, 그게 그대가 할 수 있는 최선이야."

다음 순간 그는 혼자 웃음을 터뜨리고, 우리는 다시 좀 더 쉬운 스텝으로 돌아가 움직인다.

"믿기 힘들 거라는 걸 알지만, 나 또한 항상 최고로 춤을 잘 추는 사람은 아니었어."

"어머, 놀라워라."

나는 그의 미소에 맞춰 대꾸한다.

"난 왕자들이란 춤추고 아무 쓸모없는 대화를 하는 능력을 타고 난 줄로만 알았는데 말이에요."

그는 다시 싱긋 웃고, 움직이는 속도를 올린다.

"나는 아니야. 내가 내 길을 갔다면, 차고에서 무엇을 만들거나 막사에서 훈련을 받고 있었을 거야. 메이븐과는 다르지. 그 애는 내가 될 수 있는 것보다 두 배는 더 왕자다워."

나는 메이븐에 대해서, 그의 친절한 말들과 완벽한 매너, 흠 잡을 데 없는 궁중 지식에 대해서…… 그가 자신의 진실된 감정을 숨기기 위해 그런 척 해야 하는 모든 것들에 대해서 생각한다. *정말로 두 배 더 왕자답긴 해.*

"하지만 그는 그저 왕자일 뿐이죠."

나는 그 생각에 거의 통탄할 지경이 되어 중얼거린다.

"그리고 당신이 왕이 될 거고요."

그의 목소리가 내 말에 낮아지고, 뭔가 어두운 그늘이 그의 시선을 덮는다. 그의 안에는, 매일 더 강하게 자라는 슬픔이 있다. *어쩌면 그는 내가 생각하는 것만큼 전쟁을 좋아하지 않는지도 몰라.*

"때때로 나는 그러지 않아도 됐다면 하고 생각하지."

부드럽게 말하는 그의 목소리가 내 머릿속을 채운다. 무도회는 내일의 지평선 위로 곧 닥칠 것만 같은데, 무도회보다는 그에 대해서 더 많이 생각하고, 그의 손과 그가 어디를 가든 그의 뒤를 따를 것처럼 보이는 희미한 나무 연기 향기에 대해서 더 많이 생각하는 나 자신을 발견한다. 그 향기는 내게 따뜻함을, 가을을, 집을 떠올리게 한다.

나는 생명력으로 가득 차 있는 음악과 멜로디에 따라 점점 빠르게 뛰는 심장을 탓한다. 어쨌든 이 밤은 내게 줄리언의 수업들, 우리의 예전 세계들에 관한 그의 역사 수업을 떠올리게 한다. 황제들이 있었고, 부패했고, 전쟁이 일어났던 세계들. 내가 알아온 것보다 훨씬 많은 자유들. 하지만 그 시대의 사람들은 가고, 그들의 꿈은 무너져 연기와 재 속에 존재한다.

그건 우리의 본성입니다. 줄리언이 말했었다. *우리는 파괴하지요. 우리 종에는 항상 있던 본능입니다. 피의 색이 무엇이든, 사람들은 언제나 추락합니다.*

며칠 전의 그 수업을 나는 이해하지 못했었지만, 지금, 칼의 손에 내 손을 맞잡고 세상에서 가장 가벼운 손길로 이끄는 그에게 맞추어, 나는 그가 했던 말의 의미를 깨닫기 시작하는 중이다.

내 스스로가 추락하는 것이 느껴진다.

"왕자님이 정말로 군대와 함께 가야만 하나요?"

말로 뱉는 것만으로도 나는 두렵다.

그는 가까스로 고개를 끄덕인다.

"장군의 자리는 그의 부하들 옆이지."

"왕자의 자리는 그의 왕자비 옆이죠. 에반젤린의 옆 말이에요."

나는 경솔하게 덧붙인다. *잘했다, 잘했어, 메어.* 내 마음이 소리 지른다.

칼이 전혀 움직이지 않는데도 불구하고, 우리를 둘러싼 공기가 열기로 진해진다.

"내 생각에, 그녀는 괜찮을 거야. 정말로 나한테 애착을 느끼고 있는 것도 아닌걸. 나도 그녀가 별로 그립진 않을 거야."

그와 시선을 맞출 수가 없어서, 나는 내 바로 앞에 있는 것에 집중한다. 운 나쁘게도, 그것은 그의 가슴, 너무 얇은 셔츠임이 밝혀진다. 내 위에서, 그가 거친 숨을 쉰다.

다음 순간 그가 손가락으로 내 턱 아래를 잡고 시선을 마주하도록 내 얼굴을 들어올린다. 황금색 불꽃이 그의 눈 안에서 반짝거리며, 그 아래의 열기를 비춘다.

"네가 그리울 거야, 메어."

그대로 서서, 시간이 멈추고 이 순간이 영원하기를 바라고 또 바라는 만큼, 나는 그것이 불가능한 일임을 안다. 내가 무엇을 느끼고 생각하든, 칼은 내가 약조한 그 왕자가 아니다. 더 중요한 것은, 그가 잘못된 편에 있다는 사실이다. 그는 내 적이다. 금지된 존재이다.

그래서 망설이며, 마지못한 발걸음으로 나는 그의 손길 밖으로, 그토록 익숙해졌던 그 따뜻한 원 바깥으로 물러선다.

"안 돼요."

그것이 간신히 어떻게든 뱉을 수 있는 말의 전부다. 그럼에도 내 눈이 나를 배신한다. 심지어 분노와 후회의 눈물이, 다시는 흘리지 않겠다고 맹세했던 눈물이 흐르는 것이 느껴진다.

하지만 아마도 전쟁으로 떠나야 한다는 가능성이 칼을 대담하고 무모하게, 이전에는 결코 된 적 없는 어떤 것으로 만들었는지도 모른다. 그가 내 손을 잡고는 나를 자신에게로 끌어당긴다. 그는 자신의 유일한 동생을 배반하고 있다. 나는 나의 조직, 메이븐, 심지어 나 자신까지도 배반하고 있지만, 멈추고 싶지 않다.

누구든 누구라도 배신할 수 있는 거야.

그의 입술이 내 입술 위를 단호하고 따뜻하게 누른다. 전기에 감전되는 느낌이지만, 익숙한 그 감각과는 또 다르다. 이것은 파괴의 불꽃이 아니라 생명의 불꽃이다.

물러서고 싶지만, 나는 정말 그렇게 할 수가 없다. 칼은 절벽이고, 나는 우리 두 사람 모두에게 어떤 일이 닥칠 수 있는지 생각해 보지도 않고 그 끝에 나 자신을 던진다. 언젠가 그는 내가 자신의 적이라는 것을 깨달으리라, 그리고 그때가 오면 이 모든 일은 완전히 정신이 나간 채로 벌인 기억이 될 것이다. 하지만 지금은 아니다.

제19장

내가 되어야 하는 그 소녀가 되려면 몇 시간은 공들여 나를 칠하고 광을 내야 하지만, 실제로는 몇 분도 걸리지 않는 느낌이다. 하녀들이 나를 거울 앞에 세우고 침묵 속에서 내 동의를 구하자, 나는 거울을 통해 내 뒤에서 쳐다보는 여자애들에게 그저 고개만 끄덕인다. 빛을 받아 일렁이는 비단 사슬에 몸을 감싼 그 소녀는 아름다운 동시에 다가올 일로 겁에 질린 것처럼 보인다. 겁에 질린 소녀 쪽은 숨겨야만 한다. 미소를 짓고 춤을 추고 그들 중 하나처럼 보여야만 한다. 엄청난 노력 끝에, 나는 공포를 밀어낸다. 공포는 *나를 죽일 수도 있다.*

메이븐이 복도의 끝에서 나를 기다리고 있다. 그의 정장용 군복에 그늘이 드리워져 있다. 석탄 같은 검정색이 그의 눈을 두드러져 보이게 하며, 하얗고 창백한 피부 위로 폭력적인 푸른 색을 드러내 보인다. 그는 전혀 겁먹은 모습이 아니다. 아니 정반대로 그는 왕자이다. 그는 은혈이다. 그는 움츠러들지 않을 것이다.

그는 나를 향해 팔을 내밀고, 나는 기쁘게 받아들인다. 그가 나를 안전하게, 혹은 강하게, 아니면 둘 다인 기분을 느끼게 해 줄 거라고 생각했는데, 그의 손길에 오히려 나는 칼과 우리의 배신을 떠올리고 만다. 지난밤이 날카롭게 떠오르고, 내 머릿속에 숨은 채 더 도드라진다. 처음으로, 메이븐은 나의 불편함을 알아차리지 못한다. 그는 좀 더 중요한 일에 대한 생각에 빠져 있다.

"아름다워."

그가 내 옷을 향해 고개를 끄덕여 보이며 조용하게 말한다.

그의 말에 동의할 수가 없다. 드레스는 우습고 과도한 종류로, 내가 돌 때마다 반짝거리는 보라색 보석들의 복합체라서 나를 번쩍거리는 곤충처럼 보이게 한다. 그럼에도 오늘밤은 숙녀가 되어야 하므로, 미래의 왕자비답게 나는 고개를 끄덕이고 감사히 미소를 짓는다. 지금 메이븐을 향해 미소를 짓고 있는 내 입술이 지난밤에 그의 형과 키스를 나눴다는 사실을 기억하지 않을 수가 없다.

"그저 빨리 끝났으면 좋겠어요."

"오늘밤이 끝이 아닌걸, 메어. 이런 일들은 오랫동안 끝나지 않을 거야. 그대도 알잖아, 그렇지?"

그는 마치 더 나이 들고 현명한 누군가처럼 말한다. 17살짜리 소년 같지 않다. 어떻게 받아들여야 할지 모르는 채로 내가 망설이자, 그의 턱이 단단해진다.

"메어?"

재촉하는 그의 목소리에서 약한 떨림을 느낄 수 있다.

"두려워요, 왕자님?"

내 목소리는 약하고, 속삭임 수준이다.

"난 두려워요."

그의 눈이 굳어져서, 푸른 강철처럼 보인다.

"나는 실패가 두려워. 이번 기회를 지나치게 될까 봐 두렵고. 그리고 이 세계의 어떤 것도 바뀌지 않는다면 무슨 일이 일어날지 두려워."

내부의 결의에 의한 열기가 내 손길 아래 피어오른다.

"그게 죽는 것보다도 더 나를 겁나게 해."

그의 말에 정신없이 빠져들지 않을 수가 없어서, 나는 그를 따라서 고개를 끄덕인다. 내가 어떻게 발을 뺄 수 있겠는가? 겁먹지 않으리라.

"일어나라."

중얼거리는 그의 목소리는 너무 낮아서 나는 간신히 그 말을 듣는다. 적혈은 새벽처럼 붉게 타오르니.

우리가 리프트 앞에 있는 복도에 이르자 내 손을 잡은 그의 힘이 단단해진다. 감시병 한 부대가 왕과 왕비를 호위한 채 우리를 기다리고 있다. 칼과 에반젤린은 어디서도 보이지 않는데, 제발 서로 접근할 일이 없었으면 좋겠다. 그들이 함께 있는 모습을 보지 않으면 않을수록 나는 더 행복할 수 있을 테니.

엘라라 왕비는 자신의 하우스와 남편의 하우스의 색을 전시하듯 드러낸 붉은색, 검정색, 하얀색, 파란색의 번쩍거리고 흉물스러운 옷을 입고 있다. 나와 자신의 아들을 똑바로 바라보며 그녀는 억지 미소를 짓는다.

"자, 시작이다."

메이븐은 자신의 어머니 옆에 서며 내 손을 놓아 준다. 그가 사라지자 내 피부는 이상하게 차가운 기분이다.

"그래서 오늘은 얼마나 있어야 하는 건데요?"

그는 일부러 자신의 목소리에 징징대는 느낌을 싣는다. 자신의 역할을 잘 연기하고 있다. 그가 그녀의 주의를 끌 수 있는 만큼, 우리의 기회는 더 늘어난다. 단 한 번만 그러면 안 되는 사람의 머리에 찔러 보기만 해도, 모든 것이 연기 속에 사라질 것이다. *그리고 추가로 우리 모두가 죽게 되겠지.*

"메이븐, 너는 맘대로 왔다가 갈 수는 없어. 너에게는 의무가 있고, 너는 필요한 만큼 오래 머물러야 한단다."

그녀가 그에게 지나칠 정도로 관심을 기울이고는 그의 칼라, 그의 메달, 그의 소매를 바로잡아 준다. 잠깐 동안, 그 모습이 나를 무장해제 시킨다. 이 사람이 내 생각 속으로 침입했던 그 여자, 내 인생에서 나를 쫓아낸 그 여자, 내가 미워하는 바로 그 여자인데, 그럼에도 불구하고 그녀에게도 어딘가 선한 면이 있다. 그녀는 자신의 아들을 사랑한다. 그리고 그 모든 그녀의 악덕에도 불구하고, 메이븐 역시 그녀를 사랑한다.

한편, 티베리아스 왕은 메이븐을 전혀 신경 쓰지 않는 것처럼 보인다. 그는 그쪽을 흘끗 볼까 말까 하며 말한다.

"남자애들이란 그저 지루해 하는 법이지. 전성기만 한 즐거움이 없을 거야, 전선에 돌아가는 거랑은 다를 테니."

그가 한 손으로 자신의 잘 손질된 턱수염을 만신다.

"너도 이상과 명분을 가져라, 메이비."

잠깐 사이, 메이븐이 연기하던 짜증내는 가면이 떨어져 나간다. *내게도 이상이 있어요.* 그의 눈이 비명을 지르지만, 그의 입은 침묵을 유지한다.

"칼은 자신의 군대를 꾸렸지, 그 애는 자신이 무엇을 하고 있는지, 무엇을 *원하는지* 잘 알고 있어. 너도 네가 무엇을 할 것인지 연구해볼 필요가 있어, 음?"

"네, 아버지."

메이븐이 대답한다. 숨기려고 애를 쓰고 있음에도 불구하고, 그의 얼굴에 그늘이 드리운다.

저 표정을 너무나 잘 알고 있다. 부모님이 좀 더 지사처럼 되어 보라고 내게 넌지시 말씀하실 때면 내가 짓곤 하던 바로 그 표정이다. 심지어 그것이 불가능한데 말이다. 나는 나 자신을 미워하며 잠자리에 누워서는 바뀔 수 있기를, 지사처럼 조용하고 재능 있고 예뻐질 수 있기를 바라고는 했다. 그럴 때보다 더 상처를 받은 적이 없다. 하지만 왕은 메이븐의 고통을 알아차리지 못한다. 내 부모님이 내 고통을 결코 눈치 채신 적 없는 것처럼.

"제가 이곳에 알맞은 사람이 되도록 도와주는 것만으로도 메이븐 왕자님께는 충분한 명분이 되리라고 생각해요."

왕의 탐탁찮아 하는 시선을 조금이라도 끌어보길 바라며 내가 말한다. 티베리아스 왕이 내게로 돌아서자, 메이븐은 한숨을 쉬고는 내게 고마워하는 미소를 짓는다.

"그래서 그가 해낸 일을 볼까."

왕이 나를 훑어보며 대꾸한다. 그에게 절하기를 거절한 불쌍한 적혈 소녀를 회상하는 중이다.

"내가 들은 바로는, 이제는 그대도 숙녀의 적절한 모습에 가까워졌다지."

하지만 억지로 지은 그의 미소는 눈까지는 미치지 않고, 분명 의심하는 기색이 있음이 틀림없다. 그는 자신의 왕권과 나라의 균형을 보호하기 위해서 그때 왕좌의 방에서 나를 죽이고 싶어 했고, 그 열렬한 바람이 결코 사라질 리 없다는 것을 나도 알고 있다. 나는 위협이지만 동시에 유용한 상품이다. 그는 원할 때에 나를 사용하고 그래야 할 때에 나를 죽일 것이다.

"훌륭한 도움을 받았습니다, 왕이시어."

나는 그가 무슨 생각을 하든 손톱만큼도 신경 쓰지 않음에도 으쓱한 척 하며 절을 한다. 그의 의견은 내 아버지 휠체어 위의 녹만큼의 가치도 없다.

"우리 이제 다 준비된 겁니까?"

칼의 목소리가 내 생각을 부수고 들어온다.

내 몸은 즉시 반응해, 그가 복도로 들어오는 모습을 보기 위해 빙글 돈다. 위장이 출렁이지만, 그것은 흥분이나 긴장, 또는 어리석은 여자애들이 말하는 그런 종류의 것들 때문이 아니다. 나는 나 자신이 역겹고, 내가 그러도록 내버려둔 일이, 내가 그러기를 *원했던* 일이 역겹다. 그가 내 시선을 마주하려고 애쓰지만, 나는 억지로 눈을 떼어 에반젤린이 그의 팔에 매달려 있는 모습을 바라본다. 그녀는 또 다시 금속으로 된 옷을 입고 있는데, 입술을 움직이지도 않고 어떻게 비웃는 웃음을 잘도 지어 보인다.

"전하."

미칠 듯이 완벽한 예법으로 그녀가 절을 한다.

티베리아스는 자신의 아들의 신부를 향해 미소를 짓고는 칼의 어깨를 한 손으로 탁 하고 두드린다.

"너를 기다리고 있었다, 아들아."

그가 껄껄대고 웃는다.

그렇게 바로 옆에 서 있는 그들의 모습을 보니, 가족의 유사성이란 도저히 부인할 수 없는 것이란 생각이 든다. 같은 머리카락, 같은 적금색 눈, 심지어 자세까지 똑같다. 푸른 눈망울이 부드럽고 생각에 잠긴 채로, 메이븐은 그 모습을 지켜본다. 그녀의 어머니는 계속 아들의 팔을 잡고 있다. 한쪽에는 에반젤린을, 반대쪽에는 자신의 아버지를 둔 상태로도, 칼은 끝내 내 눈을 마주 바라본다. 그가 가볍게 고개를 끄덕이고, 나는 그것이 내가 받을 수 있는 유일한 인사란 사실을 깨닫는다.

장식들에도 불구하고 연회장은 한 달 전의, 왕비가 처음으로 나를 이 이상한 세계로 끌어들이고 내 이름과 정체성을 공식적으로 알렸던 그때와 똑같아 보인다. 그들이 여기서 나를 한 방 먹였으니, 이번에는 내가 한 방 먹일 차례다.

오늘 밤은 피가 흐르리라.

하지만 지금은 그 사실을 생각할 수도 없다. 나는 똑바로 서서 다른 사람들, 왕실 식구들과 출세로 우쭐대는 한 명의 적혈 거짓말쟁이와 말이라도 나눠 보기 위해서 줄을 서 있는 수백 명의 궁중 인사들과 얘기를 나눠야 한다. 내 눈은 진홍의 군대에 메이븐이 넘긴 목표물들, 바로 그 요주의 인물들을 찾아서 줄을 빠르게 훑는다. *레이날드, 대령, 벨리코스 그리고 프톨레무스.* 은색 머리와 어두운 눈을 한 에반젤린의 오빠.

그는 가장 먼저 우리에게 인사를 건넨 사람 중 하나로, 자신의 딸에게 서둘러 인사를 하러 온 엄격한 아버지의 바로 뒤에 서 있다. 프톨레무스가 내게로 나가오자, 나는 토할 것 같은 기분을 참아야 한다. 사형을 선고 받은 이의 눈을 들여다보는 것보다 어려운 일이 있을까.

"축하드립니다."

그의 목소리는 돌처럼 단단하다. 내민 그의 손도 목소리처럼 흔들림이 없다. 군복은 입지 않았고, 서로 매끄럽고 빛나는 모습으로 맞물린 검은색 금속 의상을 입고 있다. 그는 전사이지만, 군인은 아니다. 전에 그의 아버지가 그랬듯, 프톨레무스는 아케온의 경비병들을 이끌어 자신의 부대로 수도를 보호하고 있다. *뱀의 머리야.* 메이븐은 그를 전에 그렇게 불렀다. *그를 잘라내면 나머지는 저절로 죽게 될 거야.* 그의 매 같은 눈은 그가 내 손을 잡는 순간에도 자신의 여동생에게 머무른다. 그는 재빨리 내 차례를 넘기고, 메이븐과 칼도 빠르게 스친 후에 매우 드문 애정을 보이며 에반젤린을 포옹한다. 그들의 멍청한 옷이 동시에 움직이지 못하게 되지 않는 것이 놀랍기만 하다.

모든 일이 계획대로 된다면, 그는 다시는 자신의 여동생을 안아 보지 못하겠지. 에반젤린은 나처럼 자신의 오빠를 잃게 될 것이다. 그 고통을 직접 체험했음에도 불구하고, 나는 그녀에게 동정을 느낄 수가 없다. 그녀가 칼에게 매달려 있는 모습을 보면 특히 더. 그들은 아주 완전 반대의 차림을 하고 있는데, 그는 간단한 군복인 반면 그녀는 면도칼 못으로 만든 드레스를 입은 별처럼 빛난다. 그녀를 죽이고 싶다, 그녀가 되고 싶다. 하지만 그러기 위해 할 수 있는 일이란 아무것도 없다. 에반젤린과 칼은 오늘 밤은 내 문제가 아니다.

프톨레무스가 사라지자 더 많은 사람들이 차가운 미소와 날카로운 말들로 무장하고 나타난다. 나 자신을 잊기는 점점 쉬워진다. 유연하고 나른한 팬서 에이라가 이끄는 아이럴 하우스가 다음으로 인사를 한다. 놀랍게도, 그녀는 내게 깊게 절을 하고 그러는 내내 미소를 띠고 있다. 하지만 그 태도에는 무언가 이상한 점이 있다. 자신이 보이는 것 이상을 알고 있다는 듯한 기색이 풍긴다. 나에게 또 다른 심문을 남겨 둔 채 그녀는 아무 말 없이 지나간다.

소냐가 할머니 뒤를 따라서 또 다른 목표와 팔짱을 끼고 나타난다. 그녀의 사촌인 레이날드 아이럴이다. 메이븐은 그가 재정 자문이며 세금과 무역 제도를 통해 군대에 자금을 대고 있는 천재라고 했다. 그가 죽으면, 돈의 흐름도 멈출 테고, 전쟁 또한 그렇게 될 터이다. 나는 기꺼이 그것을 위해 한 명의 세금 전문가쯤은 거래할 수 있다. 그가 내 손을 잡을 때, 나는 그의 눈이 얼어붙어 있고 그의 손은 부드럽다는 사실을 알아차린다. 그 손들은 다시는 내 손을 만질 수 없으리라.

매칸토스 대령이 다가올 때, 그 존재감을 무시하는 건 쉬운 일이 아니다. 그녀의 얼굴 위의 흉터는 날카롭게 도드라져 보이는데, 오늘 밤은 모두가 매우 윤이 줄줄 흐르는 상태인 탓에 특별히 더 그렇다. 그녀가 진홍의 군대를 신경 쓰지 않는지는 모르겠지만, 그녀는 왕비 역시 믿지 않는다. 그녀는 나머지 우리들에게 숟가락으로 떠먹여 주는 거짓말을 삼킬 준비가 되어 있지 않다.

내 손을 흔드는 그녀의 악력은 강하다. 처음으로 두려워하지 않는 이를 나는 유리처럼 부수게 되리라.

"모든 행복이 함께하기를, 레이디 메리어나. 이 상황이 잘 맞는 걸 알겠네요."

그녀는 고개를 메이븐 쪽으로 홱 돌린다.

"화려한 사모스랑은 다르게 말입니다."

그녀는 장난스러운 속삭임을 덧붙인다.

"그녀는 슬픈 왕비가 되겠지요, 당신은 행복한 왕자비가 될 거고요. 내 말 명심해요."

"명심할게요."

나는 나직하게 대꾸한다. 대령의 삶이 곧 끝에 다다를 것임에도 나는 억지로 미소를 보인다. 얼마나 많은 친절한 말들을 그녀가 뱉든, 그녀의 남은 시간은 정해졌다.

그녀가 메이븐에게로 가서 그의 손을 흔들면서 그녀가 한 주나 더 지나서 갈 부대 시찰에 그를 초대하자, 그는 말 그대로 영향을 받은 것처럼 보인다. 그녀가 가고 나자, 그의 손이 내게로 향하고는 안심시키듯 내 손을 꽉 잡는다. 그가 그녀의 이름을 말한 것을 후회하고 있다는 걸 알지만, 레이날드나 프톨레무스처럼 그녀의 죽음은 도움이 될 것이다. 그녀의 죽음은 결국에는 가치 있는 것이 될 것이다.

다음 목표는 훨씬 뒷줄에 서 있다. 그는 더 낮은 하우스 사람이다. 벨리코스 르롤란은 행복한 미소를 띤 밤색 머리카락의 남자로, 저녁놀 색의 옷을 자신의 하우스 색에 맞춰서 입고 있다. 오늘밤 내가 내내 인사해 온 다른 사람들과 달리 그는 따뜻하고 친절해 보인다. 그의 눈 뒤의 미소는 악수만큼이나 진실하다.

그는 인사와 함께 머리를 숙이고, 지나칠 정도로 예의바르다.

"만나서 기쁩니다, 레이디 메리어나. 당신의 앞으로의 많은 나날을 즐거운 마음으로 기대하겠습니다."

나는 앞으로 많은 날이 올 거라는 척하며, 그에게 미소를 짓지만 그 허물은 시간이 흐를수록 점점 더 붙들고 있기가 어려워진다. 쌍둥이 남자애들을 끌고 그의 아내가 나타나자, 나는 비명을 지르고 싶다. 이제 막 4살이 된, 강아지처럼 시끄러운 아이들은 자신의 아버지의 다리를 돌며 기어오른다. 그는 가족들을 향해 지극히 개인적인 미소를 부드럽게 짓는다.

메이븐은 그를 외교관이라고, 남쪽으로 멀리 떨어진 우리의 우방 피에드몬트로 가는 대사라고 했다. 그가 없으면 그 나라와 그들의 군대에 연결된 우리의 끈은 잘릴 수밖에 없고, 노르타는 강제적으로 우리의 적혈의 새벽에 홀로 맞설 수밖에 없다. 그는 우리가 꼭 만들어야 하는 또 다른 희생이자 우리가 던져 버려야 하는 또 다른 이름이다. 그리고 그는 아버지이다. 그는 *아버지*이고 우리는 그를 죽일

거야.

"고마워요, 벨리코스."

메이븐이 그와 악수하려고 손을 내밀며, 내가 사고를 치기 전에 르롤란들을 멀리 치우려고 한다.

뭔가 적절한 말을 하고 싶지만, 그토록 어린 아이들에게서 내가 빼앗으려고 하는 아버지에 대한 생각만 할 수 있을 뿐이다. 마음 뒤 편에서, 킬런이 아버지의 죽음 뒤에 울부짖던 모습이 떠오른다. *킬 런도 너무 어렸지.*

"죄송합니다만, 저희가 잠시 실례 좀 해도 될까요?"

메이븐의 목소리가 너무 먼 곳에서 들린다.

"메리어나는 아직도 궁중의 흥분에 익숙해지는 중이라서요."

멸망이 예정된 아버지를 내가 흘긋 돌아보기도 전에, 메이븐은 나를 재빨리 몰아간다. 몇몇 사람들이 얼빠진 듯 우리를 보고, 칼의 눈 역시 우리가 나가는 모습을 따라오는 걸 느낄 수 있다. 나는 거의 휘 청대기까지 하지만, 메이븐은 나를 발코니로 밀고 나가는 동안 내가 꼿꼿이 있도록 도와준다. 보통 신선한 공기는 나를 기운차리게 하는 데, 어떤 것도 지금은 도움이 되지 않는 것 같다.

"아이들이."

그 말들이 나를 찢고 나온다.

"그는 *아버지*예요."

메이븐이 나를 놔 주고, 나는 발코니 난간에 기대듯 쓰러진다. 하 지만 그는 물러서지 않는다. 달빛 아래에서 그의 눈은 얼음처럼 빛 나며 나를 뚫는다. 그는 한 손을 내 같은 쪽 어깨에 올리고 나를 꼭 붙들고 자신의 말을 강제적으로 듣게 한다.

"레이날드도 아버지야. 대령도 자녀들이 있지. 프톨레무스는 헤이븐 쪽 여자애랑 약혼한 상태고. 그들 모두 가족이 있어. 그들 모두 그들을 위해 애도할 누군가가 있다고."

그는 일부러 그 말들을 뱉는다. 그는 나만큼이나 고통스럽다.

"우리는 대의명분을 위한 방법을 고르고 선택할 수 없어, 메어. 우리는 그저 그 대가가 무엇이든 할 수 있는 일을 해야만 해."

"난 그 사람들한테는 못하겠어요."

"그대는 내가 이걸 원해서 한다고 생각해?"

몇 센티 떨어진 곳에서 내 얼굴을 마주한 메이븐이 나직하게 말한다.

"나는 그들 모두를 알고 있어, 그들을 배신하는 것이 아프지만, 그건 *해야만 되는 일이야.* 그들의 목숨으로 살 수 있는 것, 그들의 죽음으로 성취할 수 있는 것을 생각해. 얼마나 많은 그대의 사람들이 구원될 것인지? 나는 그대가 이걸 이해했다고 생각했어!"

그는 순간 말을 멈추고 눈을 잠시 꾹 감는다. 자신을 추스르는 사이, 그는 내 얼굴로 손을 올리고 떨리는 손가락으로 내 뺨의 윤곽을 매만진다.

"미안해, 난 그저……."

그의 목소리가 흔들린다.

"그대는 오늘밤이 어디로 흘러갈 것인지 볼 수 없었던 것 같군, 하지만 난 볼 수 있어. 그리고 이 일이 여러 가지를 바꿀 거라는 걸 알아."

나는 손을 뻗어 그의 손을 잡으며 속삭인다.

"왕자님을 믿어요. 그저 일이 이런 식이 되지 않아도 됐더라면 하고 바랐을 뿐이에요."

그의 어깨 너머로, 연회장 쪽에서는 손님을 맞는 줄이 점점 줄어들고 있다. 악수와 사교적인 인사들 역시 끝나간다. 이 밤이 진정 시작되고 있다.

"하지만 그렇게 되었어, 메어. 약속하지, 이 일은 *우리가 반드시 해야만 하는 일이야.*"

가슴이 아픈 만큼, 내 심장이 비틀리며 피를 흘리는 만큼, 나는 고개를 끄덕인다.

"그래요."

"거기 두 사람 여기 있어도 괜찮은 거야?"

순간적으로 칼의 목소리는 이상하게 높지만, 그는 발코니 쪽으로 나오면서 목청을 다듬는다. 그의 눈이 나에게 머무른다.

"준비되었어, 메어?"

메이븐이 나 대신 대답한다.

"메어는 준비됐어."

다함께 우리는 난간에서부터 걸어간다. 그 밤은 우리가 가질 수 있었던 마지막 조용한 시간이다. 우리가 아치형 입구를 지날 때에, 내 팔 위로 허깨비 같은 손길이 느껴진다. 칼. 돌아보니 그가 손가락을 뻗은 채, 여전히 나를 바라보고 있다. 그 어느 때보다도 더 어두운 그의 눈이 나는 짐작할 수도 없는 어떤 감정으로 끓고 있다. 하지만 그가 입을 열기도 전에 에반젤린이 그의 옆에 나타난다. 그가 그녀의 손을 잡자, 나는 억지로 눈을 뗀다.

메이븐은 연회장의 가운데의 빈 공간으로 우리를 이끈다.

"이게 어려운 부분이지."

그가 나를 진정시키려는 듯 말한다.

메이븐의 의도가 조금 먹혀서, 내 몸을 달리던 떨림이 점차 빠져 나간다.

두 왕자와 그들의 신부들인 우리는 모두의 앞에서 제일 먼저 춤을 춘다. 또 다른 힘과 권력의 과시이자, 모든 패배한 가문들의 앞에서 승리한 두 명의 소녀들을 전시하는 것이기도 하다. 지금 이 순간 내가 가장 하고 싶지 않은 일이지만, 이것도 명분을 위한 일이다. 내가 혐오하는 전기적인 음악이 달그락거리면서 생명을 얻자, 나는 그 곡이 적어도 내가 인지하는 춤이라는 사실을 깨닫는다.

내 발이 제대로 된 움직임을 보이자 메이븐은 충격 받은 얼굴이 된다.

"연습을 해 온 건가?"

당신 형이랑요.

"조금요."

"그대는 정말로 놀라움으로 가득한 존재로군."

미소를 지을 만한 의지를 되찾은 그가 빙그레 웃는다.

우리 옆에서는, 칼이 에반젤린을 딱 들어맞게 돌리고 있다. 그들은 왕과 왕비라면 응당 그래야 할 모습처럼 보인다. 장엄하고, 차갑고 아름다운 모습으로. 그의 손이 그녀의 손을 둘러싸는 바로 그 정확한 순간 칼의 눈이 내 눈과 마주치고, 나는 한순간 천 가지 것들을 느낀다. 그들은 둘 다 누구도 기쁘지 않다는 것을. 하지만 그 생각이 주는 기쁨에 빠지는 대신에, 나는 메이븐에게 더 가까이 움직인다. 음악이 나오는 동안 흘긋 나를 내려다보는 메이븐의 파란 눈이 커다래진다. 약간 떨어진 곳에서 칼이 스텝을 밟고, 내게 가르쳤던 것과 똑같은 춤을 에반젤린과 춘다. 우아하고 날카로운 아름다움으로 그것을 소화하는 그녀는 나보다 훨씬 낫다. 또다시 나는 추락하는 기분을 느낀다.

우리는 차갑게 지켜보는 사람들에게 둘러싸인 채 음악과 함께 플로어를 가로질러 빙글 빙글 돈다. 그 얼굴들을 이제 알아볼 수 있다. 나는 이제 하우스들, 색깔들, 능력들, 역사들을 알고 있다. 두려워해야 할 자가 누구이며, 동정해야 할 자가 누구인지. 그들이 굶주린 눈으로 우리를 바라보는 이유를 안다. 그들은 우리가 미래라고 생각한다. 칼과 메이븐과 에반젤린과, 심지어 나까지도. 그들은 자신들이 왕과 왕비, 왕자와 왕자비를 보고 있다고 생각한다. 하지만 그것은 내가 일어나도록 내버려 둘 수 없는 미래이다.

내 완벽한 세상에서 메이븐은 자신의 마음을 숨길 필요가 없을 것이고 나도 내가 진실로 누구인지 숨길 필요가 없을 것이다. 칼에게는 쓸 왕관이, 지켜야 할 왕좌가 없을 것이다. 이 사람들이 그 뒤로 숨을 벽이 더 이상 없을 것이다.

새벽이 당신들 전부에게 오고 있어.

우리는 노래 두 곡을 더 추고, 다른 커플들이 우리에게 합류한다. 언뜻언뜻 보이던 칼과 에반젤린의 모습을 메이븐과 내가 둘이서만 돌고 있는 것처럼 느껴질 때까지 색의 소용돌이가 가린다. 잠시 동안 칼의 얼굴이 그의 동생 얼굴 대신 내 앞에 떠오르고, 꼭 달빛으로 가득했던 방으로 되돌아간 것 같은 생각이 든다.

하지만 메이븐은 칼이 아니다. 그의 아버지가 그가 그렇게 되길 얼마나 원하는지와는 상관없이. 그는 군인이 아니고, 왕이 되지도 않을 것이다. 하지만 그는 더 용감하다. 그리고 그는 기꺼이 옳은 일을 하려고 한다.

"고마워요, 왕자님."

나는 끔찍한 음악 너머로 간신히 들릴 소리로 속삭인다.

그는 내가 무엇에 대한 말을 하는 것인지 묻지 않아도 안다.

"그대는 내게 결코 고마워할 필요가 없어."

그의 목소리는 이상할 정도로 깊고, 거의 갈라지려고 한다. 그의 눈이 어두운 빛을 띤다.

"어떤 것에도 말이야."

우리는 그간 이토록 가까이 있어 본 적이 없다. 내 코는 그의 목에서 고작 몇 센티미터 떨어진 곳에 있다. 나는 그의 심장이 내 손 아래에서 내 심장이 뛰는 소리에 맞춰 쿵쿵 거리는 것을 느낄 수 있다. *메이븐은 그의 어머니의 아들입니다.* 줄리언이 그렇게 말했었지. 그는 완전히 틀렸다.

메이븐은 교묘하게 댄스 플로어의 바깥쪽으로 이동한다. 댄스 플로어는 이제 빙빙 도는 남녀 귀족들로 붐비고 있다. 아무도 우리가 사라졌다는 것을 깨닫지 못할 것이다.

"음료수를 좀?"

거품이 나는 금색 액체가 든 쟁반을 든 하인 하나가 웅얼웅얼 묻는다. 괜찮다고 막 손을 흔들려는 참에 보니 그의 암녹색 눈동자가 낯이 익다.

그의 이름을 크게 부르려는 스스로를 멈추기 위해 나는 혀를 깨물어야만 한다. 킬런.

이상하게도, 그 붉은색 제복이 그에게는 잘 어울린다. 처음으로 킬런은 얼굴의 먼지를 가까스로 닦아내는 데 성공한 모양이다. 내가 알았던 어부 소년은 완전히 사라진 것 같다.

"이거 좀 가려워."

그가 낮은 목소리로 툴툴거린다. 어쩌면 완전히 사라진 건 아닌지도 모르겠다.

"음, 그렇게 오래 입고 있진 않아도 될 거야. 모든 것이 다 준비되었나?"

메이븐이 묻는다.

킬런이 고개를 끄덕이며 군중 사이를 노려본다.

"벌써 위층에 있습니다."

우리 위쪽으로, 감시병들은 층계참을 둘러싸듯 우글우글하며 벽을 만들고 있다. 하지만 그들 위로, 곡선형으로 된 창문형 벽감과 천장에 가까운 작은 발코니들에는, 전혀 감시병의 것이 아닌 그림자들이 있다.

"신호를 주기만 하면 됩니다."

그가 쟁반과 순결한 금색 유리잔을 내민다.

내 옆의 메이븐이 자세를 바로 하자, 그의 어깨가 내 어깨에 찬성하듯 닿는다.

"메어?"

내 차례다.

"난 준비됐어요."

나는 며칠 전 메이븐이 내게 속삭여 준 계획을 되새기며 중얼거린다. 몸을 떨며 익숙한 전기의 웅웅거리는 소리에 내 몸을 맡기자 모든 전등과 카메라가 머릿속으로 느껴진다. 나는 잔을 들어 단숨에 들이마신다.

킬런은 재빨리 그 잔을 회수한다.

"1분."

그의 목소리는 변경할 수 없는 듯 들린다.

킬런이 쌩 하니 쟁반을 챙겨서 내가 더 이상 그를 볼 수 없을 때까지 사람들 사이로 사라져간다. *달려.* 나는 그가 충분히 빠르기를 바라며 기도한다. 메이븐도 내 곁을 떠나서 자신의 어머니 쪽에서 할 일을 하기 위해서 사라진다.

나는 사람들 한가운데로 향한다. 전기의 느낌은 나를 집어삼킬 듯이 위협한다. 하지만 아직 그 느낌을 놓아 버릴 순 없다. 그들이 시작하기 전까지는 안 된다. *30초.*

자신이 가장 사랑하는 아들과 웃음을 나누고 있는 티베리아스 왕이 내 앞을 가로막는다. 그는 와인을 세 잔째 마시고 있는데, 그의 뺨은 은색으로 물들어 있다. 그 사이 칼은 공손하게 물을 한 입 마신다. 어딘가 내 왼편에서 에반젤린의 가슴을 찌르는 웃음소리가 들려오는데, 아마도 그녀의 오빠와 함께인 듯하다. 방 너머 온 곳에서, 네 명의 사람들이 자신의 마지막 숨을 들이마신다.

나는 내 심장이 그들의 마지막 순간을 헤아리도록, 그 순간들을 털어 버리도록 내버려 둔다. 칼이 사람들 사이에서 나를 발견하고, 내가 그토록 사랑하는 미소를 지으며 나를 향해 다가오기 시작한다. 하지만 그가 내 곁으로 도착하는 것보다는 일의 시작이 더 빠를 것이다. 오직 벽을 통해서 느껴지는 놀라운 힘만이 인지될 때까지, 세상이 느려진다. 훈련 수업 때처럼, 줄리언과 함께할 때처럼, 나는 그것을 제어하는 것을 배우고 있다.

네 번의 총소리가 울려 퍼지고, 저 위쪽에서부터 총의 불빛이 네 번 번쩍하며 총성과 쌍을 이룬다.

비명이 뒤따른다.

제20장

　나도 다른 사람들과 함께 비명을 지른다. 그러자 전등들이 번쩍대다가 깜빡거리고, 다음 순간 꺼진다.

　어둠의 1분. 그것이 내가 그들에게 제공해야 할 부분이다. 비명, 고함소리, 우르르 몰려가는 발걸음 소리가 내 집중을 거의 깰 뻔 하지만, 나는 있는 힘껏 집중한다. 전등들은 끔찍하게 번쩍대다가, 다음 순간 죽어 버린다. 움직이는 것이 거의 불가능하도록. *내 친구가 빠져나가는 것이 가능하도록.*

　"벽감 속에!"

　한 목소리가 혼돈 위로 큰 소리로 고함을 지른다.

　"그들이 달아나고 있다!"

　다른 목소리들도 그 부름에 합류하지만, 어떤 목소리도 익숙하지 않다. 하지만 이 광기 속에서는 모두의 목소리가 평소와는 다르게만

72

들린다.

"그들을 찾아!"

"멈춰야 해!"

"죽여!"

계단참의 감시병들은 그들이 추적할 수 있는 것이라고는 더욱 흐릿해진 형체, 간신히 그림자라 할 만한 것들만 남았는데도 총을 겨눈다. 월시가 함께 있어. 나는 되새긴다. 전에도 월시와 다른 하인들이 팔리와 킬런을 몰래 나갈 수 있게 도와줬다면, 이번에도 다시 몰래 빠져나가도록 도와줄 수 있을 것이다. 그들은 숨을 수 있다. 그들은 달아날 수 있다. 그들은 괜찮을 것이다.

내가 일으킨 어둠이 그들을 구할 것이다.

번쩍하는 불이 군중들 사이에서 폭발하고, 공기 중으로 불타는 뱀처럼 똬리를 튼다. 불은 내 머리 위로 으르렁거리며 연회장을 빛줄기로 번쩍거리게 한다. 번쩍대는 그림자들이 벽 위로 뒤집힌 얼굴들을 그려내고, 연회장을 붉은 빛과 화약의 악몽으로 바꿔놓는다. 레이날드의 시체 위로 몸을 구부린 소녀가 가까운 곳에서 비명을 지른다. 빈틈없는 늙은이 아이라가 몸싸움하다시피 하며 그녀를 시체에서 떼어 내, 혼돈에서 멀리 끌고 간다. 유리처럼 천장을 바라보고 있는 레이날드의 눈은 붉은 빛을 반사하고 있다.

여전히 나는 꼼짝하지 않고 있다. 내 안의 모든 근육은 점점 더 단단해지고 긴장된다.

불이 난 곳 근처 어딘가에서, 왕의 보호병들이 서둘러서 왕이 방에서 나가도록 하는 것을 나는 인지한다. 왕은 그들과 맞서며 머물겠다고 고함을 치고 소리 지르지만, 처음으로 그들은 그의 명령을 듣지 않는다. 엘라라 왕비는 바로 뒤에서 메이븐에게 밀려 나간다. 그들은 위험에서 달아난다. 더 많은 사람들이 이곳에서 벗어나길 열망하며 그 뒤를 따른다.

보안 요원들이 그 흐름에, 방을 가득 메우고 있는 비명과 정신없이 발 구르는 소리에 맞선다. 남녀 귀족들이 탈출하려고 애쓰는 와중에 내 옆에서 이리저리 서로 밀착해 있지만, 나는 오직 제자리에 서서 할 수 있는 한 최선을 다해 가만히 기다리고 있을 뿐이다. 아무도 나를 끌고 가려고도 하지 않는다. 아무도 나를 알아차린 것 같지도 않다. *그들은 겁에 질렸어.* 그 모든 힘에도, 그 모든 권력에도 불구하고 그들은 여전히 공포의 의미를 알고 있다. 그리고 총알 몇 개가 그들에게 공포를 가져다준 것이다.

눈물을 흘리는 여자가 갑자기 나와 부딪혀, 나를 쓰러뜨린다. 나는 시체와 얼굴을 맞대고 쓰러진다. 매칸토스 대령의 흉터가 바로 내 눈앞에 있다. 은색 피가 그녀의 얼굴 아래로 흐른다. 그녀의 이마에서 바닥까지 흐르고 있다. 총알이 낸 구멍은 이상하다. 그것은 회색의 울퉁불퉁한 살점으로 둘러싸여 있다. *그녀는 스톤스킨이었구나.* 그녀는 오랫동안 그것을 멈춰 보려고, *스스로를 보호하려고* 애쓰며 살아 있었다. 하지만 총알을 멈출 수는 없었다. 그녀는 이제 죽었다.

나는 살해당한 여인을 밀치지만, 은색 피와 와인이 뒤섞인 사이로 손이 미끄러진다. 좌절과 비통함이 끔찍하게 뒤섞인 비명이 내 입에서 튀어나간다. 내가 저지른 짓을 알고 있다는 것처럼 피가 손에서 뚝뚝 떨어진다. 그것은 끈끈하고 차가우며, 모든 곳에서 나를 질식시키려 한다.

"메어!"

강한 팔이 나를 바닥에서 일으켜, 내가 죽게 만든 여인에게서 끌어당긴다.

"메어, 제발……."

목소리가 애원하는데, 하지만 무엇을 원하는지 나는 모르겠다.

좌절의 아우성과 함께, 나는 싸움에 진다. 빛이 돌아오고, 비단과 죽음이 뒤섞인 전쟁 구역을 드러낸다. 비틀거리며 내 발로 서려고, 그 일이 정말로 일어났다는 것을 확인하려고 하자, 손이 나를 밀쳐서 앉힌다.

이 모든 일에서 내 고유한 역할을 연기하며, 나는 반드시 해야만 하는 대사들을 뱉는다.

"미안해요…… 전등들…… 제어할 수가……."

머리 위로, 전등들이 다시 깜빡거린다.

칼은 내 말을 들으려고 애를 쓰며 내 옆에 무릎을 꿇는다.

"어디를 맞았어?"

훈련받은 게 느껴지는 방식으로 내 몸을 확인하며 그가 포효하듯 묻는다. 그의 손가락이 내 팔과 다리를 따라 상처를 찾아서, 그토록 많은 피의 이유를 찾아서 훑어 내리는 것이 느껴진다.

내 목소리는 이상하게 들린다. 부드럽고, 상처 입었다.

"괜찮아요."

그는 내 말을 듣지 않는다.

"왕자님, 난 괜찮아요."

안도가 그의 얼굴에 강하게 밀려들고, 잠시 동안 나는 그가 나에게 입 맞출지도 모르겠다는 생각이 든다. 하지만 그의 감각은 나보다 더 빠르게 돌아온다.

"확실해?"

조심조심 나는 은빛으로 얼룩진 소매를 든다.

"이게 어떻게 내 피겠어요?"

내 피는 이 색이 아닌걸요. 당신도 잘 알잖아요.

그가 고개를 끄덕이며 속삭인다.

"그렇지. 난 그저…… 그대가 바닥에 쓰러진 걸 봤는데 난……."

그가 말꼬리를 흐리고, 그의 눈에 지독한 슬픔이 자리한다. 하지만 그것도 금방 사라지고, 단호함이 자리를 잡는다.

"루카스! 아가씨를 여기서 모시고 나가게!"

내 개인 보호병이 난투를 뚫고 돌진해 온다. 그의 총도 준비 상태이다. 똑같은 신발에 똑같은 옷을 입고 있지만, 이 사람은 내가 알던 루카스가 아니다. 그의 검은 눈동자, 사모스 눈동자가 밤처럼 어둡다.

"제가 아가씨를 다른 사람들에게 모시겠습니다."

그가 나를 일으키며 으르렁거린다.

위협은 사라졌음을 다른 누구보다도 더 잘 알고 있음에도, 나는 팔을 뻗어 칼을 잡지 않을 수가 없다.

"왕자님은 어쩌고요?"

그는 놀랄 만큼 쉽게 내 손아귀를 어깨에서 떨쳐낸다.

"나는 도망가지 않아."

다음 순간 그는 돌아서서 감시병들 한 무리와 어깨를 나란히 한다. 시체들을 성큼성큼 넘어서, 고개를 들어 천장을 올려다본다. 한 감시병이 그에게 권총을 건네주자 그는 그것을 능숙하게 받아들고는 방아쇠에 손가락을 건다. 그의 다른 손은 생명을 얻어 빛나면서 어둠을 가르는 치명적인 불꽃을 만든다. 감시병들과 바닥의 시체들을 배경으로 윤곽이 드러난 그의 모습은, 전혀 다른 사람처럼 보인다.

"사냥하러 가지."

그가 입술 사이로 뱉고는, 계단 위로 달려 올라간다. 감시병들과 보안 요원들이 그 뒤를 따르는 모습이 꼭 칼의 불꽃 뒤를 추격하는 붉고 검은 연기구름 같다. 그들은 먼지와 비명으로 흐릿한, 피가 흩뿌려진 연회장을 떠난다.

연회장 정 가운데에 누워 있는 것은 벨리코스 르롤란으로, 그는 총알이 아니라 긴 은색 창에 꿰뚫려 있다. *낚시할 때 쓰는 것 같은 작살 총으로 쏜 것이다.* 다 낡은 진홍색 띠가 바람에 거의 흔들리지도 않고 기둥에서부터 떨어진다. 거기에는 상징이 찍혀 있다. 찢어진 태양.

다음 순간, 연회장은 사라지고, 하인 통로의 어두운 벽들이 방을 삼킨다. 바닥은 발아래에서 흔들리고, 루카스는 나를 벽으로 밀어 보호한다. 천둥 같은 소리가 울리며 천장이 흔들리고, 돌 조각들이 우리를 향해 아래로 떨어진다. 우리 뒤의 문이 안쪽으로 폭발하며 불꽃에 파괴된다. 그 너머, 연회장은 연기로 까맣다. 폭발.

"왕자님……."

나는 루카스에게서 벗어나려고 애를 쓰면서 우리가 온 길로 돌아가려고 하지만, 그가 나를 반대 방향으로 밀친다.

"루카스, 우리는 그를 도우러 가야만 해요!"

"절 믿으세요, 폭탄은 왕자님께 해를 끼칠 수 없습니다."

그가 나를 앞으로 밀면서 나직하게 대꾸한다.

"폭탄이라고요?"

그건 계획에 들어 있지 않았는데.

"그게 폭탄이었어요?"

루카스는 긍정의 의미로 고개를 끄덕이며 분노에 차 나를 뒤로 잡아당긴다.

"아가씨도 그놈의 망할 붉은 스카프를 보셨죠. 이건 진홍의 군대가 벌인 일이고, 저것이(그는 여전히 어둡고 불타고 있는 연회장을 가리킨다.) 그들이 어떤 자들인가에 대한 대답입니다."

"말이 안 돼요."

나는 혼자 중얼거리며 계획의 면면을 다시 떠올려 보려고 애를 쓴다. 메이븐은 결코 폭탄에 대해 말해 준 적이 없다. 결코. 그리고 만약 내가 위험에 처할 수도 있다는 것을 그가 알았다면, 결코 내가 이 일에 끼어들도록 하지 않았을 것이다. *그들이 그럴 리가 없다.*

루카스는 권총집에 총을 넣는다. 그의 목소리는 으르렁거림에 가깝다.

"살인자들이란 말이 안 되는 법입니다."

루카스는 내 침묵을 충격으로 받아들이지만, 그는 잘못 생각하고 있다. 내가 느끼는 것은 분노이다.

누구든 누구라도 배신할 수 있다.

루카스는 나를 지하로 이끈다. 적어도 세 개는 되는 문을 지나는데, 각각의 문은 30센티미터는 되게 두껍고 강철로 만들어져 있다. 문에는 자물쇠가 없지만 그는 자신의 손을 튕기는 것만으로 문을 연다. 그 모습이 우리가 처음 만났을 때, 그가 내 감옥의 철창을 구부려 벌려 주던 모습을 생각나게 한다.

모습이 보이기도 전에 먼저 사람들의 목소리가 들린다. 서로에게 말하는 그들의 목소리는 금속 벽을 넘어서 메아리친다. 왕의 꾸짖는 듯한 목소리와 말들이 들리자 몸이 떨린다. 망토를 뒤로 펄럭거리면서 이리저리 왔다 갔다 하고 있는 왕의 존재감이 벙커를 메우고 있는 듯이 보인다.

"그들을 어서 찾길 바라오. 그들을 내 앞에 대령해서 칼날을 등에 달아 놓고 겁 많은 새들처럼 노래 부르는 모습을 보고 싶군!"

그는 감시병에게 말하지만, 가면을 쓴 여자 감시병은 움찔하지도 않는다.

"대체 무슨 일이 일어나고 있는 건지 알고 싶소!"

엘라라 왕비는 한 손을 가슴에 올리고, 다른 손은 메이븐을 강하게 붙든 채로 의자에 앉아 있다.

메이븐은 나를 보자 움찔한다.

"괜찮아?"

그가 나를 재빨리 안으며 나직하게 묻는다.

"그냥 좀 떨려요."

할 수 있는 한 대화를 하려고 애를 쓰며 나는 간신히 말한다. 하지만 엘라라 왕비가 그토록 가까이 있으면, 나는 생각을 해서도, 혼잣

79

말을 해서도 안 된다.

"총격 후에 폭발이 있었어요. 폭탄이오."

메이븐이 혼란스러운 얼굴로 눈썹을 찌푸리더니, 재빨리 그 감정을 분노로 위장한다.

"개자식들."

"야만인들이지."

티베리아스 왕이 악문 이 사이로 낮게 뱉는다.

"내 아들은 어떻게 되었느냐?"

왕이 메이븐은 전혀 의미하지 않았다는 것을 깨닫기도 전에 내 시선은 메이븐을 좇는다. 메이븐은 이런 태도를 예상했다는 듯 그저 받아들인다. 그는 익숙한 얼굴로 못 알아차린 척 한다.

"칼 왕자님은 총 쏜 이들을 좇아갔어요. 감시병 한 부대와 함께 갔습니다."

그에 관한 기억, 불꽃처럼 어두운 분노가 나를 놀라게 한다.

"그러고 나서 연회장이 폭발했어요. 얼마나 더 많은 사람이 여전히…… 여전히 거기 있는지 모르겠어요."

"또 다른 일이 있었니, 애야?"

엘라라 왕비가 다정한 표현을 담아 말을 하다니 마치 전기적 충격을 받는 듯하다. 그녀는 어느 때보다도 더 창백하고, 그녀의 얇은 숨은 헐떡거린다. *그녀는 두려운 거야.*

"또 다른 기억나는 건?"

"창에 플래카드 같은 것이 붙어 있었어요. 진홍의 군대가 이 짓을 했어요."

"그들이?"

그녀가 한쪽 눈썹을 올리며 말한다. 나는 물러서고 싶은 충동, 그녀와 그녀의 위스퍼들에게서 달아나고 싶은 충동과 맞서 싸운다. 언제 어느 때나 그녀가 내 머릿속으로 기어들어와 진실을 캐낼 거라고 생각한다.

하지만 대신에 엘라라 왕비는 눈을 왕에게로 휙 돌린다.

"보세요, 스스로 무슨 일을 하셨는지."

그녀의 입술이 말려 올라가 이를 드러낸다. 불빛 아래 그것들은 번쩍 빛나는 송곳니처럼 보인다.

"내가? 그대가 진홍의 군대를 작고 약하다 했지, 내 사람들에게 거짓말을 했어."

그가 으르렁대며 맞받아친다.

"그대의 행동들이 위험에서 우리를 약하게 했지, 내가 아니라."

"만약 전하께서 기회를 잡았을 때, 그들이 정말로 작고 약했을 때 주의를 기울이셨다면, 이 일은 결코 일어나지 않았겠지요!"

그들은 굶주린 개처럼 서로에게 거칠게 덤벼들어, 점점 더 큰 상처를 각자에게 낸다.

"엘라라, 그들은 그때까진 테러리스트들이 아니었소. 조그만 책자나 쓰고 있는 적혈들 몇 명을 추적하느라 내 군인들과 요원들을 낭비할 수는 없었지. 그들은 아무 해도 끼치지 않았어."

천천히, 엘라라 왕비가 천장을 가리킨다.

"저게 전하께는 아무 해도 없는 것처럼 보이십니까?"

그는 그녀에게 아무 대답도 하지 않고, 그녀는 논쟁을 이긴 것이

기쁜 듯 비웃음을 짓는다.

"언젠가는 진하를 포함한 남자들은 주의를 기울이는 법을 배우실 테고, 전 세계가 떨겠지요. 그것들은 질병이에요, 전하께서 강력해지도록 내버려 둔 질병. 그리고 이 질병이 자라는 곳을 뿌리 뽑을 때가 왔습니다."

그녀는 자신을 다스리며 의자에서 일어난다.

"그것들은 적혈 악마들이고, 그놈들이 우리 벽 안에 동맹들을 갖고 있는 것이 틀림없어요."

나는 눈을 바닥에 고정한 채, 침착하려고 최선을 다한다.

"제가 하인들과 이야기를 좀 나눠 봐야 할 것 같군요. 사모스 요원, 부탁해요."

그는 즉시 차렷 자세를 취하고는 그녀를 위해 육중한 철문을 연다. 그녀가 분노의 폭풍처럼 휩쓸고 사라지자 그 뒤를 두 명의 감시병이 따른다. 루카스도 잇달아 무거운 문을 열면서 그녀와 함께 이동하고, 챙그랑 거리는 소리가 점점 멀어진다. 그녀가 하인들에게 무슨 짓을 하려는 것인지 알고 싶지도 않지만 그것이 아플 것이라는 사실은 분명하다. 그리고 그녀가 아무것도 찾지 못하리라는 것도. 우리 계획대로라면 월시와 홀란드는 팔리와 함께 달아났을 것이다. 그들은 무도회 뒤에 남는 것이 자신들에게 너무 위험하리라는 것을 알았고, 그들이 옳았다.

두꺼운 금속은 잠시간 닫혔다가 바로 다시 흔들리며 열린다. 또 다른 마그네트론이 그것을 움직인다. *에반젤린*이다. 그녀는 파티 드레스를 입은 지옥 같은 몰골이다. 그녀의 보석들은 엉망진창이고 보기 끔찍하다. 최악은 그녀의 눈인데, 거칠고 젖어 있으며 검은색 화장이 줄줄 흐른 상태다. *프톨레무스. 그녀는 죽은 오빠를 위해 울었어.* 스스로 신경 쓰지 않는다 했건만, 그녀에게 다가가 위로해 주고픈 욕구가 치민다. 하지만 그 감정은 그녀의 동행이 뒤를 따라 벙커에 들어오자 사라진다.

연기와 검댕이 피부에 묻고, 한때 깨끗했던 군복에는 더러움이 가득하다. 평소 같으면 칼의 눈에 서린 몹시 지치고 혐오스러운 감정에 염려부터 됐겠지만, 무언가 또 다른 것이 내 등골을 오싹하게 한다. 그의 검정색 군복에 얼룩진 채로 손을 따라 떨어져 내리는 것은 피다. 그 피는 은색이 아니다. *붉은색이다. 그 피는 붉다.*

"메어."

그가 따뜻함은 전부 사라진 어조로 내게 말한다.

"나랑 같이 가지. 당장."

그가 지시한 것은 나인데, 모두가 뒤를 따른다. 그가 복도를 따라 우리를 끌고 간 곳은 감옥이다. 심장이 가슴 안에서 터질 듯이 쿵쿵 뛴다. *킬런은 안 돼. 그 애를 제외한 다른 사람이기를.* 메이븐이 내 어깨에 손을 얹고 나를 안아 준다. 처음에는 그가 나를 안심시키려는 거라고 생각하지만, 다음 순간 그는 나를 뒤로 끌어당긴다. 그는 내가 앞으로 달려 나가지 못하도록 하는 것이다.

"그가 발견된 순간 죽였어야 해요. 나라면 그 적혈 악마 놈을 살려두지 않았을 거예요."

에반젤린이 칼에게 말한다. 그녀의 손가락이 칼의 셔츠에 묻은 붉은색 피를 튕긴다.

그. 나는 멍청한 말을 뱉지 않도록 입술을 꼭 다문 채, 이로 입술을 씹는다. 메이븐의 손이 족쇄처럼 내 어깨를 단단하게 잡고, 나는 그의 맥박이 빨라지는 것을 느낄 수 있다. 우리 모두가 알다시피, 이것은 우리의 게임의 종말일 수도 있다. 엘라라 왕비가 돌아와서 그들의 뇌를 산산조각 낸 다음에 얼마나 계획이 진행되었는지 알아내기 위해 잔해 사이를 수색할 것이다.

감옥으로 가는 길은 유난히 더 길어 보인다. 길은 홀의 가장 깊은 부분으로 쭉 뻗어 내려간다. 지하 감옥이 우리를 환영하듯 떠오르고, 여섯 명 정도의 감시병들이 그 앞을 지키고 있다. 차가운 냉기가 내 뼈를 따라 내달리지만 나는 떨지 않는다. 나는 간신히 움직인다.

감옥 안에는 네 개의 형체들이 서 있고, 각각 피에 젖고 멍든 모습을 하고 있다. 월시의 눈은 부어올라서 감겨 있지만 그녀는 괜찮아 보인다. 피에 젖은 다리의 부담을 덜기 위해서 벽에 기대 서 있는 트리스탄은 처지가 좀 다르다. 그의 다리에는 상처 주위로 붕대가 성급하게 감겨 있는데, 모양으로 보건대 킬런의 셔츠를 찢은 것 같다. 킬런은 아무 탈이 없어 보여서 나는 안도한다. 그는 팔리를 한 팔로 붙들고 있고, 그녀는 그에게 기대 서 있다. 그녀의 어깨는 탈골된 듯, 한쪽 팔이 이상한 각도로 매달려 있다. 하지만 그런 부상도 그녀가 우리를 향해 코웃음 치는 것만은 막지 못한다. 그녀는 심지어 철창 사이로 침을 뱉고, 침과 피가 뒤섞인 그것은 에반젤린의 발 앞에 떨어진다.

"대가로 저것의 혀를 뽑고 말 거야."

에반젤린이 으르렁대며 철창으로 돌진한다. 하지만 그녀는 뚝 멈쥐서 한 손으로 금속을 때린다. 생각만으로도 감옥과 그 안에 있는 사람들을 찢어 버릴 수도 있건만, 그녀는 자신을 억누른다.

그 외침에도 눈 하나 깜짝하지 않은 팔리가 에반젤린의 눈을 마주 본다. 이것이 만약 자신의 끝이라고 해도, 팔리는 분명 고개를 빳빳이 들고 맞이하리라.

"왕자비께는 좀 과격했지."

에반젤린이 화를 터뜨리기 전에, 칼이 그녀를 뒤로 물린다. 느리게 그는 손을 들어서 앞을 가리킨다.

"너."

공포로 휘청하며, 나는 그가 킬런을 가리키고 있음을 인지한다. 킬런의 뺨의 근육이 꿈틀하지만, 그는 눈을 바닥에만 꽂고 있다.

칼이 그를 기억한 거야. 그가 나를 집으로 데려다줬던 그날 밤.

"메어, 이걸 설명해 봐."

나는 입을 열고, 무언가 환상적인 거짓말이 쏟아져 나오기를 기대해 보지만, 아무 말도 나오지 않는다.

칼의 눈이 어두워진다.

"그는 네 친구잖아. *이걸 설명해 봐.*"

에반젤린이 숨을 헉 들이쉬고는 분노를 내게로 돌린다.

"네가 그를 여기로 데려왔구나! 네가 그랬어?!"

그녀는 날카로운 소리를 지르면서 나에게 달려든다.

"난 아무 일도 하, 하지 않았어요."

방 안에 있는 모든 사람의 시선이 내게 쏠리는 것을 느끼며 나는 말을 더듬는다.

"내 말은, 내가 저 애에게 여기서 일자리를 하나 얻어 주긴 했어요. 지 애는 목재 집하장에서 일했는데, 그건 너무 고된 일이고, 끔찍한 일이라서……"

거짓말이 내 입에서 굴러 나오고, 점점 더 재빠르게 튀어나온다.

"저 애는…… 저 애는 내 친구였어요, 예전에 마을에 있었을 때요. 난 그저 그 애가 괜찮을 거란 걸 확신하고 싶었을 뿐이에요. 나는 그 애에게 하인 일자리를 얻어 주었어요. 그냥 나처럼……."

내 눈이 칼에게로 향한다. 우리는 동시에 우리가 처음 만났던 밤, 그리고 이어진 날들을 떠올린다.

"난 저 앨 돕고 있다고 생각했어요."

메이븐은 우리 친구들을 마치 지금 처음 본다는 듯이 바라보며 감옥으로 한 발 내딛는다. 그는 그들의 빨간 제복을 가리킨다.

"내 눈에는 그냥 하인들처럼 보이는데."

"배수관을 통해서 달아나려고 시도하는 걸 보지 못했더라면 나도 똑같이 말했을 거다. 그들을 끌어내느라 시간이 좀 걸렸지."

칼이 툭 뱉는다.

"이들이 그들의 전부인 것이냐?"

티베리아스 왕이 감옥 철창 사이를 뚫어져라 보며 묻는다.

칼이 머리를 흔든다.

"더 많은 이들이 앞서서 달아났고, 그들은 이미 강을 건넜습니다. 얼마나 많은지는 저도 모릅니다."

에반젤린이 눈썹을 추켜세우며 말한다.

"글쎄, 어디 한번 알아보죠. 왕비님께 전갈을 보내시지요. 그리고 그동안······."

그녀가 왕을 마주본다. 수염 아래로, 그가 조금 미소를 짓고 고개를 끄덕인다.

그들이 무슨 생각을 하고 있는지 알기 위해서 질문을 던질 필요도 없다. 고문.

네 명의 죄수들은 굳건하게 서서, 전혀 움찔하지도 않는다. 이 일을 빠져나갈 방법을 생각해 내려 애쓰는 동안 메이븐의 입이 흉포하게 움직이지만, 그도 방법이란 없다는 것을 알고 있다. 어느 편인가 하면, 이 상황은 우리가 바랐던 것 이상이 될 듯하다. *만약 그들이 가까스로 거짓말이라도 해 준다면. 하지만 어떻게 그들에게 그러라고 요청할 수 있으랴? 어떻게 우리가 당당하게 서서 그들이 비명을 내지르는 것을 지켜볼 수 있으랴?*

킬런은 내 마음속 질문에 대답하려는 것처럼 보인다. 이 끔찍한 장소에서조차, 그의 녹색 눈동자는 어떻게든 빛난다. *나는 너를 위해 거짓말을 할 거야.*

"칼, 그 영예를 너에게 넘기마."

왕이 손을 아들의 어깨에 올리며 말한다. 나는 커다랗게 눈을 뜨고 부디 칼이 아버지의 요청에 따르지 않기를 기도하며, 애원하는 마음으로 그저 지켜본다.

그는 나를 홀깃 바라본다. 마치 어떻게든 그것을 사죄로 치기라도 한다는 듯이. 그러고는 다른 이들보다 더 키가 작은 감시병 한 명에게 돌아선다. 그녀의 눈은 가면 뒤에서 회백색으로 반짝인다.

"글리아콘 감시병, 약간의 얼음이 필요할 것 같네."

그 말의 의미가 무엇인지 나는 전혀 모르겠지만, 에반젤린이 키득거린다.

"좋은 선택이에요."

"이걸 볼 필요는 없어."

메이븐이 나를 끌어내리려고 하며 중얼거린다. 하지만 킬런을 남겨 둘 수는 없다. 지금은 안 된다. 눈을 계속 내 친구에게 고정한 채로 나는 거세게 그를 어깨에서 떨쳐낸다.

"계속 있게 둬요. 적혈을 친구로 대하면 어떻게 되는지 이 일이 그녀에게 가르쳐 줄 테니까."

에반젤린이 내 불편함에 기쁨을 느끼며 떠들어 댄다. 그녀는 감옥으로 몸을 돌리고 철창을 구부려서 연다. 그녀가 하얀 손가락 하나로 가리킨다.

"쟤로 시작하죠. 쟤는 몇 군데 좀 부러질 필요가 있어요."

감시병들이 고개를 끄덕인 후 팔리의 허리를 붙들고 감옥 밖으로 끌고 나온다. 철창은 그녀의 뒤로 다시 휘청대며 제자리로 돌아가 나머지 이들을 가둔다. 월시와 킬런은 철창으로 달려든다. 두 사람은 마치 공포의 초상 같다.

감시병들은 팔리를 강제로 무릎 꿇리고, 다음 명령을 기다린다.

"왕자님?"

칼은 움직여 그녀를 내려다보며 무거운 숨을 내쉰다. 그는 말하기 전 잠시 망설이지만, 입 밖으로 나온 그의 목소리는 강하다.

"너희 무리 몇 명이 더 거기 있었지?"

팔리는 이를 꽉 문 채로 턱을 단단히 다문다. 그녀는 말하지 않고 죽을 것이다.

"팔부터 시작해."

감시병은 부드럽지 않다. 팔리의 다친 팔을 확 비튼다. 팔리는 고통으로 비명을 지르지만 여전히 아무 말도 하지 않는다. 감시병을 때리지 않기 위해 나는 모든 노력을 다해야만 한다.

"그러면서 너희들은 우리를 야만인이라고 부르지."

킬런이 이마를 철창에 댄 채 내뱉는다.

느릿느릿 감시병은 팔리의 피로 얼룩진 소매를 걷어 내고 자신의 창백하고 잔혹한 손을 그녀의 피부에 댄다. 팔리는 그 손길에 비명을 지르지만 왜인지 나는 알 수가 없다.

"나머지는 어디에 있나?"

칼은 그녀의 눈을 들여다보기 위해 무릎을 꿇고 묻는다. 잠시간 그녀는 잠잠해지고, 몹시 지친 숨을 뱉는다. 그는 몸을 기울이고 인내심 있게 그녀가 다시 숨을 쉬길 기다린다.

대신 팔리는 재빨리 앞으로 움직여서 있는 힘을 다 모아 머리로 그를 들이받는다.

"우리는 어디에나 있다."

그녀는 웃음을 터뜨리지만 감시병이 고문을 재개하자 다시 비명을 지른다.

칼은 한 손을 이제는 부러진 코에 댄 채 재빨리 회복한다. 다른 사람이라면 마주 때릴 수도 있었겠지만 그는 그러지 않는다.

붉은색의 작은 구멍들이 팔리의 팔에, 감시병의 손 주위로 나타난다. 그것들은 매 순간 점점 자라 이제는 파르스름해진 피부 밖으로 곧장 튀어나올 듯한 날카롭고 빛나는 붉은 점이 된다. *글리아콘 감시병. 글리아콘 하우스.* 내 마음은 의진 수업으로 돌아가, 하우스들에 대한 정보를 생각해 본다. *쉬버(Shiver).*

휘청하며, 나는 이해와 동시에 눈길을 돌린다.

"피잖아요."

나는 속삭인다. 돌아볼 수가 없다.

"그녀는 피를 얼리고 있는 거군요."

메이븐은 고개만 끄덕인다. 그의 눈은 심각하고 슬픔이 가득하다.

우리 뒤에선 감시병이 팔리의 팔을 따라 자신의 작업을 계속한다. 붉은 고드름이 내가 상상도 할 수 없는 고통으로 면도날이 튀어나오듯 날카롭게 그녀의 살을 뚫고 신경을 저민다. 그녀는 이 사이로 쌕쌕 숨을 뱉는다. 여전히 그녀는 아무 말도 하지 않는다. 매 초가 똑딱 똑딱 흐르는 동안, 언제 왕비가 돌아올 것인지 우리의 연극은 진정 언제 끝날 것인지에 대한 생각으로 내 심장은 달음박질을 친다.

마침내, 칼이 갑자기 벌떡 일어난다.

"충분하다."

또 다른 감시병, 스킨 힐러 스코노스가 팔리 옆에 앉는다. 그녀는 거의 무너진 상태로, 멍하니 자신의 팔만 바라보고 있다. 팔은 얼어붙은 피의 칼날로 난도질된 상태다. 그 새로운 감시병은 숙련된 방식으로 손을 움직여 가며 그녀의 팔을 재빨리 치료한다.

팔리는 팔에 온기가 돌아오자 어둡게 씩 웃는다.

"또 다시 반복하려고, 어?"

칼은 뒤로 팔을 팔짱을 낀다. 그가 아버지에게 흘깃 시선을 던지

90

자, 왕은 고개를 끄덕인다.

"그래."

칼이 쉬버를 돌아보며 한숨을 쉰다. 하지만 그녀는 더 작업할 기회를 얻지 못한다.

"그 여자 어디 있어?"

무시무시하게 외치는 소리가 계단 아래의 우리에게까지 메아리친다.

에반젤린이 그 소리에 휙 돌아서 계단 아래로 달려간다.

"나 여깄어!"

그녀가 외쳐 대답한다.

프톨레무스 사모스가 내려와서 그의 여동생을 끌어안자, 나는 반응을 억누르느라 손톱을 손바닥에 파고들 정도로 눌러야 한다. 저기그가 살아 숨 쉬는 모습으로, 무시무시하게 화난 채 서 있다. 바닥에서는, 팔리가 자신을 저주한다.

그는 잠시 동안만 동생과 시간을 보낸 후, 바로 에반젤린을 밀친다. 놀라울 정도의 분노가 그의 눈에 가득하다. 그의 무장한 의상은총알에 부서져서 망가진 채 어깨에만 붙어 있다. 하지만 그 아래의피부는 다치지 않았다. *치료되었다.* 그는 감옥을 향해 슬금슬금 가서, 손을 구부린다. 철창이 구멍 안에서 떨리면서 콘크리트에 대고끽끽 듣기 싫은 소리를 낸다.

"프톨레무스, 아직 아니……."

칼이 그를 붙들면서 낮게 으르렁거리지만, 그는 왕자를 힘주어 떨쳐낸다. 칼의 체격과 힘에도 불구하고, 그는 뒤로 비틀거리며 물러난다.

에반젤린이 오빠에게로 달려가서, 그의 손을 잡는다.

"안 돼, 저들이랑 얘기를 해야 해!"

한 번의 어깻짓으로 그는 그녀의 손을 물리친다. 심지어 그녀는 그를 멈출 수조차 없다.

철창에 금이 가고, 그의 힘 아래에 비명을 지르면서 감옥이 그를 향해 열린다. 그가 성큼성큼 걸어 숙련된 움직임으로 재빨리 이동하지만 감시병들조차 미처 그를 멈출 수 없다. 킬런과 윌시는 빠르게 움직여서 돌 벽을 향해 뛰어 물러나지만, 프톨레무스는 포식자다. 포식자란 약자를 아는 법이다. 다리가 부러져서 거의 움직일 수 없던 트리스탄은 가능성이 없다.

"너는 내 여동생을 다시는 위협할 수 없을 것이다."

프톨레무스가 감옥의 철창을 가리키면서 고함을 지른다. 하나가 트리스탄의 가슴을 곧장 관통한다. 그는 자신의 피에 질식한 채 숨을 들이마신 후, 죽는다. 그리고 프톨레무스는 진심어린 미소를 짓는다.

그가 킬런에게 돌아서서 몰래 그를 죽이려 하자, 나는 한순간에 무너진다.

불꽃이 내 피부에서 생명을 얻으며 빛난다. 손으로 프톨레무스의 근육질 목을 둘러싸고 나는 불꽃을 쏘아 낸다. 불꽃은 그를 감전시키고, 번개가 그의 혈관을 따라 춤을 추자 그는 내 손길 아래에 경직된다. 그의 옷에 달린 금속들이 진동하면서 연기를 내고, 거의 그를 잡아먹을 뻔 한다. 다음 순간 그는 콘크리트 바닥으로 쓰러지고, 그의 몸은 계속 파직대며 떨린다.

"오빠!"

에반젤린이 그의 옆으로 다가와서 그의 얼굴로 손을 뻗는다. 충격이 그녀의 손가락으로 전달되어, 그녀는 찌푸리며 할 수 없이 물러선다. 그녀는 분노의 칼날처럼 나를 비난한다.

"어디 *감히* 네가……!"

"그는 괜찮을 거예요."

어떤 손상을 입힐 만큼 충분한 양을 그에게 쏘지도 않았다.

"당신이 말했듯이, 우리는 저 사람들이랑 얘기를 해야 해요. 죽으면 아무것도 할 수 없어요."

다른 사람들은 여러 감정이 혼합된 표정으로 나를 바라본다. 그들의 눈은 공포로 커다랗다. 칼은, 내가 키스했던 남자이자 군인이며 야수인 그는 나와 눈을 맞추지 않는다. 그의 얼굴에 드러난 감정이 뭔지 알겠다. 그것은 수치다. 하지만 그것이 그가 팔리를 상처 입혔기 때문인지, 아니면 그가 그녀가 말을 하도록 만들 수 없었기 때문인지 나는 모르겠다. 적어도 메이븐은 슬퍼 보일 만큼 분별이 있다. 그의 시선은 여전히 피를 흘리고 있는 트리스탄의 시체에 머무르고 있다.

그가 왕에게 말한다.

"어머니는 죄수들을 보러 조금 후에 오실 수 있을 겁니다. 하지만 위쪽에 있는 사람들은 자신들의 왕을 보고 왕께서 안전하다는 것을 알고 싶을 겁니다. 너무 많은 사람들이 죽었어요. 그들을 위로하셔야 합니다, 아버지. 그리고 형님도요."

메이븐은 시간을 벌고 있어. 뛰어난 머리를 써서 우리에게 기회를 만들려는 중이다.

마치 곤충이 피부 위를 기어가는 듯한 느낌이 들지만, 나는 칼의 어깨를 두드리려 손을 뻗는다. 언젠가 그가 나에게 키스를 했었지. 어쩌면 여전히 내가 말하면 귀 기울여 줄지도 모른다.

"동생분의 말이 맞아요, 왕자님. 이쪽 일은 조금 더 기다리셔도 돼요."

여전히 바닥에 주저앉은 채로, 에반젤린은 분노로 이를 드러낸다.

"궁중 사람들은 대답을 원합니다, 포옹이 아니라! 이 일은 지금 마무리되어야만 해요! 전하, 그들로부터 진실을 파헤치시어……."

하지만 티베리아스 왕조차 메이븐의 말 속에 담긴 지혜를 본다.

"그들은 남겨두겠다. 내일 진실을 알아내도록 하지."

칼의 어깨를 잡은 내 손에 힘이 들어가자, 그 아래로 긴장한 근육이 느껴진다. 그는 내 손길에 긴장을 푼다. 정말 거대한 무게가 그에게서 떨어져 나간 듯한 모습이다.

감시병들은 즉시 차렷 자세를 취하고 팔리를 부서진 감옥으로 도로 끌고 간다. 도대체 내게 무슨 계획이 있는 건지 궁금해 하는 팔리의 시선이 내게로 머무른다. *나도 알았으면 좋겠다.*

에반젤린은 프톨레무스를 반쯤 끌어내고, 그녀의 뒤로 철창들이 재결합된다.

"당신은 약해요, 나의 왕자님."

그녀가 칼의 귀에 대고 낮게 야유한다.

킬런의 말이 내 머릿속에 내내 메아리치고, 나는 킬런을 돌아보고 싶은 충동에 맞서 싸운다.

나를 구하려고 그렇게 계속 애쓸 필요 없어.

그래, 안 그럴 거야.

우리가 왕좌의 방을 향해 줄지어 가는 동안, 피가 얼룩진 은색 흔적을 남기며 내 소매를 타고 흘러 떨어진다. 감시병들과 보안 요원들이 거대한 문을 지키고 있다. 그들은 총을 들고 복도 쪽을 겨냥하고 있다. 그들은 우리가 지나가는 내내 움직이지 않고 얼어붙은 듯 그대로 있다. 그들이 받은 명령은 필요하면 살인도 불사하라는 것이다. 그 너머로 보이는 거대한 공간에는 분노와 슬픔이 메아리치고 있다. 승리의 일부 조각이라도 느끼고 싶지만, 철창 뒤에 갇힌 킬런에 대한 생각이 내가 느꼈을 법한 어떤 행복도 다 꺾어 버린다. 심지어 대령의 유리 같던 눈동자가 뇌리에서 떠나지 않는다.

나는 칼의 옆으로 이동한다. 그는 내가 온 것을 거의 알아차리지 못한 채로 불타는 눈으로 바닥을 바라보고 있다.

"얼마나 많이 죽었어요?"

"지금까지 10명 정도."

그가 중얼거린다.

"저격에 셋, 폭발에 여덟. 부상당한 사람들은 열다섯이 넘고."

사람이 아니라 채소 목록을 작성하는 것처럼 들린다.

"하지만 전부 회복할 거야."

그는 엄지로 휙 하고 다친 사람들 사이에서 뛰어다니고 있는 힐러들을 가리켜 보인다. 나는 그들 중에 어린아이들이 2명이 있는 것을 세어 본다. 그리고 다친 사람들 너머로 죽은 이들의 시체가, 왕좌 앞에 놓여 있다. 벨리코스 르롤란의 쌍둥이 아들들이 아버지의 옆에 나란히 누워 있고, 그들의 어머니는 울면서 그 시체들 위로 기도를 올리고 있다.

나는 숨을 들이키는 걸 막으려고 손으로 입을 가린다. *결코 이런 걸 원한 게 아닌데.*

메이븐의 따뜻한 손이 내 손을 잡고 나를 소름끼치는 장면에서 왕좌 옆의 우리 자리로 데려간다. 칼은 근처에 서서 자신의 손에 묻은 붉은 피를 닦아내려 헛되이 애쓰고 있다.

"눈물을 지을 시간은 끝났소."

티베리아스 왕의 목소리가 천둥처럼 울린다. 왕은 양 주먹을 꽉 쥐고 있다. 완벽하게 합창이라도 하듯 흐느낌과 훌쩍거림이 삽시간에 사라진다.

"이제 우리는 죽은 자들을 예우하고, 다친 자들을 치료하고, 그리고 우리 *전사자들의* 복수를 할 것이오. 나는 잊지 않겠소. 용서하지도 않겠소. 과거에 나는 관대하였고, 우리의 적혈 형제들에게 품위와 번영이 가득한 훌륭한 삶을 허락하였소. 하지만 그들이 우리 위로 침을 뱉고, 우리의 자비를 거부하여 스스로 자신들에게 가장 최악의 종류의 멸망을 가져온 것이오."

으르렁거리듯 그 말을 뱉으며, 그는 은색 창과 붉은 깃발을 아래로 내던진다. 그것은 장례식 종 같이 바닥에 댕그렁 소리를 낸다. 찢어진 태양이 우리 모두를 바라보고 있다.

"이 멍청한 놈들은, 이 테러리스트들은, 이 *살인자들은* 정의의 대가를 받게 될 것이오. 그리고 그들은 죽음을 맞게 될 것이오. 나는 내 왕관을, 내 왕좌를, 내 아들들을 걸고 맹세하오, 그들은 죽음을 맞게 될 것이오."

각각의 은혈들이 동요하고, 군중 사이로 웅성웅성하는 중얼거림이 퍼져 간다. 부상당했든 아니든 그들은 하나로 선다. 피에서 나는 금속 냄새가 압도적으로 풍긴다.

"힘을."

궁궐 사람들은 외친다.

"권력을! 죽음을!"

메이븐의 눈이 커다래지고 공포에 질린 채, 나를 바라본다. 지금 나 역시 같은 생각을 하고 있기에, 그가 무슨 생각을 하는지 정확히 알 수 있다.

우리가 무슨 짓을 한 거지?

제21장

내 방으로 돌아와서, 나는 완전히 망가진 드레스를 찢듯이 벗어 비단 조각들을 바닥으로 떨어뜨린다. 왕의 말들이 내 머릿속에서 반복되며 이 끔찍한 밤의 기억들을 퍼붓는다. 킬런의 눈이 나를 불태우는 녹색 불처럼 그 가운데서 두드러진다. *그를 지켜야만 해, 하지만 어떻게?* 내 자신을 대가로 걸어 그를 다시 한 번 구할 수만 있다면, 나의 자유를 그를 위하여 쓸 텐데. 만약 일들이 그토록 간단할 수만 있다면 좋을 텐데. 줄리언의 수업들이 내 마음 속을 이토록 날카롭게 파고든 적이 결코 없었다. *과거들은 이 미래보다는 훨씬 낫다.*

줄리언. 줄리언.

거주 구역은 감시병들과 보안 요원들로 가득한데, 그들은 모두 신경이 날카로운 상태다. 하지만 나는 남들이 알아차리지 못하는 사이로 미끄러지듯 빠져나가는 기술이라면 완벽하게 도가 튼 사람이고,

줄리언의 문은 그다지 멀지 않다. 그 시간에도 불구하고, 그는 책들을 살피고 있다. 모든 것이 똑같이 보인다. 마치 아무 일도 일어나지 않은 것처럼. 어쩌면 그는 모르는지도 모른다. 하지만 다음 순간 나는 테이블 위로 갈색 음료가 든 병이 놓인 것을 알아차린다. 대개 그곳은 차를 위해서 예약되어 있는 자리였는데. *당연히 그도 알고 있구나.*

"최근의 사건들에 비추어 볼 때, 나는 우리 수업이 당분간은 취소될 거라고 생각했습니다."

그가 자신의 책 페이지 너머로 말한다. 그럼에도 불구하고 그는 철썩 하고 책을 덮고는 나를 향해 온전히 주의를 기울인다.

"지금이 꽤 늦은 시각이라는 것은 언급할 필요도 없겠죠."

"난 당신이 필요해요, 줄리언."

"이게 혹시 '태양 저격 사건'과 어떤 관련이 있는 겁니까? 네, 그들은 벌써 영리한 이름까지 얻었답니다."

그가 구석에 있는 어두운 비디오 스크린을 가리킨다.

"지금 몇 시간째 뉴스에 나오고 있어요. 왕이 아침에 전국에 연설할 겁니다."

한 달도 더 전에 수도의 폭탄 사고를 보도했던 부푼 금발 머리 기자가 기억난다. 그때는 거의 부상이 없었는데, 그럼에도 불구하고 시장에서는 폭동이 일어났다. 지금 그들은 어쩔 것인가? 얼마나 많은 죄 없는 적혈들이 대가를 치를 것인가?

"아니면 현재 이 건물 지하 감옥에 구금되어 있는 네 명의 테러리스트들 때문입니까?"

줄리언이 내 반응을 재어 보며 밀어붙인다.

"실례합니다, 세 명을 의미한 거였습니다. 프톨레무스 사모스가 확실히 자신의 명성에 부응했지요."

"그들은 테러리스트가 아니에요."

나는 자신을 제어하려고 애를 쓰면서 침착하게 대꾸한다.

"*테러리즘에 대한 정의를 당신에게 설명해 줄까요, 메어?*"

그의 어조는 찌르는 듯하다.

"그들의 명분은 공정했을지 모르지만 그들의 방법은……. 게다가 메어, *당신이 뭐라고 하건 중요하지 않아요.*"

그가 비디오 스크린을 다시 가리켜 보인다.

"그들은 그들 자신의 진실에 대한 견해를 갖고 있고, 오직 한 사람만이 들을 수 있죠."

나는 고통스럽게 이를 간다.

"도와줄 거예요, 말 거예요?"

"당신이 눈치 채지 못한 것 같아 하는 말입니다만 나는 선생이고, 다소 아웃사이더입니다. 내가 실제로 무얼 할 수 있겠습니까?"

"줄리언, 제발요."

내 마지막 기회가 손가락 사이로 흘러내리는 것을 느낄 수 있다.

"당신은 싱어잖아요, 경비병들에게 말할 수 있잖아요…… 그들이 당신이 원하는 어떤 것이라도 할 수 있게 만들 수 있잖아요. 죄수들을 자유롭게 해 줄 수 있잖아요."

하지만 그는 자신의 음료수를 평화롭게 들이키며 침착함을 유지한다. 그는 사람들이 보통 그러는 것처럼 얼굴을 찡그리지 않는다.

알코올의 톡 쏘는 맛이 그에게는 친숙한 것이다.

"내일 그들은 심문을 당할 거예요. 그리고 그들이 얼마나 강하든 간에, 그들이 얼마나 오래 버티든 간에, 진실은 밝혀지겠죠."

천천히, 나는 줄리언의 손을 잡고 종이에 거칠어진 그의 손가락을 붙든다.

"이건 내 계획이었어요. 내가 그들과 한패예요."

메이븐에 대해서까지 줄리언이 알 필요는 없다. 그건 오직 그를 더 화나게만 만들리라.

"당신이? 당신이 이 일을 벌였다고요?"

그가 말을 더듬는다.

"총격에, 폭탄까지……?"

"폭탄은…… 예기치 않은 일이었어요."

그 폭탄은 정말 공포였다.

그가 눈을 좁히고, 그 톱니가 그의 마음을 바꾸는 게 보인다. 다음 순간 그는 완전히 딱딱거린다.

"말했잖습니까, 감당할 수 없는 일은 하지 말라고 내가 그렇게 말 했잖습니까!"

그는 테이블 위에 주먹을 쾅 내려치고, 내가 그간 본 이래 가장 심 하게 화를 낸다.

"그리고 이제……."

그가 내 마음이 아플 정도로 슬픔을 담은 눈으로 나를 바라보며 낮게 말한다.

"이제 나는 당신이 빠져 죽는 꼴을 지켜봐야만 하는 겁니까?"

"만약 그들이 달아난다면⋯⋯."

그가 꿀꺽 하고 자신의 남은 음료수를 삼켜 버린다. 손목의 스냅을 이용해서 그가 잔을 바닥에 내던지는 바람에 나는 펄쩍 뛴다.

"그리고 나는 어쩌고요? 만약 내가 카메라들을 치워 주고, 경비병들의 기억도 치우고, 우리 중 누구를 엮을 수 있는 어떤 일들을 하면, 왕비가 알아차릴 겁니다."

머리를 흔들며 그가 한숨을 쉰다.

"그녀는 이 일의 대가로 내 눈을 가져갈 거예요."

그럼 줄리언은 결코 다시는 책을 읽을 수 없겠지. 내가 어떻게 그것을 요구할 것인가?

"그럼 내가 대신 죽게 해 줘요."

그 말이 내 목구멍에 달라붙는다.

"나는 그들이 한 일을 위해 죽을 수 있어요."

그는 나를 죽게 놔둘 수 없다. 그는 그러지 않을 것이다. 나는 작은 번개 소녀이고, 나는 세상을 변화하게 만들 것이다.

그가 다시 입을 열 때, 그의 목소리는 공허하게 들린다.

"그들은 내 누이의 죽음을 자살이라고 했죠."

느리게, 그는 손가락을 손목을 따라 움직이며 오래 전의 기억 속으로 침잠한다.

"그것은 거짓말이었습니다, 나는 알고 있었죠. 누이에겐 슬픈 일이 많았지만, 그녀는 결코 그런 일을 할 리가 없었습니다. 칼이, 티베가 있는데 그럴 리가 없죠. 그녀는 살해되었습니다, 그리고 나는 아무 말도 하지 않았죠. 나는 두려웠고, 그녀가 치욕 속에서 죽게 내버려 두었습니다. 그리고 그날 이후로 나는, 이 괴물 같은 세계의 그늘 속에서, 그녀를 위해 복수할 시간을 기다리며 그것을 다시 고칠 작업들을 해 왔지요."

그는 눈을 들어 나를 본다. 눈물로 그 눈이 빛나고 있다.

"아무래도 여기가 그걸 시작하기 좋은 장소일 것 같군요."

줄리언이 계획을 짜내는 데는 오랜 시간이 걸리지 않는다. 우리에게 필요한 전부는 마그네트론 한 명이랑 눈 먼 카메라 몇 대이고, 운좋게도 나는 둘 다 제공할 수 있다.

루카스는 내가 그를 호출하고 나서 2분도 안 되어 내 침실 문을 두드린다.

"무엇을 해 드릴까요, 아가씨?"

그가 평소보다 더 신경이 곤두선 채로 말한다. 왕비가 하인들을 심문하는 것을 지켜보는 것이 쉽지 않았던 것이 틀림없다. 적어도 그는 내가 떨고 있다는 사실을 알아차리기엔 너무 정신이 다른 데에 쏠려 있을 것이다.

"배가 고파요."

연습한 말들은 그래야 하는 것보다 더 쉽게 나온다.

"알죠, 분위기상 저녁 식사를 차리질 못했잖아요, 그래서 내가 생각하기로……."

"내가 요리사 같아 보입니까? 부엌에 연락을 하셨어야죠, 그게 그 사람들 일이고요."

"난 그저, 음, 지금이 하인들이 돌아다니기엔 좋은 때가 아닐 거라고 생각했어요. 사람들은 여전히 꽤 신경이 곤두서 있고, 내가 저녁을 안 먹었다고 해서 또 다른 누군가가 다치는 걸 원하진 않거든요. 당신은 그냥 나를 호위해 주면 돼요, 그게 전부예요. 그리고 누가 알아요, 당신도 그 덕분에 쿠키라도 한 조각 얻을 수 있을지도."

짜증난 십 대처럼 한숨을 내쉬며, 루카스는 팔을 내민다. 나는 그 팔을 잡고, 복도의 카메라들에 힐끗 시선을 던져서 그들을 꺼 버린다. *이제 시작이다.*

사람의 마음을 갖고 논다는 것이 어떤 것인지 누구보다도 잘 알고 있는 마당에, 루카스를 이용한다는 사실에 잘못을 느껴야 함이 마땅하지만 이것은 킬런의 생명이 달린 일이다. 우리가 모퉁이를 돌아서 줄리언이랑 세게 부딪혔을 때 루카스는 여전히 말을 하는 중이었다.

"제이코스 경……."

루카스가 머리를 숙여 절을 하며 말을 하기 시작하지만, 줄리언은 내가 생각했던 것보다 훨씬 더 재빠르게 움직여서 루카스의 턱을 붙든다. 루카스가 반응하기도 전에, 줄리언은 그의 눈을 들여다보고 저항은 시작하기도 전에 사그라진다.

벌꿀처럼 달콤한 말들이 버터처럼 매끄럽고 강철처럼 강하게 열린 귀 위로 내려앉는다.

"우리를 감옥으로 데려가요. 하인용 복도를 이용하세요. 순찰에는 가까이 가지 않도록 합니다. 이 일을 기억에서 지우세요."

보통은 항상 미소를 짓거나 농담을 하는 루카스는 반쯤 최면술에 빠진 이상한 상태에 잠긴다. 그의 눈은 게슴츠레해지고 줄리언이 팔

104

을 아래로 뻗어 총을 가져가는 것도 알아차리지 못한다. 하지만 그는 늘 그랬듯 척척 걸어서 홀의 미궁을 통해 우리를 안내한다. 각각 모퉁이를 돌 때마다 나는 전기적인 눈들을 느끼기 위해 멈춰서, 우리의 길에 있는 모든 것들을 꺼 버린다. 줄리언도 감시병들에게 똑같은 일을 하고, 그들에게 우리가 지나갔다는 것을 기억하지 못하게 한다. 함께 있으니 우리는 무적의 팀이라, 지하 감옥의 계단 앞에 서기까지 오랜 시간이 걸리지도 않는다. 내려가면 감시병들이 있을 것이고, 그들은 줄리언이 하나하나를 제어하기에는 너무 많은 수일 것이다.

"한 마디도 하지 마세요."

줄리언이 루카스에게 쉿 하고 말하자, 루카스가 이해의 의미로 고개를 끄덕인다.

이제 모두를 이끄는 역할은 내 것이다. 두려워야 할 것 같은데, 늦은 시각과 희미한 불빛이 친숙하게만 느껴진다. 여기가 내가 속한 곳이다. 살금살금 몰래 걸어가고, 거짓말하고, 훔치는 것.

"누구지? 이름과 용건을 대라!"

감시병들 중 하나가 우리를 향해 외친다. 그녀의 목소리를 알아들을 수 있다. 팔리를 고문했던 쉬버, 글리아콘이다. 아마도 줄리언더러 그녀를 향해 절벽에서 노래를 불러 주라고 설득할 수도 있을 것 같다.

내 목소리와 어조가 가장 문제가 됨에도 불구하고, 나는 위엄 있게 가슴을 펴고 결연하게 선다.

"내 이름은 레이디 메리어나 타이타노스, 메이븐 왕자의 약혼녀예요."

나는 할 수 있는 한 우아함을 드러내는 동시에 아래로 내려가는 계단을 따라 움직이며 쏘아붙인다. 내 목소리는 차고 날카로운 것이, 엘라라 왕비의 목소리나 에반젤린의 그것을 거울처럼 반영한다. 나도 힘과 권력이 있어.

"그리고 나는 내 용무를 감시병들과는 공유하지 않습니다."

내 시야에 네 명의 감시병들이 서로에게 질문 서린 시선을 던지는 것이 들어온다. 하나는 돼지 눈을 한 커다란 남자로 심지어 무례하게 나를 위아래로 훑어본다. 철창 뒤에서는 킬런과 월시가 즉각 주의를 기울인다. 팔리는 팔을 무릎에 두른 채, 구석진 자리에서 움직이지 않는다. 잠시 나는 그녀가 자고 있는지도 모르겠다고 생각하지만, 그녀가 곧 움직이자 푸른 눈이 빛을 받아 번뜩인다.

"저는 알아야만 합니다, 마이 레이디."

글리아콘이 사과하는 듯한 목소리로 말한다. 그녀가 나를 따라 내려온 줄리언과 루카스를 향해서 고갯짓을 한다.

"당신들 둘도 마찬가지입니다."

"나는 이……(나는 할 수 있는 한 목소리에 혐오를 담는데, 그 돼지 눈의 감시병이 이토록 가까이 서 있는 한 별로 어려운 일은 아니다.) ……놈들과 아주 사적인 접견을 하고 싶습니다. 반드시 대답을 들어야 할 질문들과 갚아야만 할 잘못들이 있거든요. 그렇지 않나요, 줄리언?"

줄리언은 아주 훌륭한 연기를 보여 주며 비웃음을 날린다.

"그들이 노래하도록 하는 것은 아주 쉬울 겁니다."

"불가능합니다, 마이 레이디."

돼지 눈이 코웃음을 친다. 그의 억양은 딱딱하고 거친 것이 하버베이 출신 같다.

"우리는 여기에 그대로 있으라는 명령을 받았습니다. 밤새도록요. 우리는 누구를 위해서도 움직이지 않습니다."

한때, 스틸츠의 한 소년은 날 두고 좋은 부츠 한 켤레로 그를 꼬여내려는 비열한 수작을 부린다고 했었지.

"당신도 내 위치를 알죠, 그렇죠? 나는 곧 왕자비가 될 거고, 왕자비의 바람이란 *매우* 가치 있는 것이에요. 게다가, 적혈 쥐새끼들은 교훈을 배울 필요가 있어요. 아주 고통스러운 것으로."

돼지 눈이 그 말을 생각해 보며 게으르게 눈을 껌뻑인다. 줄리언은 내가 필요로 할 때 자신의 달콤한 말들을 사용하기 위해서 내 어깨 주변을 맴돈다. 심장 박동이 두 번쯤 뛰자, 돼지 눈이 고개를 끄덕이고는 다른 이들에게 손짓을 한다.

"5분 드리겠습니다."

크게 미소를 짓느라 얼굴이 아플 지경이지만 상관없다.

"정말 고마워요. 내가 빚을 졌네요, 당신들 모두에게."

그들은 부츠 뒤꿈치를 끌면서 종진으로 터벅터벅 걸어서 사라진다. 그들이 맨 꼭대기에 도착하자마자, 나는 희망이 솟아오르는 걸 느낀다. *5분이면 충분하고도 남지.*

킬런은 감옥에서 빠져나오고 싶은 열망에 거의 철창으로 뛰어들다시피 한다. 월시는 팔리가 일어서도록 잡아 준다. 하지만 나는 움직이지 않는다. 아직 그들을 풀어줄 의사가 없다, 아직은 아니다.

"메어……."

킬런이 내 망설임에 혼란스러운 얼굴로 속삭이지만, 나는 그를 바라보며 침묵한다. 연기와 불이 내 생각을 흐리고, 연회장이 폭발하던 순간으로 나를 데리고 간다.

"폭탄. 폭탄에 대해서 얘기해 봐."

그들이 바로 사죄하려고 엎드려서는 내 용서를 구할 거라고 기대하지만 대신에, 세 명은 멀뚱멀뚱한 표정을 주고받는다. 철창에 기대는 팔리의 눈은 불타는 듯하다.

"그거에 대해서라면 아무것도 몰라."

그녀의 쉿 하는 소리는 거의 들리지도 않는다.

"그런 일은 결코 허가한 적이 없어. 이번 일은 특별한 타깃만을 목표물로 계획했잖아. 우리는 목적 없이 마구잡이로 죽이지 않아."

"수도에서 있었던 또 다른 폭발 사건은……?"

"그 건물들이 비어 있었던 것은 너도 알잖아. 아무도 거기서 우리 때문에 죽지는 않았어. 맹세한다, 메어. 이건 우리가 한 짓이 아니야."

그녀가 차분히 말한다.

"넌 정말로 우리가 최고의 희망을 날려 버리는 시도를 했을 거라고 생각하는 거야?"

킬런이 덧붙인다. 그가 내게 하고픈 말을 알려고 질문을 던질 필요도 없다.

마침내, 나는 줄리언에게 어깨 너머로 고개를 끄덕인다.

"감옥을 열어요. 조용하게."

줄리언이 루카스의 얼굴에 손을 대고 속삭인다.

마그네트론은 그 말에 따르고, 감옥은 빠져 나올 만큼 충분하게

O자로 벌어지며 열린다. 놀라서 눈이 커다래진 윌시가 처음 나온다. 킬런이 팔리가 철창 사이를 통과하도록 도우면서 다음으로 나온다. 그녀의 팔은 여전히 무기력하게 덜렁거리고 있다. 힐러가 그 부분은 빠트린 것이다.

나는 벽을 가리켜 보이고, 그들은 소리 없이 돌 위의 쥐처럼 움직인다. 윌시의 눈이 감옥 안에 여전히 생명력 없이 누워 있는 트리스탄의 시체 위로 닿지만, 그녀는 팔리 옆에 그대로 선다. 줄리언이 루카스가 발을 계단으로 올리기 전에 자유로워진 죄수들 맞은편으로 그를 밀친다.

나는 반대편에서 내 몸을 킬런 옆에 붙인다. 시체를 동료 삼아서 감옥에서의 밤을 보낸 다음임에도 불구하고, 그에게서는 여전히 고향의 냄새가 난다.

"네가 올 줄 알았어. 난 알고 있었어."

그가 내 귀에 속삭인다.

하지만 기쁨이나 축하의 말을 나눌 시간은 없다. 그들이 안전하게 달아날 때까지는 안 된다.

계단통의 열린 공간 틈새로 줄리언이 나에게 고개를 끄덕인다. 그는 준비되었다.

"글리아콘 감시병, 얘기 좀 할 수 있나요?"

나는 우리의 다음 덫에 미끼를 놓으며 계단 위로 소리친다. 발을 끌며 걷는 소리가 그녀가 내 말을 받아들였다는 것을 말해 준다.

"무슨 일이시죠, 마이 레이디?"

바닥으로 내려서자마자 그녀의 눈은 곧장 열려 있는 감옥으로 향하고, 그녀는 가면 뒤로 숨을 헉 하고 들이쉰다. 하지만 줄리언은 상대가 감시병이라 할지라도 너무 빠르다.

"당신은 산책을 갔습니다. 당신은 돌아와서 이 상태를 발견했습니다. 당신은 우리를 기억하지 못합니다. 다른 사람들 중 한 명을 아래로 불러요."

속삭이는 그의 목소리는 끔찍한 노래다.

"타이로스 감시병, 당신이 필요합니다."

그녀가 단호하게 말한다.

"이제 당신은 잠이 듭니다."

그녀는 마지막 단어가 그의 입술을 떠나기도 전에 쓰러지지만 줄리언이 그녀의 허리 부근을 잡고 자신의 뒤에 부드럽게 눕힌다. 줄리언에게 감명을 받은 킬런은 놀란 숨을 내쉬고, 줄리언은 스스로에게 작고 기쁜 미소를 짓는다.

타이로스가 혼란스러운 얼굴이지만 도움을 제공하려고 그 다음으로 계단을 내려온다. 줄리언은 또다시 속삭이는 몇 초 동안 자신의 명령을 노래한다. 감시병들이 그토록 멍청할 거라고는 기대도 하지 않았는데, 지금 보니 말이 된다. 그들은 어린 시절부터 전쟁의 기교를 훈련해 왔고, 논리나 지성은 그들이 추구하는 최고의 가치들은 아닌 것이다.

하지만 마지막 두 명, 돼지 눈과 힐러는 완전히 바보는 아니다. 타이로스가 스킨 힐러 감시병에게 내려오라고 호출하자, 그들은 서로를 향해 뭔가를 숨죽인 채 얘기한다.

"거의 끝났습니까, 레이디 타이타노스?"

돼지 눈이 경계를 담은 목소리로 외친다.

재빨리 생각을 마친 후 나는 그들을 향해 소리친다.

"네, 우리 일은 모두 마쳤어요. 당신 동료들은 자기 위치로 돌아갔고, 당신도 그러는 걸 확실하게 보고 싶네요."

"아, 그랬나요? 그 말이 사실인가, 타이로스?"

보이지도 않을 속도로 줄리언은 기절해 있는 타이로스에게 무릎을 꿇는다. 그는 타이로스의 눈꺼풀을 들어 올리고 눈을 연다.

"당신 자리로 돌아와 있다고 말해요. 아가씨가 일을 마쳤다고 말해요."

"제 자리로 돌아왔습니다."

타이로스가 웅얼거리며 말한다. 다행히도 긴 계단통과 돌 벽은 그의 목소리를 왜곡해 준다.

"아가씨는 일을 마쳤습니다."

돼지 눈이 꿀꿀거린다.

"좋아."

부츠가 계단을 밟으면서 쿵쿵 소리를 내고, 양쪽 다 동시에 내려온다. 두 명. 줄리언은 혼자서 둘을 다룰 수는 없어. 나는 내 등 뒤에서 킬런이 긴장하는 것을, 어떤 것에든 준비하려는 마음으로 주먹을 꽉 쥐는 것을 느낄 수 있다. 나는 한 손으로는 그를 벽 쪽으로 밀치고, 다른 한 손으로는 스파크를 준비한다.

발자국 소리가 딱 열린 곳 저편에서 멈춘다. 나는 그들을 볼 수 없고 그들도 줄리언을 볼 수 없지만, 돼지 눈은 개처럼 숨을 내쉰다. 힐러도 거기, 우리의 범위 저편에서 딱 기다리고 있다. 모두가 조용한 가운데라서 총이 딸깍 하는 소리가 쉽게 들린다.

줄리언의 눈이 커지지만 그는 침착하게 시시 한 손으로 숨겨 둔 무기를 감싸쥔다. 우리 모두가 위기를 딛고 서 있음을 알기에, 나는 심지어 숨도 쉬지 않는다. 벽들이 점점 더 줄어들어서 마치 우리를 탈출할 곳 없는 돌로 된 관 속으로 밀어 넣으려는 것 같다.

나는 불꽃이 이는 손은 등 뒤에 감춘 채로 차분한 기분으로 계단 앞으로 나선다. 언제라도 총알이 느껴질 거라 예상했지만, 고통은 느껴지지 않는다. 내가 적절한 이유를 제공하기 전까지는 그들은 나를 쏘지 않을 것이다.

"뭔가 문제가 있나요, 감시병들?"

수백 번도 더 봤던, 에반젤린이 그러는 모습 그대로 나는 눈썹을 치뜨며 비웃음을 흘린다. 나는 그 두 사람이 내 시야에 들어오도록, 느리게 발걸음을 위로 딛는다. 그들은 나란히 옆으로 서서 손가락을 쌍둥이 같은 총구 위에 구부리고 있다.

"당신들 총을 나를 향해서 겨누지 않았으면 좋겠군요."

돼지 눈이 경멸스러운 표정으로 쏘아보지만, 나는 전혀 당황하지 않는다. *너는 레이디야. 레이디처럼 연기해. 네 삶을 위해서 연기를 해.*

"아가씨 친구 분은 어디 있습니까?"

"아, 그는 따라서 올 거예요. 죄수들 중 하나가 입이 좀 거칠더군요. 그녀는 *추가로* 관심을 좀 줄 필요가 있겠어요."

거짓말은 너무도 쉽게 튀어 나온다. 연습이야말로 진정 완벽함을 만든다.

미소를 지으며 돼지 눈이 총을 조금 낮춘다.

112

"흉터 있는 암캐 말인가요? 안 그래도 그년에겐 제가 누군지 구석 구석 보여 줄 필요가 있었습죠."

그가 킬킬 거린다. 나는 그와 함께 웃음을 터뜨리며, 그 살집 있는 창백한 눈알에 번개를 터뜨리면 어떻게 될지 몽상한다.

내가 더 가까이 다가가자, 스킨 힐러가 한 손을 금속 난간에 올리며 내 길을 가로막는다. 나도 똑같이 한다. 손에 단단하고 차가운 감촉이 느껴진다. *성급하게 굴지 마.* 나는 스파크에 딱 필요한 만큼의 에너지를 밀어 넣으며 스스로에게 속삭인다. 태우기에도 부족하고, 흉터를 남길 만큼도 아니지만, 그들 둘을 돌봐 줄 정도로는 충분할 만큼. 이것이 바늘에 실을 꿰는 것 같은 일이라면, 처음으로, 나는 바느질 전문가가 된다.

내 위 쪽에 선 힐러는 자신의 친구와 함께 웃지 않는다. 그의 눈은 밝은 은색이고, 가면을 쓰고 불타는 듯한 망토를 입은 그의 모습은 마치 악몽에나 나오는 악마처럼 보인다.

"등 뒤에 있는 건 무엇입니까?"

가면 사이로 그가 쉿 소리를 낸다.

나는 한 발자국 더 나가며 어깨를 으쓱한다.

"아무것도 아닌데요, 스코노스 감시병."

다음 말은 거칠다.

"거짓말이군."

우리는 동시에 행동으로 뛰어들며 반응한다. 총알이 내 위장을 때리지만 번개가 금속 난간에 번쩍 하며 순식간에 힐러의 피부를 통해서 뇌까지 이른다. 돼지 눈이 소리를 지르고 그의 총이 불을 뿜는다.

총알은 몇 센티미터 차이로 나를 놓치고 벽을 파고든다. 하지만 나는 그를 놓치지 않고 내 등 뒤에 숨기고 있던 불꽃 공으로 후려친다. 그들은 둘 다 의식을 잃은 채로 근육을 충격으로 뒤틀면서 나를 지나 미끄러진다.

그리고 다음 순간 나는 떨어지고 있다.

돌바닥이 내 두개골을 부술 것인지 그저 궁금할 따름이다. 죽을 때까지 피를 계속 흘리는 것보다는 그 편이 더 쉬운 죽음일 것 같다. 하지만 대신 긴 팔이 나를 붙든다.

"메어, 괜찮을 거야."

킬런이 속삭인다. 그가 손으로 내 배를 눌러서 피를 멈춰 보려고 애를 쓴다. 킬런의 눈은 풀처럼 초록색이다. 어두워지는 세상에서 그 눈만이 도드라진다.

"이건 아무것도 아니야."

"저걸 걸쳐요."

줄리언이 다른 사람들에게 쏘아붙인다. 팔리와 월시가 나를 지나서 뛰어가서 불타는 빨간색 망토와 가면을 입는다.

"당신도!"

그가 킬런을 획 잡아 당겨 나에게서 떼어내서는, 급하게 방 저편으로 그 애를 거의 던지다시피 한다.

"줄리언……."

나는 그를 붙들려고 하면서 간신히 내뱉는다. *그에게 감사하다고 전해야만 해.*

하지만 그는 내 팔 저 멀리 무릎을 구부리고 힐러를 들여다본다.

그는 난폭하게 감시병의 눈꺼풀을 들어 올리고 그에게 일어나라고 명령한다. 다음 순간 힐러가 내 상처 위에 손을 대고 나를 내려다본다. 세상이 다시 정상으로 돌아오는 데는 1초면 충분하다. 모퉁이에서 킬런이 안도의 한숨을 내쉬며 머리 위로 망토를 뒤집어쓴다.

"그녀도요."

나는 팔리를 가리킨다. 줄리언이 고개를 끄덕이고는 힐러에게 그녀 쪽을 가리켜 보인다. 탁 하는 소리가 들리며 그녀의 어깨가 제자리로 돌아온다.

"되게 고맙네."

그녀가 얼굴 위로 가면을 쓰며 말한다.

윌시는 자신이 손에 가면을 들고 있다는 사실도 잊은 채, 우리 모두를 지켜보고 있다. 그녀는 쓰러진 감시병들을 입을 쩍 벌리고 보고 있다.

"저 사람들 죽은 거예요?"

놀란 아이처럼 그녀가 속삭인다.

막 돼지 눈에게 노래 부르기를 마친 줄리언이 올려다본다.

"결코 아닙니다. 이 무리는 몇 시간 안에 일어날 거고, 만약 당신들이 운이 좋다면 당신들이 없어진 것을 그때까지 아무도 모를 겁니다."

"몇 시간이면 충분해요."

팔리가 현실로 돌아오라고 윌시를 철썩 때린다.

"그만 정신 차리고 머리 좀 제대로 굴려, 이 여자야, 오늘밤 우린 엄청 뛰어야 하니까."

마지막 복도 몇 구간을 통과해서 그들이 빠져나갈 때까지는 그다지 오랜 시간이 필요치 않다. 그렇기는 하지만 우리가 칼의 차고 한 가운데에 도착할 때까지 내 공포는 심박이 뛸 때마다 커진다. 입을 떡 벌린 루카스가 종이를 찢듯이 금속 문 가운데에 구멍을 내고, 그 뒤로 밤이 모습을 드러낸다.

월시가 나를 끌어안아서, 나는 깜짝 놀란다.

"방법은 모르겠지만, 난 당신이 언젠가 여왕이 되었으면 해요. 그렇게 되면 당신이 무엇을 할 수 있을지 상상해 봐요. 적혈의 여왕, 레드 퀸."

그 불가능한 생각에 나는 미소를 지어 보인다.

"가요, 당신 허튼소리가 나한테 옮기 전에."

팔리는 포옹을 하는 그런 부류는 아니지만, 내 어깨를 두드리기는 한다.

"우린 다시 만나게 될 거야, 곧."

"이런 식으로는 아니길 바랄게."

그녀는 드물게도 이를 다 드러내는 미소를 흘린다. 흉터에도 불구하고, 나는 그녀가 매우 행복한 기분이라는 걸 깨닫는다.

"이런 식으로는 안 되지."

월시와 함께 어둠 속으로 미끄러져 나가기 전에 그녀가 내 말을 따라한다.

"나랑 같이 가자고 하면 안 되는 거 나도 알아."

킬런이 그들을 따라서 움직이며 중얼거린다. 그가 자신의 손을, 내가 내 머릿속보다 더 잘 알고 있는 자신의 흉터를 검사하듯 바라본다. *날 봐, 바보야.*

한숨을 쉬며, 나는 자유를 향해 그를 억지로 밀어낸다.

"대의명분이 이곳에 있는 날 필요로 해. 너도 여기 있는 내가 필요하고."

"내가 필요로 하는 거랑 내가 원하는 것은 서로 매우 다른걸."

나는 웃음을 터뜨리려고 해 보지만, 그럴 힘이 없다.

"이게 우리 끝은 아니지, 메어."

킬런이 나를 포옹하며 웅얼거린다. 그는 혼자 웃음을 터뜨리고, 그 소리가 그의 가슴을 울린다.

"적혈의 여왕이라. 울림이 좋은걸."

"어서 가, 이 바보야."

그토록 밝게 미소 지으면서도 동시에 그토록 슬픈 기분이 들었던 적은 결코 없었으리라.

그는 마지막 시선을 내게 던지고 줄리언을 향해 고개를 끄덕여 인사한 다음, 어둠 속으로 발을 내딛는다. 그의 뒤로 금속들이 다시 함께 짜 맞춰지며 내 친구의 모습을 시야에서 가린다. 그들이 가고 나자, 나는 무엇을 해야 할지 모르겠다.

줄리언은 나를 끌어내야 할 텐데도, 내 오랜 작별을 질책하지 않는다. 내 생각에 줄리언은 루카스를 걱정하느라 좀 더 신경이 그쪽으로 쏠린 듯한데, 그러니까, 루카스가 자신의 그 멍한 상태에서 침을 흘리기 시작했기 때문이다.

제22장

그날 밤 나는 쉐이드 오빠가 어둠 속에서 나를 만나러 오는 꿈을 꾼다. 오빠에게서는 화약 냄새가 난다. 하지만 내가 눈을 깜빡이자, 오빠는 사라진다. 이미 잘 알고 있는 사실에 나는 마음속으로 비명을 지른다. *쉐이드 오빠는 죽었잖아.*

아침이 오자, 발을 이리저리 끄는 소리와 쿵 하는 소리들이 연속으로 들려 나는 깜짝 놀라 깨어나서 침대 위로 똑바로 일어나 앉는다. 감시병들이나 칼, 아니면 죽일 듯 달려드는 프톨레무스가 내가 한 일에 대해 나를 찢어발길 준비를 마친 모습을 볼 거라 예상하지만, 그저 보이는 건 내 옷장 앞에서 부산스럽게 움직이는 하녀들뿐이다. 그들은 평소보다도 더 바빠 보이고, 내 옷들을 거의 버리다시피 꺼내고 있다.

"무슨 일이지?"

옷장 안에서, 소녀들은 얼어붙는다. 그들은 양손 가득 비단과 면을 들고 절을 한다. 더 가까이 다가서자 그들이 가죽 여행 가방들 한 세트 너머로 서 있다는 것을 깨닫는다.

"우리 어딘가로 가는 건가?"

"명령입니다, 마이 레이디. 저희는 오직 들은 바밖에 모릅니다."

한 명이 눈을 아래로 깔며 말한다.

"물론 그렇겠지. 음, 난 옷을 좀 갈아입으려고."

나는 제일 가까운 데 있는 옷에 팔을 뻗는다. 뭐라도 처음으로 내 스스로 좀 해 보려는 의도였는데, 하녀들이 선수를 친다.

5분 뒤에, 그들은 나를 칠하고 준비시킨 후 이상한 가죽 바지와 주름 장식이 달린 셔츠를 입혀 놓는다. 다른 무엇보다도 운동복을 입고 싶지만, 그것은 보아하니 훈련 기간이 아닐 때에 입을 만한 것으로는 "적절하지" 못한 모양이다.

"루카스?"

나는 그가 벽감 같은 데서 툭 튀어나오길 반쯤 기대하면서 텅 빈 복도에 대고 외친다.

하지만 루카스는 아무데서도 보이지 않고, 나는 그가 내 길을 가로막으며 나타날 거라 예상하며 의전 수업으로 향한다. 그가 나타나지 않자, 공포가 떨리는 목소리로 파문을 일으킨다. 줄리언은 그에게 지난밤에 대해 잊으라고 했지만 어쩌면 무언가 틈 사이로 새어나왔을지도 모른다. 어쩌면 그는 자신이 기억하지도 못하는 밤과 우리가 강제적으로 하게 만든 일들에 대해 질문을 받고, 벌을 받고 있는지도 모른다.

하지만 곧 누가 접근해 온다. 메이븐이 나타나 기쁜 미소를 삐뚜름하게 지으며 함께 걷는다.

"일찍 일어났네."

다음 순간 그가 몸을 기울이며 더 낮은 목소리로 말한다.

"그런 늦은 밤을 보낸 것치고는 특별히 더 말이야."

"무슨 의미인지 모르겠는데요."

나는 순진한 어조로 말하려고 애를 쓴다.

"죄수들이 사라졌어. 세 명 전부, 흔적도 없이 사라졌다고."

나는 가슴에 손을 올리고, 카메라가 놀란 듯한 내 모습을 볼 수 있도록 한다.

"맙소사! 몇 안 되는 적혈이, 우리로부터 달아났다고요? 그건 불가능해 보이는데요."

"그런데 정말로 일어났다니까."

미소가 남아 있음에도, 그의 눈은 살짝 어두워진다.

"물론 모든 것이 의문에 남아 있지. 전력이 나갔고, 보안 시스템이 뚫렸고, 심지어 기억에 구멍이 난 감시병들 한 부대는 언급할 필요도 없고."

그가 비난하듯 나를 바라본다.

나는 그의 날카로운 시선을 되받으며 내 불편함을 그가 깨닫도록 한다.

"왕자님 어머니가…… 그들을 심문하셨겠네요."

"하셨어."

"그리고 왕비님이……(나는 매우 신중하게 단어를 고른다.) 탈출과

관련된 다른 사람들하고도 얘기를 나누실 건가요? 보안 요원들이나, 경비들이나……?"

메이븐은 고개를 젓는다.

"누가 이 일을 했든 정말 잘해 냈어. 나는 어머니께서 심문하시는 걸 돕고 어머니께 의심 가는 사람들을 *지목해* 드렸거든."

지목했다. 내게서 떨어진 방향으로 눈을 돌리도록. 나는 작은 안도의 한숨을 내쉬고는 그의 팔을 꽉 잡아 그의 보호에 감사한다.

"게다가 우리는 누가 그 일을 저질렀는지 결코 알아내지 못할지도 몰라. 사람들이 어젯밤 이후로 많이들 떠났거든. 사람들은 홀이 더 이상 안전하지 않다고 생각해."

"어젯밤 이후로라면, 아마 그 사람들 생각이 맞는 듯해요."

나는 팔을 그의 팔 사이로 밀어 넣어 그를 더 가까이 끌어당긴다.

"왕비님이 어제 폭탄에 대해서 뭘 알아내셨어요?"

그의 목소리가 속삭임으로 바뀐다.

"폭탄은 없었어."

뭐라고?

"폭발이 있긴 했는데, 그것도 사고였어. 바닥에 있는 가스관에 총알 하나가 구멍을 냈는데, 형의 불이 거기를 때리면서……."

그가 말꼬리를 흐리면서 손으로 대신 설명한다.

"그 사건을 우리에게, 어, 유리하게 이용하자는 건 어머니의 생각이었어."

우리는 목적 없이 죽이지 않아.

"왕비님이 진홍의 군대를 괴물로 포장한 거군요."

그가 진지하게 고개를 끄덕인다.

"누구도 그들의 편이 되려고 하지 않을 거야. 적혈들조차도."

피가 끓어오르는 것 같다. 더 많은 거짓들. 그녀는 총을 쏘거나 칼날을 날리지 않고도 우리를 때려눕히고 있다. 그녀에게 무기는 말이면 충분하다. 그리고 이제 나는 그녀의 세계로 더 깊이, 아케온으로 끌려갈 것이다.

다시는 가족들을 볼 수 없겠지. 지사는 더 이상 알아볼 수 없을 정도로 자랄 거야. 브리 오빠랑 트래미 오빠는 결혼을 하고, 아이를 갖고, 너를 잊을 거야. 아빠는 당신의 상처에 숨이 막혀서 천천히 돌아가실 테지. 그리고 아빠가 가시고 나면, 엄마도 돌아가실 거야.

메이븐은 내 얼굴에 감정들이 떠오르는 것을 지켜본다. 그는 생각에 잠긴 눈으로 내가 사색에 빠지는 것을 내버려 둔다. 메이븐은 항상 내가 생각하도록 두는데, 때때로 그의 침묵은 다른 어떤 누구의 말보다 낫다.

"얼마나 더 오래 여기에 머무르나요?"

"오늘 오후에 갈 거야. 대부분의 궁정 사람들은 그보다 더 전에 떠날 거지만, 우리는 배를 타야 해. 이 모든 광기 속에서도 어떤 전통은 지켜야 하나 봐."

어린 소녀였을 때, 나는 현관에 앉아서 예쁜 배들이 수도를 향해 강을 따라 지나가는 모습을 지켜보고는 했다. 쉐이드 오빠는 왕을 일별이라도 할 기회를 잡고 싶어 하는 나를 비웃고는 했다. 그때는 깨닫지 못했다. 그것이 그저 가장행렬의 일부에 불과하다는 것을, 경기장의 싸움이나 마찬가지로 그저 또 하나의 보여 주기라는 것을,

세상의 거대한 틀 속에서 우리가 얼마나 낮은 곳에 위치해 있는가를 정확하게 보여 주기 위한 것이라는 것을 미처 몰랐다. 이제 나는 다시 한 번 그것의 일부분이 될 것이다. 이번에는 반대편에 서서.

"적어도 아주 잠깐뿐일지라도 네 집을 다시 볼 기회를 잡을 수 있을 거야."

그가 부드럽게 굴려고 애쓰며 덧붙인다. *그래요, 왕자님, 그게 내가 원하는 거죠. 배 위에 서서 내 고향과 옛 삶이 흘러가는 것을 지켜보는 것.*

하지만 그것은 반드시 치러야만 하는 대가다. 킬런과 다른 사람들을 자유롭게 해 준다는 것은 내 마지막 날들을 잃는다는 의미이고, 그것은 내가 기쁘게 행한 거래이다.

근처의 복도에서 무언가 부딪치는 커다란 소리가 들려와 우리를 방해한다. 그 복도는 칼의 방으로 향하는 것 중 하나이다. 메이븐이 먼저 반응해서, 내가 움직이기도 전에 복도의 가로 움직인다. 나를 무언가로부터 보호하려고 하는 것 같다.

"악몽이라도 꿨어, 형?"

목격한 것에 겁이라도 먹은 듯이 그가 소리친다.

그에 답하듯 칼이 복도로 걸어 나온다. 양손을 꽉 쥔 것이, 마치 스스로의 손을 제어하려고 애를 쓰고 있는 듯하다. 피로 얼룩진 제복은 사라지고, 프톨레무스의 갑옷처럼 보이는 것으로 갈아입고 있는데, 칼의 것은 불그스레하게 물들어 있다.

그를 철썩 때려 주고 싶다. 그를 붙들고 그가 팔리와 트리스탄과 킬런과 월시에게 저지른 일에 대해서 소리소리 치고 싶다. 불꽃이 내 몸 안을 휘돌고, 풀어 달라고 애원한다. 하지만 결국, 무엇을 기대했단 말인가? 나는 그가 어떤 사람인지 알고, 그가 무엇을 믿는지도 안다. 적혈들은 구할 가치가 없다는 것. 그래서 나는 할 수 있는 한 예의 바르게 말한다.

"군대와 함께 떠나시려는 건가요?"

그의 눈에 맴도는 격한 분노로 판단하건대, 아닌 모양이다. 한때는 그가 갈까 봐 두려웠지만 이제 나는 그가 가기를 바란다. 그를 구하는 걸 걱정했었다니 믿을 수가 없다. 그 생각이 내 머릿속에 떠올랐었다는 것 자체를 믿을 수가 없다.

칼은 큰 한숨을 내쉰다.

"그림자 부대는 어디에도 가지 않는다. 아버지께서 허락하시지 않을 거야. 적어도 지금은 그래. 지금은 너무 위험하고, 나는 너무 가치가 있거든."

"형도 아버님께서 옳다는 것 알잖아."

메이븐이 형의 어깨에 손을 올리며 그를 진정시키려고 한다. 칼이 메이븐에게 똑같이 했던 것이 기억난다. 하지만 지금 왕관은 다른 사람의 손에 있다.

"형은 후계자야. 아버지께선 형까지 잃을 여유가 없으셔."

"나는 군인이야."

칼이 동생의 손길을 어깨에서 떨쳐내며 뱉는다.

"난 그저 앉아서 다른 이들이 나를 위해 싸우게 둘 수 없어. 그러지 않을 거야."

그는 꼭 장난감을 달라고 우는 아이처럼 말한다. 그는 살해를 즐기는 게 틀림없다. 그 생각에 토할 거 같다. 나는 그저 말없이 더 외교적인 메이븐이 나 대신 말하게 내버려둔다. 그는 항상 무슨 말을 할지 잘 알고 있다.

"또 다른 명분을 찾아. 또 다른 오토바이를 설계하고, 훈련을 두 배로 늘리고, 형의 사람들을 훈련시키고 위험이 지나갈 때를 대비해서 스스로를 준비해. 형, 형이 할 수 있는 수천가지의 다른 종류의 일들이 있고, 그것들 중 어떤 것도 형을 어떤 식으로든 암살하지 않을 테니까!"

그가 자신의 형을 똑바로 올려다보며 말한다. 다음 순간, 그가 분위기를 가볍게 하려고 애를 쓰며 히죽댄다.

"형은 결코 안 바뀐다니까. 형은 그저 가만히 있을 줄을 몰라."

날카로운 침묵의 순간 뒤에, 칼이 약한 미소를 짓는다.

"결코 그럴 수 없지."

그의 눈이 내게로 날아와 꽂히지만, 나는 결코 그의 황동색 시선에 붙들리지 않을 것이다. 결코 다시는.

나는 벽 위의 그림을 관찰하는 척하며 고개를 돌린다.

"멋진 갑옷이네요. 왕자님 수집품들이랑 잘 어울릴 거예요."

내가 비웃는다.

그는 찔린 듯 보이고, 심지어 혼란스러운 얼굴이지만 재빨리 회복한다. 그의 미소는 이제 사라지고 좁게 뜬 눈과 단단하게 다문 턱이 그 자리를 대신한다. 그는 자신의 갑옷을 두드린다. 돌을 할퀴는 것 같은 소리가 난다.

"이건 프톨레무스가 준 선물이야. 내 약혼녀의 오빠와 내가 공통의 목적을 공유하는 것 같군."

내 약혼녀라니. 꼭 내가 질투나 그 비슷한 걸 히도록 만들려는 목적처럼.

메이븐의 눈이 경계하듯 갑옷으로 향한다.

"무슨 말이야?"

"프톨레무스가 수도의 보안 요원들을 통솔하잖아. 나와 내 군대와 함께, 우리는 어쩌면 그것이 도시 안이라 할지라도 뭔가 유용한 것을 할 수 있을지도 몰라."

차가운 공포가 내 심장으로 다시 숨어 들어와서 지난밤의 성공이 내게 가져다주었던 희망과 행복이 무엇이건 간에 모두를 쓸어내 버린다.

"그래서 그게 정확하게 뭔데요?"

내가 낮게 말하는 소리가 들린다.

"나는 좋은 사냥꾼이고, 그는 좋은 킬러라는 거지."

칼이 뒤로 물러나서 우리에게서 멀어진다.

나는 그가 그저 복도를 따라서가 아니라, 어둡고 꼬인 길을 따라서 사라지는 것을 느낄 수 있다. 그러자 내게 춤추는 법을 알려주었던 소년을 걱정하는 마음이 찾아온다. *아니, 아니지, 그에 대한 걱정이 아니지. 그 소년 때문에 걱정이 드는 거지.* 그리고 그 기분은 내 모든 다른 공포들과 악몽보다도 더 나쁘다.

"우리 두 사람이 함께하면, 우리는 진홍의 군대를 뿌리째 뽑아 버릴 거야. 우리는 이 반역자 무리를 최종적으로 끝장낼 거야."

오늘은 아무 스케줄이 없다. 모두가 떠날 준비를 하느라 가르치거나 훈련을 할 시간 없이 너무 바쁘기 때문이다. 도망이라는 말이 더 어울리는 것 같기도 하다. 현관 로비의 구경하기 좋은 이 위치에서 보면 딱 정확하게 그렇게 보이기 때문이다. 은혈들이란 결코 위협당하지도 않고 결코 겁에 질리지도 않는, 건드릴 수도 없는 신들이라고 나는 생각해 왔다. 이제 나는 진실은 그 반대라는 것을 안다. 그들은 위에서 고립된 채로 보호 받으며 너무 오랜 시간을 보냈기 때문에, 자신들이 떨어질 수도 있다는 것을 잊고 살았다. 그들의 힘이 그들의 약점이 되어 버린 것이다.

한때 나는 이 벽들이 두려웠고 그 지극한 아름다움이 놀라웠다. 하지만 이제 벽 사이의 틈들이 보인다. 폭탄이 터졌던 그날처럼, 은혈들이 아무도 꺾을 수 없는 존재가 아니라는 사실을 깨달았던 그때처럼. 그 이후로 폭발이 있었고, 이제 몇 개의 총알들이 다이아몬드 유리를 조각낸 후 그 아래에 공포와 편집증이 숨어 있음을 드러냈다. 은혈들은 적혈들로부터 달아난다. 사자들이 쥐 떼로부터 달아나듯이. 왕과 왕비는 서로 대적하고, 궁궐 사람들은 각자의 동맹을 가지고 있으며, 그리고 칼, 완벽한 왕자님이자 훌륭한 군인인 그는 고통스럽고 끔찍한 적이다. *누구든 누구라도 배신할 수 있지.*

칼과 메이븐은 그 조직적인 혼돈에도 불구하고 모두에게 작별을 고하는 자신들의 의무를 다하고 있다. 비행선들은 그렇게 오래 기다리지 않고, 엔진들이 내는 소음이 안에서도 들릴 정도다. 가까이에서 그 대단한 기계들이 떠오르는 걸 보고 싶지만, 움직인다는 것은 군중들과 용감하게 대면한다는 뜻이고, 나는 도무지 비탄에 빠진 시선을 견딜 자신이 없다. 모두 다해서 열두 명이 어젯밤에 죽었지만 나는 그들의 이름을 알고 싶지가 않다. 그 어느 때보다도 더 스스로의 유머 감각이 필요한 지금만큼은 그들이 내 위로 무게를 드리우게 할 수 없다.

더 이상 지켜볼 수 없을 정도가 되자, 나는 이제는 익숙해진 복도들을 따라서 발길이 닿는 아무 곳이나 정처 없이 몸을 맡기고 배회한다. 지나가며 보니, 근처의 방들은 궁정 사람들이 돌아올 때까지 다음 시즌을 기다리며 잠겨 있다. *나는 돌아오지 못하리라.* 나도 안다. 하인들은 하얀색 천들을 가구와 그림과 조각들 위로 덮는다. 모든 곳이 귀신 들린 것처럼 보인다.

정신을 차리고 보니 나는 줄리언의 옛 교실 앞 문간에 서 있다. 갑자기 나는 깜짝 놀란다. 책 더미, 책상, 심지어 지도들까지 다 사라지고 없다. 방은 더 커 보이지만 동시에 작아진 느낌이다. 한때는 그 방에는 온 세계가 가득했는데, 이제 오직 먼지와 구겨진 종이들만이 남아 있다. 시선은 한때 거대한 지도가 걸려 있었던 벽으로 향한다. 예전에 나는 그것을 이해할 수 없었지만 이제 옛 친구처럼 기억할 수 있다.

노르타, 레이크랜즈, 피에드몬트, 프레이리, 타이랙스, 몬트포트, 사이론, 그리고 그 사이의 다른 모든 분쟁 지역들. 다른 나라들, 다른 사람들, 마치 우리처럼 혈통의 선을 따라서 고통받는 모든 사람들. 우리가 바뀌면, 그들도 바뀔까? 아니면 그들은 우리도 파괴하려고만 들까?

"당신이 배운 것들을 잊지 말았으면 좋겠군요."

줄리언의 음성이 나를 생각에서 끌어내어 빈 방으로 되돌린다. 내 뒤에 선 그가 지도가 있는 벽을 향한 내 시선을 따라 눈을 돌린다.

"더 이상 당신을 가르칠 수 없어서 미안합니다."

"아케온에서도 수업을 할 만한 시간은 많을 거예요."

그의 미소는 씁쓸하면서도 달콤하고 거의 지켜보기 고통스러울 정도이다. 거의 처음으로 나는 카메라가 우리들을 지켜보고 있다는 느낌이 와서 깜짝 놀라고 만다.

"줄리언?"

"델피의 문서 보관 담당자들이 내게 어떤 오래된 글들을 복원하는 자리를 제안해 왔어요."

그 거짓말은 줄리언의 얼굴 위에 코가 있다는 사실만큼이나 평범하다.

"그들이 워시 쪽을 파헤쳤는데 저장 벙커 몇 개를 찾아낸 것 같아요. 보아 하니, 산을 몇 개 넘어야 할 듯해요."

"그거 정말 줄리언 맘에 들겠어요."

나는 목이 멘다. 줄리언이 떠나야 할 거라는 사실을 알았잖아. 네가 지난밤에 줄리언을 강제로 끌어들였지. 네가 킬런의 목숨 대신 줄리언의 목숨을 위험하게 만들었어.

"할 수 있을 때 방문해 줄 거죠?

"그럼요, 물론이죠."

또 다른 거짓말. 엘라라 왕비는 곧 그의 역할에 대해서 충분히 알아낼 테고, 그러면 그는 도주 생활을 하게 될 것이다. 그저 좀 먼저 출발하는 것뿐이다.

"당신에게 줄 것을 좀 챙겨뒀어요."

어떤 선물보다도 줄리언이 곁에 있었으면 싶지만, 나는 어떻게든 고마운 것처럼 보이려고 애를 쓴다.

"좋은 충고인가요?"

그가 미소를 지으며 고개를 흔든다.

"수도에 도착하면 알게 될 겁니다."

다음 순간 그가 팔을 쭉 뻗어서 손짓을 한다.

"이제 가야 해요, 그러니 적절하게 나를 배웅해 줘요."

그와 포옹하는 것은 내가 결코 다시 만나지 못할 아버지나 오빠들과 포옹하는 것과 같다. 그를 보내고 싶지 않지만, 머무는 것이 그에게 너무 위험하다는 사실을 우리 둘 다 알고 있다.

"고마워요, 메어. 당신을 보면 그녀 생각이 많이 났어요."

줄리언이 내 귀에 속삭인다. 그가 코리앤, 그토록 오래 전에 자신이 잃어버린 누이에 대한 이야기를 하고 있다는 것은 묻지 않아도 분명하다.

"당신이 그리울 겁니다, 작은 번개 소녀."

지금 이 순간만큼은, 그 별명도 그렇게 나쁘게 들리지는 않는다.

나는 전기 엔진으로 물을 가르며 달리는 배에 경탄할 만한 힘도 없다. 검정색, 은색, 그리고 붉은색이 섞인 깃발이 이것이 왕의 배임을 알리며 모든 깃대마다 펄럭거린다. 어린 여자아이였을 때, 나는 왜 왕이 적혈의 색을 자신의 깃발에 쓰는지 궁금해 하고는 했다. 그건 그에게는 너무 못 미치는 수준일 텐데. 이제 나는 깃발들이 그의 불꽃처럼, 파괴처럼, 그리고 그가 지배하는 사람들처럼 붉다는 것을 안다.

"어젯밤의 감시병들은 전부 *재배치*되었어."

우리가 갑판을 걸어갈 때에 메이븐이 말한다.

*재배치*라니, 벌을 받았다라는 표현을 대신하기에는 너무 멋진 단어 아닌가. 돼지 눈과 그가 나를 보던 방식이 떠오르자, 하나도 미안하지가 않다.

"어디로 재배치되었는데요?"

"당연히 전방이지. 어떤 서민 부대나, 대장이 부상당했거나 무능한 곳이나, 아니면 성미 고약한 군사들이 있는 곳에 배치될 거야. 그런 부대들은 대개 참호에 제일 먼저 보내지는 법이거든."

그의 눈 뒤로 그늘이 드리우는 모습으로 봐서는 메이븐이 이걸 누구보다 잘 안다는 게 분명하다.

"제일 먼저 죽는 곳이로군요."

그가 침통하게 고개를 끄덕인다.

"그럼 루카스는요? 어제 이후로 그를 보지 못했는데……."

"그는 괜찮아. 사모스 하우스랑 같이 여행하느라 가족들과 움직이는 중이야. 총격에 모든 사람들이 놀랐거든. 하이 하우스들조차도 말이야."

안도가 슬픔과 함께 나를 씻어 내린다. 나는 벌써 루카스가 그립지만 그가 안전하다는 것과 엘라라 왕비의 시선에서 멀리 떨어져 있다는 사실은 다행이다.

메이븐이 좀 우울해 보이는 얼굴로 입술을 깨문다.

"하지만 그렇게 오래는 아니야. 답을 곧 찾을 거야."

"무슨 의미예요?"

"감옥 안에서 핏자국들이 발견됐어. 적혈의 피가."

내가 입은 총상은 씻은 듯이 사라졌지만, 고통의 기억은 사라지지 않는다.

"그래서요?"

"그 말은 그대의 친구들 중 누가 운이 없어서 부상을 입었다는 거고, '혈액 베이스'가 제대로 돌아가기만 한다면 비밀이 그렇게 오래가지 않을 거라는 거지."

"혈액 베이스요?"

"혈액 데이터베이스. 문명의 반경 내에 있는 적혈들은 태어남과 동시에 혈액 샘플을 추출해서 기록하거든. 우리 사이에 정확히 어떤 다른 점이 있는지 이해하려는 프로젝트에서 시작되었지만 결국 그대의 사람들에게 목줄을 채울 또 다른 방법으로 끝나고 말았지. 더 큰 도시들에서는, 적혈들은 신분증을 사용하지 않아, 혈액표를 사용하지. 사람들은 모든 문을 오고 갈 때마다 혈액 채취를 해야 해. 동물처럼 추적당하지."

잠시 나는 그날 왕좌의 방에서 그들이 내게 내밀었던 오래된 서류들을 생각한다. 내 이름, 내 사진, 그리고 거기 묻어 있던 내 피 얼룩도.

내 피. 그들은 내 피를 가지고 있다.

"그럼 그들이…… 그들이 그게 누구 피인지 알아낼 수 있겠네요, 바로 그렇게?"

"시간은 좀 걸리겠지, 한 주나 그 이상, 하지만 아마도 그렇게 될 거야."

그의 눈이 내 떨리는 손으로 향하고, 그는 자신의 손으로 내 손을 덮는다. 따뜻한 기운이 내 갑작스럽게 차가워진 피부 위로 흐른다.

"메어?"

"그가 나를 쐈어요. 그 감시병이 나를 쐈어요. 그들이 찾아낸 것은 내 피예요."

다음 순간 그의 손도 딱 내 것처럼 차가워진다.

그의 모든 영리한 생각들에도 불구하고, 메이븐도 이 일에 대해서는 아무 말도 하지 못한다. 그는 겁먹은 듯 뻐끔뻐끔 하며 그저 바라보기만 한다. 그의 얼굴에 떠오른 표정이 뭔지 안다. 누군가에게 작별 인사를 해야 할 때마다 내가 두르고는 하던 그 표정이다.

나는 강을 바라보면서 중얼거린다.

"이곳에서 더 오래 머무르지 않는 것이 좀 아쉬워요. 이왕이면 집에서 가까운 곳에서 죽고 싶은데 말이죠."

또 다른 산들바람이 불어와 머리카락이 커튼처럼 내 얼굴을 덮지만, 메이븐은 손으로 머리카락을 쓸어 넘겨주더니 놀랄 만큼 흉포하게 나를 가까이 끌어당긴다.

아.

그의 키스는 형과의 것과는 전혀 다르다. 메이븐은 더 간절하고, 나만큼이나 스스로에게 놀란 것 같다. *내가 강물에 빠진 돌처럼 빠르게 가라앉고 있는 중이라는 걸 그도 알고 있다. 그리고 지금 그는 나와 함께 빠져 죽으려고 한다.*

"내가 이걸 해결할 거야."

그가 내 입술에 대고 나지하게 말한다. 그의 눈이 그토록 밝고 날카롭게 빛나는 것을 결코 본 적이 없다.

"사람들이 그대를 해치도록 두지 않을 거야. 약속할게."

마음속 한편으로는 그를 믿고 싶다.

"왕자님이 모든 것을 해결할 수는 없어요."

"그대의 말이 맞아, 나는 할 수 없지."

대꾸하는 그의 목소리에 날이 선다.

"하지만 나도 더 많은 힘을 가진 누군가를 설득할 수는 있지."

"누구요?"

우리 주변의 온도가 확 올라가고, 메이븐은 물러나며 턱에 힘을 주고 꽉 다문다. 그의 눈이 빛나는 모습을 보니 나는 그가 우리를 방해한 이는 누구든 다 물리칠 거라고 반쯤 기대하게 된다. 나는 돌아서지 않는데, 그건 내가 내 팔다리를 느낄 수가 없기 때문이다. 입술이 기억으로 여전히 얼얼함에도 불구하고, 나는 무감각해진다. 이것이 무슨 의미인지, 나는 모르겠다. 이것이 무슨 기분인지, 나는 이해할 수도 없다.

"왕비께서 전망 갑판에 그대가 참석하기를 요청하신다."

칼의 음성은 돌처럼 삐거덕거린다. 그 목소리는 거의 화난 듯 들리지만, 그의 구릿빛 눈동자는 슬퍼 보이고, 심지어 패배한 빛마저 돈다.

"스틸츠를 지나고 있어, 메어."

그렇다, 이미 익숙한 모습의 해안선이 보인다. 저 토막 난 나무들,

저 둑이 길게 펼쳐진 지역, 그리고 저 톱질하는 소리와 나무가 쓰러지는 소리의 메아리를 잊을 수 있을 리가 없다. *이곳이 내 고향이다.* 어마어마한 고통과 함께 나는 억지로 난간에서 몸을 떼어 자신의 동생과 무언의 대화를 나누고 있는 것처럼 보이는 칼을 바라본다.

"고마워요, 칼 왕자님."

나는 메이븐의 키스는 물론, 내 자신의 임박한 종말을 처리하려고 애를 쓰면서 중얼거린다.

칼이 보통 때처럼 등을 꼿꼿이 편 채 인사를 하고는 걸어서 간다. 그 발걸음 소리가 우리의 춤과 우리 둘의 키스를 상기시켜서 내게는 극심한 죄책감이 밀려든다. *나는 모두를 상처 입힌다, 특별히 나 자신을 포함해서.*

메이븐의 시선이 도망치듯 떠나는 형의 뒤를 좇는다.

"형은 지는 걸 싫어하지."

그가 목소리를 낮추고 내게 가깝게 다가온다. 그의 눈 속에 조금 섞인 은색을 알아볼 수 있을 정도다.

"나도 그래. 난 그대를 잃지 않을 거야, 메어. *잃지 않을 거야.*"

"왕자님은 결코 나를 잃지 않을 거예요."

또 다른 거짓말. 그리고 우리 둘 다 그걸 알고 있다.

전망 갑판은 배의 앞쪽에서 가장 큰 부분으로 한쪽 끝에서 반대쪽 끝까지 쭉 뻗은 유리로 둘러싸여 있다. 강둑에는 흐릿한 갈색 형체들이 옹기종기 모여 있고, 경기장이 있는 오래된 언덕이 나무 너머로 모습을 드러낸다. 둑에서부터 멀리 떨어져 있기에 누구의 형체든 정확히 볼 수 있는 건 아니지만, 나는 즉시 내 집을 알아본다. 세 개의 붉은 별이 수놓아진 낡은 깃발이 여전히 현관에 펄럭이고 있다. 별 하나에는 검정색 줄무늬가 새겨져 있다. 쉐이드 오빠를 기리기 위한 것이다. *오빠는 처형당했어. 네가 그 후 별을 뜯어낼 예정이었지.* 하지만 가족들은 그러지 않았다. 그들은 자신들의 작은 저항으로 오빠를 지켜냈다.

메이븐에게 우리 집을 가리켜 보이며 우리 마을에 대해서 얘기해 주고 싶다. 내가 그의 인생을 봐 왔으니, 이제 나도 그에게 내 것을 보여 주고 싶다. 하지만 전망 갑판은 고요하고, 모두는 마을에 점점 더 가까워지는 동안 마을을 그저 뚫어져라 보고만 있다. *마을 사람들은 당신들을 신경 안 써.* 나는 소리를 지르고 싶다. *바보들만이 구경하려고 멈추지. 바보들만이 당신들에게 시간을 낭비하는 거라고.*

배가 계속 나가는 동안, 마을 전체가 아마도 바보들로 구성되어 있나 보다는 생각이 들기 시작한다. 거의 2000명에 달하는 사람들 모두가 둑에 나와 붐비고 있는 것 같다. 몇몇은 발목까지 잠기는 강에 서 있다. 이 거리에서 보면 다들 똑같아 보인다. 색 바랜 머리카락, 낡고 해진 옷들, 반점이 난 피부들, 지치고 배고픈…… 내가 한때 그랬던 모든 것.

그리고 *화가 나* 있다. 배에서조차 나는 그들의 분노를 느낄 수 있다. 그들은 환호하거나 우리의 이름들을 소리쳐 부르지 않는다. 손을 흔들지도 않는다. 심지어 아무도 미소조차 짓지 않는다.

"이게 다 무슨 일이죠?"

나는 누군가가 대답해 주길 바라며 낮게 말한다.

하지만 굉장히 신이 나서 그 말에 대답해 주는 건 왕비이다.

"아무도 구경하지 않는 중에 강을 따라 행진하는 것 같은 낭비가 어디 있니. 우리가 그 점을 해결한 것 같구나."

아무래도 이건 또 다른 의무적인 행사와는 다른 것 같다. 경기나 방송들과는 또 다르다. 보안 요원들은 아픈 이들을 침대에서 끌어내고 완전히 지친 일꾼들을 집에서 끌어내어서 강제로 우리를 지켜보게 시킨 것이다.

채찍질 소리가 둑 위 어딘가를 울리고, 여자의 비명 소리가 바로 뒤따른다.

"줄을 지켜라!"

군중들 너머로 소리가 메아리친다. 그들의 눈이 흔들리지 않고 고개를 똑바로 들어 앞을 향하기에, 나는 어디에 균열이 생겼던 것인지조차 알 수 없다. *대체 저들을 저토록 관대하게 만드는 어떤 일이 일어난 거지? 무슨 일이 이미 벌어진 거야?*

지켜보는 동안 눈물이 따끔거리며 솟아난다. 더 여러 번의 채찍 소리가 나고 아기 몇 명이 울음을 터뜨리지만, 둑에 있는 이들 아무도 저항하지 않는다. 갑자기 나는 갑판의 끝에 서서, 내 모든 힘을 다해서 유리 너머로 소리를 지르고 싶다.

"어딜 가려고, 메리어나?"

왕의 옆, 자신의 자리에서 엘라라 왕비가 가르랑거린다. 그녀는 차분하게 음료를 한 입 마시며 자신의 유리잔 경계 너머로 나를 관찰한다.

"왜 이런 일들을 벌이는 거죠?"

정말 아름다운 옷 위로 팔짱을 끼며, 에반젤린의 눈이 나를 향해 조소를 보낸다.

"왜 당신은 신경을 쓰는데요?"

하지만 그녀의 말들은 무시된다.

"저들은 홀에서 무슨 일이 일어났는지 알고 있고, 심지어 그 일에 동조할지도 모르지. 그래서 사람들에게 우리가 건재하다는 것을 알릴 필요가 있어."

칼이 강둑을 향해 시선을 고정한 채 중얼거린다. 그는 심지어 나를 마주하지도 못한다, 겁쟁이 같으니.

"우리가 심지어 상처 입은 곳조차 없다는 것도."

또 다른 채찍 소리가 들려서, 나는 움찔한다. 거의 내 피부 위를 채찍이 후려치는 느낌이다.

"체벌도 가하라고 명령한 건가요?"

그는 내 도전에 말려들지 않고, 턱을 확고하게 꽉 다문다. 하지만 또 다른 마을 사람이 울부짖으면서 보안 요원들을 향해서 항의하는 소리가 들리자, 그는 눈을 꾹 감는다.

"뒤로 물러서라, 레이디 타이타노스."

왕의 음성은 멀리서 치는 천둥처럼 우렁우렁 울리며 확실한 명령을 내린다. 내가 뒤로 물러서서 메이븐에게로 움직이는 사이에 그의 우쭐해 하는 미소를 거의 느낄 수 있다.

"이곳은 적혈의 마을이다, 그대가 우리 모두보다 그 사실을 더 잘 알겠지. 그들은 이 테러리스트들에게 은신처를 제공하고, 그들을 먹이고, 그들을 보호하여, 그들이 *된다.* 그들은 잘못을 저지른 아이들이다. 그러니 그들은 배워야만 한다."

나는 항의하려고 입을 열지만 왕비가 이를 드러낸다.

"아마도 그대는 본보기가 되어야 할 몇 명을 알고 있겠지?"

그녀가 침착하게 말하며 해안가를 가리켜 보인다.그녀의 위협에 쫓겨서 내 말들은 목구멍 안에서 죽어 버린다.

"아니요, 왕비 전하. 모릅니다."

"그럼 뒤로 물러서서 침묵하고 있어."

다음 순간 그녀가 미소를 짓는다.

"그대가 말을 해야 할 시간이 올 테니까."

이것이 그들이 나를 필요로 하는 이유다. 이 같은 순간, 저울의 눈금이 그들의 선호 밖으로 기울어지는 순간에. 하지만 나는 저항할 수 없다. 나는 그녀가 명령하는 대로 그저 서서 내 고향이 시야 밖으로 희미해지는 동안 바라보고 있다. 영원히.

우리가 수도에 가까이 갈수록, 마을들의 규모는 점점 더 커진다. 목재들과 농장 공동체들을 위시한 시골 풍경은 곧 점차 제대로 된 도시들로 바뀐다. 벽돌로 지은 집들과 적혈 노동자들을 위한 집으로 사용되는 기숙사들이 거대한 공장들을 둘러싸고 있다. 다른 마을들처럼, 주민들은 우리가 지나가는 것을 보러 거리에 나와 서 있다. 보안 요원들이 빽 소리 지르며 채찍을 휘두른다. 나는 결코 그 모습에 익숙해지지 못한다. 매번 나는 움찔거린다.

다음 순간 마을들은 제멋대로 뻗어 있는 사유지들과 대저택들, 홀과 같은 궁들로 대체된다. 돌과 유리와 소용돌이치는 대리석으로 만들어진 집들은 가면 갈수록 점점 더 굉장히 아름답다. 강으로 향하는 사면에는 잔디가 깔려 있고, 그린워든들이 정원과 아름다운 분수들을 꾸며 놓았다. 집들은 각자 다 다른 아름다움을 뽐내는 신들의 작품처럼 보인다. 하지만 창문들은 어둡고, 문들은 닫혀 있다. 마을과 도시들에 사람들이 가득 차 있었던 것과는 달리, 이곳은 생명이라고는 찾아볼 수 없는 듯이 보인다. 오직 건물마다 하나씩 매달려 있는 깃발들만이 하늘 높이 날리며, 누군가 거기 살긴 산다는 걸 알려줄 뿐이다. 파랑은 오사노스 하우스, 은색은 사모스 하우스, 갈색은 램보스 하우스 등등. 이제 나는 색을 정확하게 알고 있고, 각각의 침묵하는 집들을 그들의 얼굴들과 연결할 수 있다. *심지어 그 집 중 몇 곳의 주인들을 죽였지.*

"'리버 로우'야. 귀족들이 도시를 탈출하고 싶을 때에 사용하는 시외 주택이지."

메이븐이 설명해 준다.

검정색 대리석 기둥이 멋지게 솟아 있는 아이럴 가의 집을 바라본다. 돌로 된 표범들이 하늘을 향해 으르렁거리는 자세로 현관 앞을 지키고 있다. 그 조각들을 보는 것만으로도 나는 에이라 아이럴이 퍼붓던 압박하는 질문들이 떠올라서 소름이 끼치고 만다.

"여기에는 아무도 없는 거네요."

"집들은 1년의 대부분 동안은 비어 있어. 아무도 지금은 감히 도시를 떠나려고 하지 않을 거야. 이 진홍의 군대 문제가 있는 동안은 말이지."

그가 내게 작고 씁쓸한 미소를 지어 보인다.

"그 사람들은 차라리 저 다이아몬드 벽 뒤에 숨어서 우리 형이 자신들의 싸움을 대신 하게 시켰으면 싶은 거지."

"만약 아무도 싸울 필요가 없었더라면."

그가 머리를 흔든다.

"몽상하는 건 아무 쓸모없는 짓이야."

우리는 침묵 속에서 리버 로우가 우리 뒤로 사라져 가고 또 다른 숲이 둑 위로 올라오는 모습을 지켜본다. 검정색 나무껍질과 어두운 붉은 잎을 가진 매우 키가 큰 나무들은 이상한 모습이다. 그곳은 죽은 듯이 고요한데, 어떤 숲도 그럴 수는 없다. 침묵을 깨는 새소리도 전혀 없고, 머리 위로는 하늘이 어두워지고 있는데, 오후의 빛이 줄어들고 있기 때문이 아니다. 검정 구름들이 모여 들어서 두꺼운 담요처럼 나무 위를 맴돌고 있다.

"여긴 뭐예요?"

심지어 내 목소리조차 약하게 들린다. 갑판 위를 유리가 덮고 있다는 사실이 새삼 기쁘다. 놀랍게도 다른 사람들은 모두 사라지고, 우리만이 남아서 어둠이 자리 잡는 모습을 지켜보고 있다.

메이븐은 숲을 흘긋 바라본다. 혐오가 온통 그의 얼굴을 덮는다.

"나무 장벽이야. 저 나무들이 더 먼 상류에서 이동해 오는 오염을 막아 주지. 벨르 하우스의 그린워든들이 몇 년 전에 저것들을 만들었어."

일렁이는 갈색 파도가 배에 물결을 형성하고, 번쩍이는 강철 선체 위로 검정색 때로 된 얇은 막을 남긴다. 세상이 이상한 색으로 물들고, 마치 나는 그걸 더러운 유리를 통해 지켜보고 있는 것 같다. 낮게 떠 있는 구름들은 전혀 구름이라고 부를 수 없다. 그것들은 전부 전 개의 굴뚝으로부터 뿜어져 나온 연기로, 하늘의 경계를 모호하게 만들고 있다. 나무와 풀들은 사라지고 없다. 이곳이 재와 부패의 땅이다.

"그레이 타운이야."

메이븐이 중얼거린다.

공장들은 내가 볼 수 있는 한계까지 멀리멀리 뻗어 있고, 더럽고 거대하며 전기로 웅웅거리는 소리가 들린다. 그 소음들이 나를 주먹처럼 강타하여 나는 거의 발치에 주저앉을 뻔 한다. 내 심장이 그 기이한 맥박에 따라가려고 하는 바람에, 나는 피가 달리는 것을 느끼며 결국 주저앉고 만다.

나는 내 세계가 잘못됐으며 내 삶은 불공평하다고 믿어 왔지만, 결코 그레이 타운 같은 장소는 꿈도 꿔 본 적이 없었다.

발전소들이 어둠 속에서 빛나고, 파란색과 보기 싫은 녹색의 전기들이 공기 중으로 거미들이 작업한 줄처럼 맥동한다. 자동차들은 짐을 높이 쌓은 채로 길을 따라 달려서 이 공장에서 저 공장으로 상품들을 나른다. 차들은 얽혀 있는 교통의 혼란 속에서 각각 시끄러운 소음을 내고, 마치 회색 혈관을 타고 느릿느릿 흐르는 검정색 피처럼 움직인다. 최악은, 질서정연하게 네모 모양으로 자리 잡고 있는 각각의 공장들을 둘러싼 작은 집들로, 좁은 골목 사이에 켜켜이 자리하고 있다. *빈민가다.*

그토록 연기가 자욱한 하늘 아래에서라면, 노동자들이 햇빛을 볼 수 있을 것 같지가 않다. 그들은 교대 근무를 하는 사이마다 거리로 몰려나와 공장과 집 사이를 걸어 다닌다. 이곳에는 보안 요원도, 채찍 휘두르는 소리도, 멍한 시선도 없다. 누구도 우리가 지나가는 것을 보라고 그들을 강제하지도 않는다. 왕은 그들에게는 쇼를 할 필요조차 없는 거야. 나는 깨닫는다. 그들은 날 때부터 망가진 것이다.

"이 사람들은 기술자들이로군요."

은혈들이 여기저기서 그토록 유쾌하게 떠들곤 하던 그 이름을 떠올리며 나는 쉰 목소리로 속삭인다.

"그들이 전구, 카메라, 비디오 스크린들을 만들고……."

"총, 총알, 폭탄, 배, 차들도 만들지."

메이븐이 덧붙인다.

"그들은 발전소가 돌아가게 하지. 그들은 물을 깨끗하게 만들고. 그들은 우리를 위한 모든 일들을 해."

그리고 그 대가로 받은 거라고는 연기뿐이고.

그는 어깨를 으쓱한다.

"이것이 그들이 사는 유일한 삶이야. 대부분의 기술자들은 자신의 구역을 평생 떠나지 않아. 그들은 심지어 징병도 허락되지 않아."

징병이 허락되지 않는다. 그들의 삶은 전쟁에 나가는 것이 더 나은 대안이 될 정도로 끔찍한 것이다. 그들은 심지어 이동의 자유조차 없다.

강 위의 모든 다른 것들처럼, 공장들도 사라지지만 그 모습은 계속 내 안에 남는다. 이걸 잊어서는 안 돼. 뭔가가 내게 속삭인다. 나는 결코 그들을 잊어서는 안 된다.

또 다른 나무 장벽의 숲 너머로 별들이 우리를 기다리고 있고, 그 아래에는 아케온이 있다. 처음 나는 수도를 전혀 알아보지 못하고, 그 불빛들을 빛나는 별들로 착각한다. 우리가 점점 더 가까이 다가갈수록, 내 턱이 툭 벌어진다.

3층으로 된 다리가 넓은 강을 가로지르며 양편의 두 도시 사이를 연결하고 있다. 수천 걸음은 걸어야 할 정도로 길고 화려한 다리는 불빛과 전기로 살아 있는 듯하다. 가게와 시장들이 강보다 30미터쯤 위의 높이에 '브리지'와 함께 지어져 있다. 저기서 은혈들이 먹고 마시며 그토록 높은 자신들의 세계에서 이쪽을 내려다보고 있는 모습을 나는 그저 상상해 볼 뿐이다. 자동차들은 브리지의 가장 낮은 부분을 따라 빛을 내며 달리고, 헤드램프는 밤을 가르는 붉고 하얀 혜성처럼 보인다.

브리지의 양쪽 끝은 문으로 막혀 있고, 양쪽의 도시 구역들은 벽으로 둘러싸여 있다. 동쪽 둑 위에는 거대한 금속 타워들이 하늘을 찌르는 칼처럼 땅에서부터 솟아나와 있고, 타워들에는 모든 꼭대기마다 빛나는 거대한 맹금류들이 장식되어 있다. 더 많은 차들과 사람들이 자갈길을 메우고, 그 길은 경사진 강둑을 올라 브리지와 밖으로 향한 문들로 건물들을 연결해 준다.

벽들은 홀의 것처럼 다이아몬드유리로 되어 있지만, 조명등을 밝힌 금속 타워들과 다른 구조물들과 함께 자리하고 있다. 벽 위에는 순찰들이 돌고 있지만 그들의 제복은 감시병의 불타는 붉은색이나 보안 요원들의 삭막한 검정색이 아니다. 그들은 흐릿한 은색과 흰색으로 된 제복을 입고 있고, 그 색은 도시의 풍경과 잘 뒤섞여 거의 구별이 쉽지 않다. 그들은 군인들이야, 레이디들과 함께 춤을 추는 부류가 아니야. 여기는 요새다.

아케온은 전쟁에서 견디기 위해 지어진 것이다, 평화가 아니라.

서쪽 둑 위에는, 폭발 장면에서 보아 내게도 익숙한 로열 코트와 트레저리 홀이 있다. 양쪽 다 빛나는 하얀 대리석으로 지어져 있고, 완전히 수리되었다. 심지어 그 두 장소가 공격을 받은 것이 한 달이 조금 지났을 뿐인데 말이다. 그 일이 벌어진 지 벌써 일평생은 된 것 같은데. 그 두 건물은 나조차 보면 바로 알 수 있는 건물인 화이트파이어 팰리스의 측면에 자리하고 있다. 내 옛 선생님은 그 건물이 산비탈을 그대로 파서 지었다고 입버릇처럼 말하고는 했다. 하얀 돌의 살아 있는 조각을 이용해서 만들었다고. 황금과 진주로 만들어진 불꽃이 건물을 둘러싼 벽들 맨 꼭대기에서 번쩍인다.

내 눈은 브리지의 양쪽 끝 사이로 왔다 갔다 하면서 이곳을 파악해 보려고 애를 쓰지만, 내 정신은 도저히 이곳을 헤아릴 수가 없다. 머리 위로, 비행선들이 밤하늘을 느리게 움직이고, 에어젯들은 심지어 그보다 더 높은 곳에서 별을 쏘는 듯한 속도로 움직인다. 태양의 홀을 보고 나는 경이롭다고 생각했다. 보아 하니, 나는 그동안 '경이'라는 단어의 의미 자체를 모르고 살았던 게 아닌가 싶다.

하지만 고작 몇 킬로미터 전에 보았던 매연 가득한 어두운 공장 지대에서도 그랬듯, 나는 이곳에서도 어떤 아름다운 것도 찾을 수가 없다. 은혈들의 도시와 적혈들의 빈민가 사이의 극명한 대비가 내 이를 불편하게 만든다. 이건 내가 쓰러트리려고 하는 세계, 나와 내가 소중하게 생각하는 모든 것을 죽이려고 하는 세계다. 이제 나는 내가 맞서야 할 것이 무엇인지, 그리고 그것을 이기는 일이 얼마나 어렵고 불가능한지 정말로 보고 있다. 우리 위로 어렴풋이 보이는 거대한 다리를 보자니, 지금 그런 것처럼 결코 내가 작게 느껴진 적이 없다. 다리는 나를 통째로 삼킬 준비가 된 것처럼 보인다.

하지만 나는 해야만 한다. 그레이 타운을 위해서도, 태양을 결코 본 적이 없는 이들을 위해서라도.

제23장

배가 서쪽 둑에 정박하고 우리가 땅에 다시 발을 디딜 때쯤엔 밤이 찾아온 뒤이다. 집이었다면 이 말은 전력이 차단되고 자러 가야 한다는 뜻이겠지만, 아케온에서는 전혀 아니다. 어느 편인가 하면 오히려 도시는 나머지 세계가 어두워지는 동안에 더 밝아지는 것처럼 보인다. 불꽃놀이가 머리 위로 팡팡 터지면서 브리지 위에 비처럼 빛이 내리고, 화이트파이어 팰리스 꼭대기에는 붉은색과 검정색이 섞인 깃발이 나부낀다. *왕이 왕좌에 돌아왔도다.*

고맙게도 고통스러운 가장행렬은 더 이상 없고, 우리는 부두에서부터 우리를 태워 갈 무장한 자동차들의 환영을 받는다. 기쁘게도 메이븐과 나는 우리끼리만 차를 타고 오직 두 명의 감시병만이 함께 탑승한다. 우리가 역사적인 장소를 지날 때마다 그는 그곳을 가리키며 이야기를 늘어놓는다. 거의 모든 동상들과 거리 모퉁이를 설명할 듯한 기세다. 그는 심지어 자신이 제일 좋아하는 빵집까지도 언급하는데, 그건 심지어 강 반대편에 자리하고 있다고 한다.

"브리지와 동부 아케온은 민간인들과 평범한 은혈들을 위한 구역이야. 그래도 많은 이들이 몇몇 귀족들보다도 더 부유하긴 해."

나는 그 말에 거의 웃음을 터뜨릴 뻔 한다.

"평범한 은혈들요? 그런 게 있긴 있어요?"

메이븐은 그저 어깨만 으쓱한다.

"물론이지. 그 사람들은 상인, 사업가, 군인, 장교, 가게 주인, 정치인, 대지주, 예술가, 지식인들이야. 누군가는 하이 하우스 집안으로 시집오거나 장가를 들고, 누군가는 자신의 신분보다 더 높은 곳까지 올라가지만, 그들은 귀족의 피를 타고 나지 못했기에 그들의 능력은 말하자면, 음, *강력하지 않아.*"

모두가 특별한 건 아니라 이건가. 루카스도 비슷한 말을 한 적이 있다. 나는 그때는 그가 은혈들도 의미했다고는 생각하지 못했다.

"한편, 서부 아케온은 왕을 위시한 궁정 사람들을 위한 구역이라 할 수 있지."

메이븐이 계속 설명한다. 우리는 사랑스러운 석조 주택들과 가지를 손질한 꽃 핀 나무들이 줄지어 선 길을 지나간다.

"모든 하이 하우스들이 이곳에 거주 구역을 갖고, 왕과 정부에 더 가까이 있으려고 하지. 사실, 전 나라를 이 절벽에서 지배할 수도 있을 거야. 필요해지기만 한다면."

그 말은 이 장소를 설명하는 얘기다. 서부 둑은 날카롭게 경사져 있고, 궁과 다른 정부 건물들은 브리지를 내려다보는 산마루에 자리하고 있다. 또 다른 벽이 언덕 꼭대기를 둘러싸고 나라의 심장에 울타리를 치고 있다. 문을 지나고 타일로 뒤덮인 경기장 크기의 광장이 드러나자, 나는 얼빠진 듯 보이지 않으려고 애를 쓴다. 메이븐은 그곳을 '시저의 광장'이라고 부른다. 그의 왕조의 첫 번째 왕의 이름을 땄다고 한다. 줄리언이 전에 시저 왕에 대해서 언급한 적이 있지만, 매우 빠르게 언급했을 뿐이다. 우리의 수업은 결코 '첫 번째 분할'보다 더 진도를 나간 적이 없었다. 붉은색과 은색이 색깔 그 이상의 의미가 되었던 그때 이후로는.

화이트파이어 팰리스는 광장의 남쪽 영역을 차지하고, 법원, 재무부, 그리고 행정부 시설들이 나머지 부분을 차지하고 있다. 벽으로 둘러싸고 있는 마당 안에서 훈련하고 있는 부대들로 추정해 보건대, 군대 막사도 있는 모양이다. 그들은 칼의 그림자 부대로, 도시로 우리보다 먼저 이동했다. *귀족들의 위안거리.* 메이븐은 그들을 그렇게 불렀다. 또 다른 공격이 닥칠 경우에 우리를 보호하기 위해서, 벽 안에 갇힌 군인들.

지금 시각에도 불구하고, 막사 옆의 평범하게 보이는 건물로 달려가는 사람들로 인해서 광장은 활발하게 붐비고 있다. 군대의 상징인 검을 선명하게 새긴 붉고 검은 깃발이 각각의 기둥에 매달려 있다. 건물 앞에 작은 무대가 설치되어 있는 것이 보이고, 밝은 조명등이 그 지휘대를 둘러싸고 있고 사람들이 점차 늘어난다.

갑자기 그간 익숙하게 느껴 온 것보다 훨씬 무거운 카메라들의 시선이 우리가 탄 차를 향하고, 무대 옆을 지나는 차량의 흐름을 따라온다. 다행히도 우리는 계속 이동하고 작은 마당까지 이르는 지붕이 덮인 길을 통과해 움직이지만 그럼에도 차는 멈추어 선다.

"이게 뭐죠?"

나는 메이븐을 붙들면서 속삭인다. 지금까지 내 공포를 자제해 왔건만, 전등과 카메라와 사람들 틈바구니에서 내 벽은 흔들리기 시작한다.

메이븐은 무겁게 한숨을 쉬고, 다른 어떤 때보다 더 짜증스러운 듯하다.

"아버지께서 연설을 하셔야만 해. 실상은 엉망진창이라도 행복한 척 보이려고 하는 약간의 무력시위 같은 거지. 사람들이란 승리를 약속하는 지도자에 불과한 걸 사랑하는 법이라."

메이븐은 자신과 함께 가자고 나를 끌어당겨 밖으로 나선다. 화장과 의상에도 불구하고, 나는 갑자기 매우 발가벗은 느낌이 된다. *이건 방송을 위한 거야. 수천, 수백만이 이걸 볼 거라고.*

"걱정하지 마, 우리는 그냥 여기 서서 근엄한 척 하고 있으면 돼."

그가 내 귀에 중얼거린다.

"칼 왕자님은 벌써 그 탈을 뒤집어쓴 모양이네요."

나는 칼이 생각에 잠긴 채, 여전히 에반젤린과 엉덩이를 찰싹 맞대고 서 있는 곳을 고갯짓 해 보인다.

메이븐은 혼자 숨죽여 웃는다.

"형은 연설이란 게 시간 낭비라고 생각하거든. 형은 말이 아니라, 행동하길 좋아해."

그건 나도 마찬가지인데. 하지만 나는 메이븐의 형과 내가 어떤 공통점이라도 있다는 것을 인정하고 싶지 않다. 어쩌면 한 번 정도

150

는, 나도 그렇게 생각했던 적이 있었지만 이제는 아니다. 다시는 그렇게 생각하지 않을 것이다.

바쁘게 움직이던 비서가 우리를 향해 손짓한다. 그의 옷은 파란색과 회색, 매칸토스 하우스의 색이다. 어쩌면 그는 대령을 알았을지도 모른다. 어쩌면 그는 그녀의 오빠였거나, 그녀의 사촌이었을지도 모른다. 그만해, 메어. 여기서 기가 죽으면 절대로 안 돼. 그는 우리가 그 장소에 도착하여 왕과 왕비를 필두로 하여 칼과 에반젤린의 뒤에 서자, 우리에게 시선을 돌리는 시간조차 낭비하지 않고 가 버린다. 이상하게도 에반젤린은 평소의 냉정한 그녀가 아니다. 그녀의 손이 떨리는 것이 보인다. 그녀는 두려워하고 있다. 주목 받길 원했고 칼의 신부가 되기를 원했음에도, 그럼에도 불구하고 그녀는 겁을 먹고 있다. 어떻게 그럴 수 있지?

다음 순간 우리는 이동해서 셀 수도 없을 만큼 많은 감시병들이 있는 건물로 걸어 들어간다. 응접실이 펼쳐지거나 그림들이 걸려 있는 대신, 안쪽은 철저하게 기능적인 구조로 되어 있다. 지도와 사무실과 회의실들이 펼쳐진다. 회색 제복을 입은 사람들이 자신들의 일을 하느라 복도를 바쁘게 오가고, 우리가 지나갈 때만 길을 트며 멈춘다. 대부분의 문은 닫혀 있지만 나는 간신히 몇 개 안쪽을 흘깃 보는 데에 성공한다. 장교들과 군인들이 전선 지도를 들여다보며, 부대 배치를 두고 논쟁 중이다. 또 다른 방은 백 개쯤 되는 비디오 스크린을 유지하느라 나오는 듯한 천둥 같은 에너지가 가득한데, 각각의 비디오 스크린은 전투복을 입은 군인들이 운영하고 있다. 그들은 헤드셋을 끼고 대화를 하며, 더 먼 곳에 있는 사람들과 장소에 대고 명령을 부르짖는 중이다. 표현은 제각각이지만, 의미는 한결 같다.

"현상 유지하십시오."

칼이 비디오 스크린의 문 앞에서 더 잘 보려고 고개를 기울이며 시선을 쏟지만, 문은 갑자기 그의 얼굴 앞에서 쾅 하고 닫힌다. 그는 발끈하지만 항의하지 않고 에반젤린의 옆으로 돌아간다. 그녀는 그에게 뭔가 조용하게 투덜거리지만, 기쁘게도 그는 그녀에게 고개를 젓는다.

하지만 우리가 건물의 정면 입구 계단의 눈이 부실 것 같은 조명 안으로 걸어 나가자 내 미소는 사라진다. 문 옆의 청동 명판에는 *사령부*라고 쓰여 있다. 이곳이 군대의 핵심부이자, 모든 군인, 모든 부대, 모든 총들을 지배하는 곳이다. 이곳의 힘에 내 위장이 요동치지만, 기가 죽을 수는 없다. 이토록 많은 사람들 앞에서는 안 된다. 카메라들이 플래시를 터뜨리고, 순간적으로 나는 눈이 먼다. 내가 움찔하는 순간, 내 머릿속에서 목소리가 울린다.

비서가 내 손에 종이를 쥐어 준다. 흘깃 한번 본 것만으로도 나는 거의 비명을 지를 뻔 한다. 이제 나는 무엇 때문에 나를 살려 줬는지 알겠다.

밥값을 해야지. 엘라라 왕비의 목소리가 내 머릿속에서 속삭인다. 그녀는 메이븐의 반대편에서 나를 흘깃 바라보며, 미소를 짓지 않으려고 최선을 다하는 중이다.

메이븐의 눈이 그녀의 진절머리 나는 시선을 따라 움직이고, 내가 떨리는 손으로 쥐고 있는 종이를 알아차린다. 느리게, 그는 내 손가락에 자신의 손가락을 감는다. 마치 그가 자신의 힘을 내게 부어 줄 수 있다는 듯이.

"해야만 해."

그것이 그가 할 수 있는 말의 전부다. 너무 낮게 속삭여서, 나는 간신히 그 말을 들을 수 있다.

"그대는 해야만 해."

"내 가슴은 잃어버린 생명들 때문에 비탄에 젖었지만, 그들의 죽음이 헛된 것이 아니라는 것을 알고 있소. 그들의 피는 우리의 결의에 연료가 되어 우리가 다가올 어려움들을 이겨내도록 인도할 것이오. 우리는 교전국이며, 거의 한 세기 가까운 동안을 그래 왔소. 그래서 우리는 승리로 가는 길에서 장애물을 만나는 일에는 익숙해져 있소. 우리는 이 사람들을 찾아낼 것이며, 우리는 이 사람들에게 합당한 벌을 줄 것이며, 그들이 혁명이라고 부르는 이 질병은 결코 내 나라에서는 강력해질 수 없을 것이오."

내 새 침실에 있는 비디오 스크린은 바닥없는 배만큼이나 유용해지려는 참이다. 그것은 어젯밤 왕의 연설을 욕지기가 날 정도로 반복적으로 틀어대는 중이다. 이쯤 되자 나는 그 전문을 단어 하나하나 암송할 수 있을 정도이지만, 시청을 멈출 수가 없다. 다음에 나올 사람이 누구인지 알기 때문이다.

스크린에 비친 내 얼굴은 낯설다. 너무 창백하고, 너무 차갑다. 나는 여전히 내가 내 몫의 대사를 뱉는 동안에 저 낯선 얼굴을 유지할 수 있었다는 걸 믿을 수가 없다. 지휘대로 올라서서 왕의 자리를 넘겨받으면서, 나는 심지어 떨지도 않는다.

"저는 적혈들의 손에 자랐습니다. 저는 그들 중 하나라고 믿고 자랐죠. 그리고 저는 티베리아스 전하의 품위를, 우리 은혈 군주들의 공정한 법도들을, 그리고 그들이 우리에게 준 위대한 특권들을 직접 보았습니다. 일할 권리, 나라를 섬길 권리, 살고 또 잘 살아갈 권리를 말입니다."

화면 안에서, 메이븐이 내 팔에 손을 올린다. 그는 내 연설을 들으며 고개를 끄덕인다.

"이제 저는 은혈로 태어났음을 알고, 타이타노스 하우스의 레이디가 되었으며, 그리고 언젠가는 노르타의 왕자비가 될 것입니다. 저는 계속 눈을 뜨고 있습니다. 제가 꿈꿔 본 적도 없는 세계가 존재하며, 그 세계는 결코 패배하지 않습니다. 그곳은 자비로운 곳입니다. 그리고 이 테러리스트들, 최고로 사악한 부류인 살인자들은 우리의 국가 기반을 파괴하려고 합니다. 우리는 결코 이것을 허용해서는 안 될 것입니다."

안전한 내 방에서, 나는 지친 한숨을 크게 내쉰다. 최악의 대사가 남아 있다.

"티베리아스 왕께서는 지혜를 발휘하시어, 이 병든 반역자 무리의 뿌리를 파내기 위한 동시에 우리 국가의 선량한 시민들을 보호하기 위한 '조치'를 발의하셨습니다. 그 사항은 다음과 같습니다. 오늘부로, 일몰 후 통행금지가 모든 적혈들에게 적용됩니다. 보안 요원들은 모든 적혈 마을과 도시마다 두 배로 늘어납니다. 새로운 초소들이 길마다 설치될 것이며 초소마다 정원이 채워질 겁니다. 통행금지를 어기는 것을 포함하여 모든 적혈 범죄들은 처형으로 처벌받게 됩니다. 그리고…… (이 부분에서, 내 목소리는 처음으로 흔들린다.) 징병 연령은 15살로 *낮아지게* 됩니다. 진홍의 군대 조직원을 잡는 단서를 제공하는 이나 진홍의 군대의 활동을 막는 단서를 제공하는 이는 누구라도 징병 면제의 보상을 받을 것이며, 군대 복무의 의무에서 가족 중 5명을 해방시킬 것입니다."

그것은 훌륭하고도 끔찍한 책략이다. 그 면제로 인해 적혈들은 서로 각각 찢어지게 되리라.

"조치는 진홍의 군대로 알려진 질병이 완전히 파괴될 때까지 어떤 대가를 치르더라도 유지될 것입니다."

나는 스크린 안의 내 눈을 들여다보며 스스로의 연설에 숨이 막히는 걸 멈춰 보려 애쓰는 자신의 모습을 지켜본다. 내가 말하려고 애쓰는 것을 사람들이 깨닫기를 바라는 내 눈은 커다랗게 벌어져 있다. 말은 *거짓말을 할 수 있어요.*

"전하 만세."

분노가 내게 파문을 일으킨다. 스크린이 예상보다 빨리 꺼지며 내 얼굴이 있던 자리에는 검은 공동만이 자리한다. 하지만 나는 여전히 마음속으로 그 새로운 명령을 한 줄 한 줄 볼 수 있다. 더 많은 요원들이 순찰을 돌고, 더 많은 시체들이 교수대 위에 매달리고, 그리고 더 많은 어머니들이 자식을 잃고 눈물을 흘릴 것이다. *우리가 열 명쯤 되는 그들을 죽였더니, 그들은 천 명쯤 되는 우리를 죽인다.* 마음속 한구석에서는 이 몇 방의 공격들이 적혈들 몇몇을 진홍의 군대의 편으로 몰아갈 것이라는 것을 알겠다. 하지만 더 많은 수의 적혈들이 왕의 편에 서게 되리라는 것도 알겠다. 그들의 목숨을 위해, 그들

*아이*들의 목숨을 위해, 그들은 그들이 예전에 떠나야 했던 작은 자유 같은 것쯤은 포기하게 될 것이다.

그들의 꼭두각시가 되는 것쯤은 다른 모든 것들과 비교하면 쉬우리라고 생각했었다. 완전히 착각이었다. 하지만 그들이 나를 부서뜨리도록 둘 수는 없다, 지금은 안 된다. 나 자신의 멸망이 경각에 달려 있다고 해도 결코. 내 피가 대적하여 내 게임이 끝나는 때까지, 나는 할 수 있는 모든 것을 해야 하리라. 그들이 나를 끌어내어 죽일 때까지.

적어도 내 창은 강을 면하고 있어서, 바다를 향해 남쪽을 바라보고 있다. 물을 가만히 바라보고 있자니, 내 흐릿한 앞날에 대한 생각을 좀 떨칠 수가 있다. 나의 시선은 빠르게 움직이는 물의 흐름에서 지평선 위에 걸린 어두운 얼룩들로 이동한다. 하늘의 나머지 부분이 깨끗해지는 동안, 어두운 구름들은 남쪽을 맴돌며 해안 쪽의 금지된 땅에서 결코 벗어나지 않는다. *루인드 시티.* 방사능과 화재가 한때 그 도시를 뒤덮었고, 지금까지도 계속되고 있다. 그곳은 이제 그저 손 닿지 않는 곳에 자리한 검은 유령, 이전 세계의 유물일 뿐이다.

마음속 한 곳에서는 루카스가 내 방문을 두드리고 다음 스케줄로 이동하자며 나를 재촉했으면 싶지만, 그는 아직도 돌아오지 않았다. 루카스가 그의 목숨을 위태롭게 하는 나하고는 떨어져 있는 편이 나으리라는 생각이 든다.

벽에 기대 놓은 줄리언의 선물은 내가 또 다른 친구를 잃었음을 확고하게 상기시켜 준다. 그의 선물은 액자틀에 넣어 유리 뒤에서 빛나고 있는 거대한 지도 한 장이다. 그것을 들어 올리자, 무언가가 액자 뒤에서부터 떨어지며 바닥을 쿵 하고 때린다.

그럴 줄 알았지.

줄리언이 남긴 어떤 비밀 쪽지라도 찾고 싶은 마음에 무릎을 꿇는 내 심장이 거칠게 두드리며 뜀박질을 한다. 하지만 쪽지 대신에 거기엔 책 한 권뿐이다.

실망에도 불구하고, 나는 미소 짓지 않을 수가 없다. 당연히 줄리언이라면 내게 또 다른 이야기를, 자신이 더 이상 그럴 수 없게 되었을 때 나를 안심시켜 줄 또 다른 말들을 남겼을 것이 뻔한데.

표지를 펼치며 내가 모르는 어떤 새로운 역사 이야기를 만날 거라고 예상하지만, 대신 손으로 쓴 글씨들이 시작부터 나를 똑바로 쳐다보고 있다. *적혈과 은혈.* 줄리언의 완전 비비 꼬인 휘갈겨 쓴 글씨체는 착각이 불가능하다.

내 방 카메라들의 시선이 내 등을 때리며, 내가 이 방에 혼자가 아니라는 사실을 상기시킨다. 줄리언도 마찬가지로 그 사실을 알았던 것이다. *대단한 사람이다.*

책은 평범해 보이고, 델피에서 발견된 유물들에 대한 멍청한 연구 내용이지만, 말들 사이에 같은 글씨체로 숨겨진 것은 말할 가치가 있는 비밀 이야기이다. 덧줄을 찾아내는 것에 시간이 제법 걸리기에, 나는 일찍 일어났다는 것에 조용하게 감사하게 된다. 마침내 덧줄을 그은 부분을 모두 찾아내고 나자, 나는 숨쉬기조차 잊어버리고 만다.

데인 데이비드슨, 적혈 군인, 폭풍 부대, 통상 순찰 중에 사망, 시체 아직까지 발견되지 않음. 8월 1일, 296 NE. 제인 바바로, 적혈 군

인, 폭풍 부대, 아군 포격으로 사망, 시체는 화장함. 11월 19일, 297 NE. 페이스 가드너, 적혈 군인, 폭풍 부대, 명령 불복종으로 처형, 시체 분실됨. 6월 4일, 300 NE. 지난 20년 동안에 걸쳐서 화장되거나 시체를 찾지 못하거나 "분실"된 사람들의 더 많은 이름들이 거기 있다. 도대체 어느 누가 처형당한 사람의 시체를 잃어버릴 수가 있는 건지, 이해가 안 간다. 목록 제일 끝 부분에 있는 이름에 내 눈에는 눈물이 홍수처럼 차오른다. 쉐이드 배로우, 적혈 군인, 폭풍 부대, 탈영으로 처형, 시체는 화장함. 7월 27일, 320 NE.

오빠의 이름 뒤에 줄리언이 직접 쓴 말들이 적혀 있고, 그 글을 읽으니 꼭 그가 내 옆에 다시 돌아와서 느리고도 침착하게 자신의 수업을 하는 것처럼 느껴진다.

군법에 따르면, 모든 적혈 군인들은 초크의 묘지에 묻히게 되어 있습니다. 처형된 군인들은 장례식은 없이 공동묘지에 묻히죠. 화장은 보통 벌어지는 일은 아닙니다. 시체 분실이라는 건 존재할 수도 없어요. 그럼에도 불구하고 나는, 당신의 오빠를 포함하여 이런 운명을 맞이한 27명의 이름을, 27명의 군인들을 찾아냈지요.

모두가 순찰 중에 죽거나, 레이크랜즈의 손이나 혹은 우리 군인들의 손에 죽거나 했어요. 근거 없는 처형을 당한 게 아니면요. 모두가 죽기 몇 주 전에 폭풍 부대에 전근해 왔습니다. 그리고 그들 모두의 시체는 흔적이 남지 않게 처리되거나 어떤 이유로 분실되었죠. 폭풍 부대는 암살단이 아닙니다, 수백 명의 적혈들이 이그리에 장군의 지휘 아래 이상하게 죽는 일 없이 복무하고 있죠. 그런데 왜 이 27명은 죽은 걸까요?

처음으로, 나는 혈액 베이스가 반갑더군요. 그들이 오래 전에 "죽었다"고 해도, 그들의 혈액 샘플은 여전히 보관되고 있지요. 그리고 이제 나는 사과를 해야겠네요, 메어. 내가 당신에게 전적으로 솔직하지만은 않았다는 사실을요. 당신은 내가 당신을 훈련시키고, 당신을 돕는다고 믿었고, 실제로 나 또한 그리하였지만, 나는 또한 나 자신을 돕고 있기도 했습니다. 나는 호기심이 많은 사람이에요, 그리고 당신은 내가 지금까지 본 중에 가장 호기심을 불러일으키는 대상이지요. 나도 스스로를 어쩔 수가 없었어요. 나는 당신의 혈액 샘플을 그들의 것과 비교했어요. 오직 그 안의 뭔가 특정한 표지를 찾기 위해서였죠. 다른 사람들 모두와도 다른 어떤 것을.

아무도 그런 걸 찾으려고 한 적이 없었기 때문에, 그 사실을 아무도 눈치 채지 못한 것이 그다지 놀랍지 않아요. 하지만 이제 와서 보면, 그 사실은 알아내기 너무나 쉬웠어요. 당신의 피는 붉지만, 그것은 결코 같지 않아요. 당신에게는 뭔가 새로운 어떤 것이 있어요, 아무도 그 전에는 본 적이 없는 어떤 것이죠. 그리고 그것은 나머지 27명의 사람들에게도 있었습니다. 돌연변이가, 어쩌면 당신이 누구인지 알려 줄 단서가 될 수도 있는 어떤 변화가 있어요.

당신은 유일한 존재가 아니에요, 메어. 당신은 혼자가 아니에요. 당신은 그저 천 명이나 되는 사람들의 눈에 처음으로 띈 존재이자, 그래서 그들이 죽여서 숨길 수 없었던 첫 번째 경우일 뿐이에요. 다른 사람들처럼, 당신은 적혈이면서 은혈이고, 그들 모두보다도 더 강합니다.

나는 당신이 미래라고 생각해요. 나는 당신이 새로운 여명이라고 생각합니다.

그리고 만약 그 전에도 27명이나 되는 이들이 있었던 거라면, 또 다른 사람들이 틀림없이 있을 거예요. 더 많은 이들이 분명히 있을 거라고요.

나는 얼어붙는다. 손발이 마비된다. 모든 것이 느껴지지만 아무것도 느껴지지 않는다. *나와 같은 또 다른 이들.*

당신 피 안의 돌연변이들을 이용해서, 나는 혈액 베이스의 남은 부분들을 찾아보았어요. 다른 샘플들 안에서 같은 걸 찾아내려고요. 나는 그들의 이름을 당신에게 넘겨주려고 여기에 남겨 두었습니다.

이 목록의 중요성에 대해서 당신에게 새삼 언급할 필요는 없겠지요. 그것이 당신에게 어떤 의미를 가질 수 있을지, 그리고 이 세계 나머지에게도 어떤 의미가 될지도요. 당신이 신뢰할 수 있는 누군가에게 그 목록을 넘기고, 다른 이들을 찾아서 그들을 보호하고 훈련시켜요. 누군가 덜 친절한 사람들이 내가 찾아낸 것들을 발견하고…… 그들을 사냥해 쓰러트리는 것은 그저 시간문제이기 때문이에요.

그의 말은 거기서 끝나고, 목록을 따라 훑어 내리는 내 손가락이 덜덜 떨린다. 거기에는 이름과 장소가 있다. 그렇게 많은 이들이 자신들을 찾아주기를 기다리고 있다. 모두가 싸우기를 기다리고 있다.

내 마음에 불이 붙는 것 같은 기분이다. 하지만 내가 메이븐에게 가서 그에게 줄리언의 발견에 대해서 보여 주려고 하기도 전에, 칼이 나를 찾아온다. 그는 우리가 춤을 췄던 것과 상당히 유사한 응접실로 나를 몰아넣는다. 비록 달빛과 음악은 오래 전에 가고 없지만. 한때 나는 그가 나에게 줄 수 있었던 모든 것들을 원했고, 지금도 그의 모습에 내 속은 요동친다. 아무리 내가 감추려고 애를 쓴다고 한들, 그는 내 얼굴에 떠오른 혐오를 볼 수 있을 것이다.

"나한테 화가 났군?"

그가 말한다. 그의 말은 전혀 질문이 아니다.

"아니에요."

"거짓말 하지 마."

그가 으르렁거리고, 눈에 갑자기 불이 붙는다. 우리가 만난 날 이래 나는 *거짓말을 해 왔는걸.*

"3일 전에 그대는 나와 키스를 했는데, 이제 날 보려고도 하질 않잖아."

"난 왕자님 동생이랑 약혼했어요."

나는 떠나려고 하면서 말한다.

그는 그 지적을 손만 흔들어 바로 일축한다.

"그 사실이 전에는 그대를 멈추지 않았잖아. 뭐가 바뀐 거지?"

당신이 정말로 어떤 사람인지 내가 보고 말았으니까요. 나는 소리 지르고 싶다. 당신은 부드러운 전사도, 완벽한 왕자님도, 심지어는 당신이 그런 척 했던 것처럼 혼란스러운 소년도 아니에요. 당신이 그 사실에 저항하려고 한다고 한들, 당신은 그들 모두와 똑같다고요.

"그 테러리스트들 문제와 관련이 있는 건가?"

나는 고통으로 이를 악문다.

"저항군이죠."

"그들은 사람들을, 아이들을, *죄 없는 자*들을 살해했어."

"왕자님과 나 둘 다 그게 그들의 잘못이 아니라는 걸 알잖아요."

나는 그 말들이 얼마나 잔인할 수 있는지 신경도 쓰지 않고 그 말을 내뱉고 만다. 칼은 움찔하고는, 잠시 경직된다. 그는 태양 저격 사건을 기억하는 것만으로, 그리고 뒤따른 폭발 사고에 대해 생각하는 것만으로도 메스꺼운 것처럼 보인다. 하지만 그 순간은 지나고, 천천히 그 감정은 분노로 대체된다.

"하지만 그들이 그 모든 것에 원인을 제공한 건 변함없어. 내가 감시병들에게 명령을 내린 것은 죽은 자들을, 정의를 위한 거였어."

"그리고 그 고문으로 왕자님이 얻은 건 뭔데요? 왕자님은 그 사람들 이름이나 그들이 얼마나 되는지 알아냈어요? 왕자님은 그들이 *원하*는 게 뭔지조차 알긴 아나요? 귀를 기울여서 듣는 일을 신경 쓰기는 하나요?"

그는 대화를 회복하려고 애를 쓰며 한숨을 크게 내쉰다.

"나도 그대가…… 그대가 동정*심*을 가질 만한 그대만의 충분한 이유가 있다는 사실을 알지만, 그들의 방법은 결코……."

"그들의 방법은 당신들 스스로 만들어 낸 잘못이에요. 당신들이 우리를 부려먹고, 우리가 피를 흘리게 만들고, 당신들의 전쟁과 당신들의 공장과 심지어 당신들은 알아차리지도 못하는 작은 위안을 위해서 우리를 죽음으로 내몰죠. 그 모두가 우리가 *다르기* 때문이고요. 당신들은 어떻게 우리가 그저 그걸 참을 거라고 기대할 수가 있는 거죠?"

칼은 참지 못하고 움찔한다. 그의 뺨의 근육이 뒤틀린다. 그는 그 질문에 대한 대답을 갖고 있지 않다.

"내가 어딘가의 부대에서 죽음을 맞지 않은 유일한 이유는 왕자님이 나를 불쌍하게 여겼기 때문이죠. 심지어 왕자님이 지금 내 말에 귀를 기울이고 있는 유일한 이유는 어떤 정신 나간 기적으로 인해서 내가 우연히도 완전히 다른 어떤 존재가 되었기 때문이고요."

아주 느리게, 스파크가 내 손 안에서 일어난다. 내 몸이 이 힘으로 울리기 이전의 삶으로 다시 돌아가는 것은 상상도 할 수 없지만, 확실히 그때가 어땠는지 기억할 수는 있다.

"왕자님은 이걸 멈출 수 있어요. 왕자님은 왕이 될 거고, 이 전쟁을 멈추고 수천, 아니 수백만 명의 사람들을 이 미화된 노예제로부터 구해낼 수 있다고요. 만약 왕자님이 이제 그만 *충분하다고* 하기만 한다면요."

칼의 안에서 무언가가 깨지며, 그가 그토록 힘들게 감추려고 해 온 불이 꺼진다. 그는 창문으로 건너가서, 손을 등 뒤로 깍지 낀다. 떠오르는 해가 얼굴을 비추고 등에는 그늘이 진 칼의 모습은 꼭 두 세계 사이에서 고통 받고 있는 것처럼 보인다. 가슴 깊이, 나는 그가 누구인지 잘 알고 있다. 마음 한구석으로는 여전히 그가 걱정스럽고 우리 사이의 거리를 좁히고 싶지만, 나는 그렇게 어리석지 않다. 나는 사랑에 가슴앓이 하는 어린 소녀가 아니다.

"나도 그 부분에 대해 생각은 했어."

그가 작게 중얼거린다.

"하지만 그건 양쪽으로 반역으로 이어졌을 거야, 그리고 난 이 나라를 멸망시키는 왕이 되지는 않을 거다. 이 나라는 내 유산이고, 내 아버지의 유산이며, 나는 이 나라에 의무를 지고 있어."

느릿한 열기가 그에게서부터 무겁게 움직여 나와, 유리창에는 김이 서린다.

"그대라면 그들이 원하는 것과 수백만의 목숨을 맞바꿀 텐가?"

수백만의 목숨. 내 마음은 벨리코스 르롤란의 시체와 그의 옆에 죽어 있던 아이들에게로 되돌아간다. 다음 순간 또 다른 얼굴들이 죽은 자들과 합류한다. 쉐이드 오빠, 킬런의 아버지, 그리고 그들의 전쟁을 위해서 죽었던 모든 적혈 군인들.

"진홍의 군대는 멈추지 않을 거예요."

나는 부드럽게 말하지만, 그가 더 이상은 내 말에 거의 귀 기울이지 않는다는 것을 안다.

"그리고 분명 그들이 책임을 져야 한다면, 왕자님도 그렇겠죠. 당신의 손에도 피가 묻어 있어요, 왕자님."

그리고 메이븐의 손에도. 그리고 내 것에도 또한.

거기 서 있는 그를 내버려 둔 채, 내가 그를 변화시켰기를 바라는 한편 그런 확률이란 아무리 잘 봐줘도 몹시 희박하리라는 것을 아는 채로 나는 방을 나선다. 그는 결국 그의 아버지의 아들이 아닌가.

"외삼촌은 사라지신 거지, 그렇지?"

그가 내게 그렇게 물어서, 나는 발걸음을 멈춘다.

나는 천천히 돌아서서, 내가 어떤 말을 하면 좋을지 심사숙고해 본다. 멍청한 척이 나을 것 같다.

"사라져요?"

"그 탈출 사건 뒤로 많은 감시병들의 기억에 구멍이 남았지. 비디오 기록도 마찬가지였고. 외삼촌은 자신의 능력들을 자주 쓰던 분은 아니지만, 나는 그 흔적들을 알아차렸어."

"왕자님은 줄리언이 그들이 도망치도록 도왔다고 생각하세요?"

"그렇게 생각해."

그는 손을 바라보며, 고통스럽게 대꾸한다.

"그래서 내가 외삼촌에게 빠져나갈 만큼의 충분한 시간을 준 것이기도 하고."

"왕자님이 뭘 어쨌다고요?"

나는 내 귀를 믿을 수가 없다. 칼, 군인이자 언제나 명령을 따르는 걸로는 둘째가라면 서러울 사람이, 줄리언을 위해서 규칙을 깼다니.

"그분은 내 외삼촌이야, 나는 그분을 위해서 내가 할 수 있는 일을 했어. 그대는 도대체 내가 얼마나 비정하다고 생각하는 거지?"

그는 나를 보고 슬픈 미소를 보내지만, 그건 대답을 요구하는 질문은 아니다. 그 점이 나를 아프게 한다.

"나는 할 수 있는 한 최선을 다해서 체포를 연기시켰지만, 모두가 발자국을 남기기 마련이야. 그리고 왕비께서는 외삼촌을 찾아내시겠지."

그는 한 손을 유리에 대며 한숨을 내쉰다.

"그리고 그분은 처형될 거야."

"지금 왕자님 외삼촌이 처형되도록 둘 거라는 건가요?"

혐오나 그 아래의 공포를 감출 생각도 들지 않는다. 만약 그가 심지어 줄리언을 도망치도록 해 준 다음에도 그를 죽일 수 있다면, 내가 한 일이 드러났을 때에 내게는 어떻게 하겠는가?

칼이 몸을 쭉 펴자 그의 어깨가 단단해지며, 그는 다시 군인의 모습으로 돌아간다. 그는 더 이상 줄리언이나 진홍의 군대에 대해서 귀 기울이지 않을 것이다.

"메이븐이 흥미로운 제안을 하더군."

이건 또 예상 밖이네.

"아?"

그는 동생에 대한 생각이 자신을 이상하게 짜증나게 한다는 듯 고개를 끄덕인다.

"메이비는 항상 머리 회전이 빠르지. 그 녀석 어머니로부터 물려받은 특질이야."

"그래서 지금 제가 긴장해야 되는 건가요?"

메이븐이 그의 어머니와도, 망할 다른 어떤 은혈들과도 하나도 닮지 않았다는 것은 누구보다도 내가 잘 알고 있다.

"무슨 말이 하고 싶은 건데요, 왕자님?"

그가 불쑥 내뱉는다.

"이제 그대는 널리 알려진 위치라는 거다. 그대의 연설 후에, 온 나라가 그대의 이름과 얼굴을 알게 되었지. 그리고 더 많은 이들이 그대가 누구이며 어떤 사람인지 궁금해 할 거야."

나는 그저 그를 노려보며 어깨만 으쓱한다.

"어쩌면 왕자님은 내가 그 구역질나는 연설을 읽도록 만들기 전에 그 사실을 알고도 남았겠지요."

"나는 군인이지, 정치가가 아니야. 그대도 그 조치와 내가 아무 상관이 없다는 사실을 잘 알 텐데."

"하지만 왕자님을 그 법을 따를 거잖아요. 아무 질문 없이 그 법에 순응할 거잖아요."

그는 그 문제로 논쟁하지 않는다. 그의 모든 잘못에도 불구하고, 칼은 내게 거짓말을 하지는 않는다. 지금은 아니다.

"그대와 관련된 모든 기록은 제거되었어. 어떤 행정 담당자들이든 기록 보관 담당자들이든 간에, 그대가 적혈로 태어났다는 증거는 결코 찾을 수는 없을 거야."

그가 바닥에 시선을 보내며 중얼거린다.

"그게 메이븐이 제안한 내용이야."

분노에도 불구하고, 나는 크게 숨을 들이킨다.

혈액 베이스. 기록들.

"그게 무슨 의미인 건데요?"

목소리가 떨리지 않도록 유지할 만한 힘이 없다.

"그대의 학교 성적, 출생 증명, 혈액 지문, 심지어 그대의 신분증도 파괴되었다는 거지."

내 심장이 망치 두드리듯 쾅쾅 뛰는 소리에 그의 목소리를 간신히 들을 수 있다.

한때였다면 나는 그를 바로 안았을 것이다. 하지만 나는 그대로 서 있어야만 한다. 칼이 또 한 번 내 목숨을 구했다는 사실을 그가 알도록 해서는 안 된다. *아니지, 칼이 아니지.* 이건 메이븐이 한 일이다. 이건 불꽃을 조절하는 그림자가 해낸 일이다.

"올바른 일을 한 것 같네요."

나는 관심 없는 것처럼 들리려고 애를 쓰며 크게 말한다.

하지만 내 행동은 오래 갈 수가 없다. 칼의 방향을 향해서 딱딱하게 절을 한 번 한 후에, 나는 입이 찢어지도록 미소 짓는 것을 감추며 방에서 도망쳐 나온다.

제24장

다음 날은 비록 정신은 다른 어딘가에 팔고 있지만 대부분의 시간을 탐험을 하면서 보낸다. 화이트파이어 팰리스는 태양의 홀보다 더 오래된 곳으로, 이곳의 벽은 다이아몬드 유리보다는 돌과 곡선으로 깎은 나무로 되어 있다. 이 모든 건물들에 대한 배치도를 언젠가 배울 수나 있을까 의문이 드는 것이, 이곳은 그저 단순히 왕실 거주 구역뿐만이 아니라 수많은 행정용 사무실들과 회의실, 연회장, 교육 시설, 그리고 내가 이해할 수 없는 많은 곳들로 이루어져 있기 때문이다. 내 생각에 그래서 아마 비서가 동상이 가득한 전시장을 거닐고 있는 나를 찾아낼 때까지 30분 가까이 되는 시간이 걸린 게 아닌가 싶다. 하지만 더 이상 탐험을 할 만한 시간은 없을 것이다. 내게는 이행해야 할 의무들이 있다.

의무들이란, 왕의 수다스러운 비서에 의하면, 그저 조치를 읽는 수준을 넘어서 전 범위의 악한 것들에 적용되는 듯하다. 미래의 왕자비로서, 나는 정해진 약속들에 따라서 사람들을 만나고, 연설을 하고 악수를 하고 메이븐의 옆에 서 있어야 하는 모양이다. 마지막 부분이야 특별히 신경 쓰이지는 않지만, 경매장에 끌려가는 염소처럼 가장행렬에 참가해야 한다는 것은 하나도 반갑지 않다.

나는 차에서 기다리고 있는 메이븐과 만나서, 첫 무대로 향한다. 그 목록에 대해서 그에게 말하고 혈액 베이스 문제에 대해서 감사를 표시하고 싶어서 입이 근질거리지만, 이곳에는 너무 많은 눈과 귀가 있다.

우리가 수도의 여러 다른 지역들을 방문하는 동안, 그날 하루는 소음과 색깔이 어우러진 흐릿한 모양으로 빠르게 지나간다. 브리지 마켓은 내게 그랜드 가든을 생각나게 한다. 물론 이쪽이 세 배는 크다. 한 시간 동안 우리는 아이들과 상인들의 환영 인사를 받으며 보내는데, 그 사이에 나는 은혈들이 한 떼는 되는 적혈 하인들을 폭행하거나 그들에게 화를 내는 모습을 본다. 그 적혈들은 그저 모두 자신의 일을 하려고 최선을 다할 뿐인데. 보안 요원들은 심각한 학대는 막지만, 그들이 내던지는 말들은 거의 다 상처를 입히는 것들뿐이다. *아동 살해범, 짐승, 악마.* 메이븐은 내 손에 자신의 손을 단단히 쥐고는, 적혈이 바닥에 내동댕이쳐질 때마다 손에 힘을 꽉 준다. 우리가 도착한 다음 목표는 미술 전시장으로, 나는 대중의 시선에서 벗어나게 된 것에 기뻐하지만 그것도 그림을 보기 전까지만이다. 그 은혈 예술가는 두 가지 색, 은색과 붉은색만을 그 끔찍한 컬렉션에서 사용했는데, 정말 토할 것만 같다. 각각의 그림들은 점점 더 갈수록 최악이고, 모든 붓놀림마다 묘사하고 있는 것은 은혈의 힘과 적혈의 약함이다. 마지막 그림은 거의 유령처럼 보이는 회색과 은색이 뒤섞인 형체를 그렸는데, 그의 이마에 얹은 왕관은 진홍색 피를 흘리고 있다. 벽에 대고 머리를 찧고 싶은 심정이다.

화랑 밖의 광장은 정신없이 지나가는 도시 사람들로 시끌벅적하다. 많은 사람들이 일부러 멈춰 서서 차를 타러 가는 우리들을 넋을 놓고 바라본다. 메이븐은 자신의 이름을 부르는 사람들에게 대답하듯, 기계적인 미소를 지으면서 손을 흔든다. 그는 이런 일에 능숙하다. 결국 이 사람들은 그가 타고난 권리인 것이다. 몇몇 아이들에게 말을 걸기 위해서 몸을 구부리며, 그는 더욱 환한 미소를 짓는다. *칼은 지배하기 위해 태어났지, 하지만 메이븐은 이런 운명을 타고 났어. 그리고 메이븐은 우리를 위해서 세상을 기꺼이 바꾸려고 해, 자신이 침을 뱉으라고 배우며 자라온 적혈들을 위해서.*

나는 남몰래 슬쩍 주머니 속에 든 목록을 만져 보며, 메이븐과 내가 세상을 바꾸도록 도울 수 있을 사람들에 대해서 생각한다. 그들이 나와 같을까, 아니면 그들은 은혈들만큼이나 다양한 능력을 가졌을까? *쉐이드 오빠도 너와 같았어, 그들은 오빠에 대해서도 알았기에 그를 죽여야만 했던 거야, 그들이 너를 죽일 수 없었던 것처럼.* 죽은 오빠에 대한 생각으로, 우리가 나눌 수도 있었을 대화들에 대한 생각으로 가슴이 아프다. 우리가 나갈 수 있었을 미래에 대한 생각으로.

하지만 쉐이드 오빠는 죽었다, 그리고 내 도움을 필요로 하는 다른 이들이 있다.

"우리는 팔리를 찾아야만 해요."

나는 스스로에게도 거의 들리지 않을 정도의 목소리로 메이븐의 귀에 속삭인다. 하지만 그는 내 말을 듣고 말 없는 질문으로 눈썹을 추켜세운다.

"그녀에게 줄 게 있어요."

"만약 그녀가 이미 우리를 지켜보고 있지 않다면, 그쪽에서 분명히 우리를 찾아낼걸."

"어떻게요?"

팔리가, 우리를 엿보고 있다고? 그녀를 갈가리 찢어 버리고 싶어 하는 도시 안에서? 불가능하게만 보인다. 하지만 다음 순간 나는 은혈 군중들이 붐비는 그 너머에는 적혈 하인들이 있다는 것을 알아차린다. 몇몇이 우리를 향해서 시선을 던지고, 그들은 팔에 붉은색 띠를 두르고 있다. 그들 중 어떤 누구라도 팔리를 위해서 일할 수 있으리라. 그들 모두가 그럴 수도 있어. 감시병들과 보안 요원들이 사방에 있다고 하더라도, 그녀는 여전히 우리와 함께 있다.

이제 질문은 올바른 적혈을 찾고, 올바른 말을 하고, 올바른 장소를 찾고, 왕자와 미래의 왕자비가 수배 중인 테러리스트들과 소통 중이라고는 어떤 누구도 알아차리지 못하도록 그 모든 일을 해내는 것으로 바뀐다.

이 사람들은 고향의 군중들, 내가 그토록 쉽게 헤치고 지나갈 수 있었던 사람들과는 같지 않다. 이제 나는 쉽게 눈에 띄고, 경호원들에게 둘러싸인 미래의 왕자비이며, 어깨에는 저항을 짊어지고 있다. 그리고 어쩌면 더 중요한 무언가일지도 몰라. 나는 내 상의에 든 이름들의 목록을 떠올리며 생각한다.

군중이 서로 밀면서 우리를 보려고 기울어지자, 나는 기회를 잡아 슬쩍 도망간다. 감시병들은 메이븐 주변에 덩어리져 뭉쳐 있다. 그들은 나도 보호해야 한다는 사실에 여전히 익숙하지가 않은 것이다. 몇 명이 재빨리 돌아서지만, 나는 경호원들과 구경꾼들이 만들고 있는 원 밖에 있다. 그들은 나 없이 광장을 가로질러 간다. 만약 메이븐이 내가 없어졌다는 사실을 알아차렸다고 한들, 그는 그들을 멈추지 않는다.

적혈 하인들은 나를 알아차리지 못한다. 그들은 가게들 사이에서 웅성거리며 고개를 아래로 숙이고 있다. 그들은 골목과 그늘에 계속 머무르며, 시야에 드러나지 않으려고 애를 쓴다. 나는 적혈들의 얼굴들을 훑어보느라 너무 바빠서, 누군가 내 팔꿈치를 건드릴 때까지 그 접근을 알아차리지도 못한다.

"마이 레이디, 이걸 떨어뜨리셨습니다."

조그만 소년이 말한다. 아마도 10살 정도 되어 보이고, 한 팔에 빨간색 띠를 두르고 있다.

"마이 레이디?"

다음 순간 나는 그 애가 내미는 조각을 알아차린다. 그건 아무것도 아닌, 내가 가지고 있었던 것은 분명 아닌 그냥 꼬인 종잇조각이다. 그럼에도 불구하고, 나는 미소를 지으면서 소년에게서 종잇조각을 받는다.

"고마워."

아이는 오직 아이들만이 보일 수 있을 그런 종류의 미소를 보이고는, 골목 안으로 뛰어가 버린다. 그 애의 발걸음이 매번 통통 튄다. 삶이 아직은 그 애를 아래로 끌어내리지 않은 것이다.

"이쪽입니다, 레이디 타이타노스."

감시병이 내 옆에 서서 맥 빠진 눈으로 나를 지켜보고 있다. *계획은 이쯤하기로 하자.* 나는 그를 따라서 차량으로 이동하다가 문득 갑자기 낙심하고 만다. 그전에 그랬던 것처럼 살짝 도망가는 것조차 할 수 없다니. *나는 점점 물렁해지고 있다.*

"다 무슨 일이었던 거야?"

내가 차량의 뒷좌석으로 미끄러져 들어가자 메이븐이 궁금해하며 묻는다.

"아무것도 아니에요."

우리가 광장에서 빠져나가는 동안 창밖으로 시선을 고정한 채로 나는 한숨을 쉰다.

"누군가를 봤다고 생각했어요."

그 작은 종이를 볼 생각을 하기도 전에, 차는 거리의 굽은 부분 근처로 이동한다. 나는 소매의 주름진 부분에 그 조각을 숨긴 채로, 쪽지를 내 무릎에 펴 본다. 쪽지 위로 기어가듯 쓴 글씨는 너무나 작아서 간신히 읽을 수 있을 정도다.

헥사프린 극장. 정오 상연. 제일 좋은 좌석.

그 말들의 반 정도만 간신히 이해했다는 사실을 깨닫는 것은 순간이지만, 그것은 전혀 중요한 문제가 아니다. 미소를 지으며, 나는 그 쪽지를 메이븐의 손에 쥐어 준다.

우리가 극장으로 들어가는 것은 메이븐의 요청이면 충분하다. 극장은 작지만 굉장히 웅장하고, 녹색의 반구형 천장에는 왕관을 쓴 검정색 백조가 있다. 연극이나 콘서트가 열리기도 하고, 심지어 특별한 때에는 기록 영화들을 상영하기도 하는, 유흥을 위한 장소이다. 메이븐이 내게 말해준 바로는, 연극이라는 것은 사람들이('배우들'이라고 한다.) 무대 위에서 이야기를 공연하는 것이라고 한다. 고향집을 떠올려 보면, 우리에겐 자기 전에 요정 이야기 같은 걸 할 시간 같은 건 전혀 없었으니, 그런 건 무대와 배우들과 의상들에게 맡겨 두어야겠다.

정신 차리고 보니 우리는 무대 위쪽의 제한적인 발코니 석에 앉아 있다. 우리 아래쪽의 좌석은 사람들로 붐비고 있다. 대부분은 아이들이고, 그들은 모두 은혈들이다. 몇몇 적혈들이 줄과 복도 사이로 돌아다니면서 음료를 나눠 주거나 티켓을 확인하고 있지만, 그들 중 아무도 앉아 있는 이는 없다. 이곳은 호화로운 곳도 아니건만 그들의 형편이 되는 곳 또한 아닌 것이다. 한편 우리는 가장 전망이 좋은 벨벳 의자 위에 앉아 있고 커튼을 친 문 너머에는 감시병들과 비서가 서서 기다리고 있다.

극장이 어두워지자, 메이븐은 내 어깨에 팔을 걸치고, 그의 심장 소리를 들을 수 있을 정도로 가까이 나를 끌어당긴다. 그는 비서를 향해 능글맞은 미소를 보내면서 커튼 사이를 곁눈질한다.

"우리를 방해하지 말게."

그가 느릿느릿 말하더니, 내 얼굴을 자신에게로 끌어당긴다.

문은 우리 뒤에서 찰칵 소리와 함께 닫히면서 잠기지만, 우리 둘 다 서로에게서 떨어지지 않는다. 1분인지 한 시간인지 모를 시간이 지나고 나서야, 무대 위의 목소리들이 나를 현실로 되돌린다.

"미안해요."

나는 메이븐에게 중얼거리면서 내 의자에서 일어서서 우리 사이에 거리를 벌리려고 시도한다. 내가 얼마나 그러고 싶은지와는 별개로, 지금은 키스를 할 만한 시간 같은 건 없다. 그는 그저 피식 미소를 흘리면서, 연극 대신에 나를 지켜본다. 나는 다른 곳을 보려고 최선을 다하지만, 무언가가 항상 내 시선을 다시 그에게로 잡아끈다.

"이제 우리 뭘 하죠?"

그가 장난스럽게 눈을 반짝거리며 웃음을 터뜨린다.

"내 말은 그런 뜻이 아니었는데요."

하지만 나 역시 그와 함께 미소 짓지 않을 수가 없다.

"칼 왕자님이 날 붙들고 얘길 했었어요."

메이븐이 입술을 꼭 다물고, 그 생각에 그의 입매가 단단해진다.

"그래서?"

"내가 살아난 것처럼 보이던데요."

대답하는 그의 미소는 온 세상을 밝힐 수 있을 정도라서, 나는 그에게 다시 한 번 입을 맞추고 싶은 생각에 온통 사로잡힌다.

"내가 해낼 거라고 말했잖아."

그렇게 말하는 그의 목소리는 이상하게 거칠다. 그가 손을 내게로 뻗어서, 나는 아무 질문 없이 그 손을 잡는다.

우리가 아까의 일을 계속 하기 전에, 우리 머리 위 천장의 패널이 옆으로 밀린다. 메이븐은 나보다 훨씬 더 놀라서 펄쩍 뛰더니, 우리 위의 검은 공간을 뚫어져라 바라본다. 속삭임 하나 새어 나오지 않음에도, 늘 그랬듯 무슨 일을 해야 할지 알겠다. 훈련이 나를 더 강하게 만들었고, 나는 쉽게 내 몸을 끌어 올려서 차가운 어둠 속으로 사라진다. 아무것도, 누구도 보이지 않지만 나는 두렵지 않다. 이제 흥분이 나를 지배하고, 나는 미소를 지으며 메이븐을 도우려고 손을 아래로 내민다. 그는 어둠 속으로 기어 올라와서는 방향 감각을 찾으려고 애쓴다. 우리의 귀가 적응하기도 전에, 천장 패널이 스르륵 다시 원래 자리로 닫히고는 빛과 연극과 그 아래의 사람들을 차단한다.

"조용히 하고 빨리 움직여라. 내가 여기서 안내해 주마."

목소리는 알아들을 수 없지만, 냄새는 분명하다. 차와 오래된 향신료와 익숙한 푸른색 초가 뒤섞인 압도적인 향기.

"월?"

내 목소리가 거의 갈라진다.

"월 할아버지예요?"

느리지만 분명히 어둠은 점차 구별할 수 있을 정도가 되어 간다. 여전히 엉켜 있는 할아버지의 하얀 수염이 점차 희미하게 초점이 맞는다. 이제는 착각의 여지가 없다.

"재회를 축하할 시간이 없구나, 꼬마 배로우야. 할 일이 있어서 말이지."

월 할아버지가 어떻게 이곳에 왔는지, 스틸츠에서부터 그 먼 길을 어떻게 여행해 온 것인지 나는 모르겠지만, 할아버지가 이 극장을 친숙하리만치 잘 알고 있다는 사실은 더 기이하다. 그는 천장을 통해 우리를 이끌어, 사다리와 계단과 바닥의 작은 문들을 내려간다. 연극 공연에서 나는 소리들이 내내 머리 위로 울린다. 지하로 내려서기까지 그리 오랜 시간이 걸리지 않는다. 우리 머리 위로 금속 기둥들이 쭉 뻗은 채로 벽돌로 지지되고 있다.

"그대 쪽 이들은 분명 드라마틱하게 굴길 좋아하는군."

메이븐이 우리 주변의 어둠을 둘러보며 투덜거린다. 이곳은 지하실 같은데, 어둡고 축축하며, 온통 그림자마다 두려움이 깃들어 있다.

윌 할아버지는 금속 문을 어깨로 열면서 간신히 웃음을 터뜨린다.

"두고 보시죠."

우리는 좁은 길을 통해서 터벅터벅 걸어간다. 길은 심지어 더 멀리 아래로 출렁거리고 있다. 공기에서는 희미하게 하수 냄새가 난다. 놀랍게도 그 길은 횃불 하나가 밝히고 있는 승강장에서 끝난다. 깨진 타일들이 부슬부슬 부스러지고 있는 벽 위로 횃불이 이상한 그림자들을 드리운다. 벽에는 검정색 표시들이 있지만, 글자들 모양이기는 해도 내가 읽을 수 있는 어떤 언어도 아니다.

그 글자들에 대해서 물어보기 전에, 끼익 하는 커다란 소리가 우리 주변의 벽들을 흔든다. 그것은 벽 안의 둥그런 구멍에서부터 들려오고, 심지어 더 큰 어둠 가운데에서도 우르릉거리며 흘러나온다. 메이븐이 그 소리에 깜짝 놀라서는 내 손을 쥐고, 나도 메이븐만큼이나 놀란다. 금속이 금속 위를 긁는 소리, 귀를 찢는 소리가 난다. 밝은 빛이 터널 밖으로 뿜어져 나와서 뭔가가 다가온다는 것을, 크고 전기적이며 강력한 뭔가가 오고 있다는 것을 느낄 수 있다.

금속 벌레가 모습을 드러내더니 우리 앞에 와서 멈춰 선다. 양옆은 다듬어지지 않은 금속으로 되어 있고, 서로 용접해서 볼트로 조여 놓은 사이로 갈라진 틈 같은 창이 붙어 있다. 문이 끽끽 소리를 내며 옆으로 밀리면서 열리자, 부드러운 빛이 승강장 위로 가득 찬다.

팔리가 문 안쪽의 의자에 앉아 미소를 짓고 있다. 그녀는 옆에 앉으라는 시늉을 해 보이면서 손을 흔든다.

"전원 승차해 주십시오."

우리가 흔들거리며 자리에 앉는 동안 그녀가 말한다.

"기술자들이 언더트레인이라고 부르는 물건이야. 엄청 빨라. 이 녀석은 은혈들은 찾아볼 생각조차 안 하는 고대의 길을 따라 달리지."

윌 할아버지가 우리 뒤로 문을 닫자, 우리는 좋게 봐줘야 긴 깡통 상자 이상은 아닌 것 같은 물건 속에 갇힌다. 언더 어쩌고 하는 녀석이 어디에 부딪힐까 봐 그토록 걱정되지만 않았더라도, 나는 좀 더 감명 받았을 것이다. 하지만 그 대신, 나는 내 아래의 좌석을 꼭 붙든다.

"이걸 어디서 만든 거야?"

메이븐이 큰 소리로 물으면서 그 형편없는 감옥 전체를 훑어본다.

"그레이 타운은 통제되고 있고, 기술자들은 은혈들을 위해……."

"우리도 우리만의 기술자들과 기술자 마을을 갖고 있어, 작은 왕자님. 당신들 은혈들이 진홍의 군대에 대해서 알고 있는 사실들로는 찻잔 하나도 못 채울걸."

팔리가 무척 자랑스러워 보이는 얼굴로 말한다.

열차는 우리 아래에서 휘청거리고, 나는 거의 좌석에서 내동댕이

쳐질 뻔 하지만, 다른 아무도 눈 하나 깜짝하지 않는다. 내 위장이 등뼈를 때린 정도의 속도가 날 때까지 열차는 계속 달린다. 다른 사람들은 계속 이야기를 나누고, 대부분은 메이븐이 언더트레인과 진홍의 군대에 대해서 이것저것 질문을 던지는 쪽이다. 아무도 내게 말하라고 하지 않아서 그나마 진짜 다행인데, 가만히 앉아 있는 이상의 것을 하려고 들었다가는 분명 토하거나 기절하게 될 것 같다. 하지만 메이븐은 아니다. 아무것도 그의 눈을 피할 수 없다.

그는 창문 밖으로 시선을 던지고, 흐릿하게 지나가는 암석들로부터 무언가 힌트를 얻는다.

"우리는 남쪽으로 향하고 있군."

팔리가 자신의 의자 뒤로 몸을 기대면서 고개를 끄덕인다.

"그래."

"남쪽은 방사능 오염 지역인데."

그가 그녀를 똑바로 바라보면서 그 말을 날린다.

그녀는 간신히 어깨 짓만 해 보인다.

"우리를 어디로 데려가는 거야?"

나는 마침내 간신히 목소리를 되찾아 웅얼웅얼 묻는다.

메이븐은 더 이상 시간을 낭비하지 않고, 바로 닫힌 문으로 움직인다. 딱히 그가 갈 곳도 없기에 아무도 그를 막지 않는다. 달아날 곳이 없기에.

"그게 어떤 영향을 미치는지 알아? 방사능이?"

그가 진정 두려운 목소리를 낸다.

팔리는 얼굴에 여전히 사람을 미치게 하는 미소를 띤 채로 그의 태도를 손가락으로 나무란다.

"메스꺼움, 구토, 두통, 발작, 암 질병, 그리고, 아 그래, 사망. 그것도 매우 불유쾌한 종류의 죽음이지."

갑자기 더 토할 거 같다.

"왜 이러는 거야? 우린 너희를 도우러 왔다고."

"메어, 열차를 멈춰, 그대는 열차를 멈출 수 있어."

메이븐이 내 앞에 서더니 내 어깨를 움켜쥔다.

"열차를 멈춰!"

놀랍게도, 그 깡통 상자가 신경질적인 쾌액 소리를 내더니, 갑작스럽고도 날카롭게 멈춰 선다. 메이븐과 나는 서로 팔다리가 얽힌 채로 바닥을 굴러서 고통스러운 탁 소리와 함께 단단한 금속 데크에 부딪힌다. 전등이 열린 문 너머로 우리를 비추고, 횃불들이 빛나고 있는 또 다른 승강장이 모습을 드러낸다. 우리가 아까 봤던 것보다 훨씬 더 큰 승강장이다. 팔리는 우리에게는 눈길도 주지 않고 우리 둘을 성큼 넘어서는 승강장으로 뚜벅뚜벅 걸어간다.

"너희들은 안 올 거야?"

"움직이지 마, 메어. 이곳은 우리를 죽일 거라고!"

무언가 내 귀에서 징징대는 소리가 나고, 그 소리가 팔리의 차가운 웃음소리를 거의 흘려보낸다. 내가 일어나 앉자, 그녀가 우리 둘다를 인내심 있게 기다리고 있는 모습이 보인다.

"남쪽이, 루인즈가 여전히 방사능에 오염되어 있다는 걸 어떻게 알아?"

그녀가 광적인 미소를 지은 채로 묻는다.

메이븐은 말을 더듬는다.

"기계니, 감지 장치가 있어, 그것들이 말하기를……."

팔리가 고개를 끄덕인다.

"그럼 그 기계들은 누가 만들었는데?"

"기술자들이……."

메이븐이 쉰 듯한 목소리로 껄껄거린다.

"적혈들이."

마침내 그는 그녀가 하고자 하는 말을 이해한다.

"감지 장치가 거짓말을 했구나."

소리 없이 빙그레 웃음을 지으며, 팔리는 고개를 끄덕이고는 손을 뻗어서 그가 바닥에서 일어나도록 돕는다. 그는 여전히 경계하는 기색으로 그녀를 보지만, 그녀를 따라서 승강장으로 나서서 철판으로 된 계단을 오른다. 햇빛이 위쪽에서 새어나오고, 신선한 공기가 지하의 탁한 증기와 섞이며 소용돌이친다.

다음 순간 우리는 야외에 서서 눈을 깜빡이며 낮게 깔린 안개를 바라보고 있다. 더 이상 존재하지 않는 지붕을 지지하기 위한 벽들이 우리 주변으로 서 있다. 지붕은 파랗고 금색인 조각으로 일부만이 남아 있다. 눈이 적응을 마치자, 연무 사이로 꼭대기가 보이지 않는 벽들의 커다란 그림자를 하늘 위로 볼 수 있다. 길은 아스팔트로 되어 있는 거대한 검은 강이고, 온통 갈라진 틈으로 백 년은 자란 듯한 회색 풀들이 솟아 있다. 나무들과 덤불들이 콘크리트 위로 자라서 작은 구멍이나 구석들을 메우고 있지만 대부분은 제거되어 있다. 조각난 유리들이 내 발 아래로 으드득 하고 밟히고, 먼지 구름이 바람에 떠다니지만, 어쨌든 이 장소는, 이 방치된 풍경은, 정말로 버려진 곳이라는 느낌이 들지 않는다. 역사 수업을 통해서, 책과 오래된 지도를 통해서 나는 이곳을 알고 있다.

팔리는 내 어깨에 팔을 두르고는 크고 환하게 미소를 짓는다.

"'루인즈 시티'에 온 것을, '내얼시'에 온 것을 환영해."

그녀는 오래 전에 잊힌 옛 이름을 사용하며 말한다.

폐허가 된 섬은 주변 경계를 따라 심어둔 특별한 표지들을 갖추고 있는데, 그것들이 은혈들이 옛 전쟁터를 조사하기 위해서 사용하는 방사능 탐지 장치들을 속이는 것이다. 이것이 그들이 진홍의 군대의 고향을 지키는 방법이다. 적어도, 노르타에서는. 팔리의 말을 그대로 옮기면 그런데, 나라를 넘어서 더 많은 기지들이 있다는 말처럼 들린다. 그리고 곧, 이곳은 왕의 새로운 형벌을 피해서 달아난 모든 적혈 난민들의 성소가 될 것이다.

우리가 지나는 건물들은 모두 노후해 보이고, 재와 수풀로 뒤덮여 있지만 좀 더 자세히 관찰해 보니 뭔가 더 있긴 있다. 먼지 사이로는 발자국들이, 창문마다는 불빛들이 보이고 요리하는 냄새가 방울방울 공기 중으로 퍼지고 있다. 사람들이, 적혈들이 이곳에 보통의 눈을 피해서 자신들만의 권리를 가진 도시를 세웠다. 전력은 부족하지만 웃음들은 부족하지 않다.

팔리가 우리를 이끈 반쯤 붕괴되고 있는 건물은 녹이 파먹은 테이블과 이제는 갈기갈기 찢어져 있으나 칸막이를 친 좌석들로 볼 때에 분명 한때는 어떤 종류의 식당이었던 것이 틀림없다. 창문은 사라진 지 오래이지만, 바닥은 깨끗하다. 한 여자가 문 밖으로 먼지를 쓸어내서는, 부러진 인도 위에 쌓인 더미로 쓸어간다. 분명 그다지 쓸어낼 만한 것이 남아 있지 않은 터라, 나였다면 그런 작업을 해야 한다면 겁을 집어먹었겠지만, 그녀는 미소를 지으며 콧노래를 부르며 그 일을 하고 있다.

팔리는 청소하는 여자를 향해 고개를 끄덕여 보이고, 여자는 우리를 평화 속에 버려둔 채로 서둘러 사라진다. 기쁘게도, 가장 가까운 칸막이 좌석에 친숙한 얼굴이 보인다.

안전하고 온전한 상태인, 킬런이다. 그는 심지어 뻔뻔하게 윙크를 하기까지 한다.

"오랜만이네."

"귀여운 척 할 시간 같은 건 없어."

팔리가 그의 옆자리를 차지하며 으르렁거린다. 그녀는 우리에게 따라 앉으라는 시늉을 해 보이고, 우리는 찍찍 거리는 소리가 나는 칸막이로 미끄러져 들어간다.

"너도 강을 따라 유람선을 타고 지나가면서 마을들을 봤을 거라고 생각하는데."

내 미소는 재빨리 사라지고, 킬런의 미소도 사라진다.

"그래."

"그리고 그 새 법들은? 너도 그 법들에 대해서 못 들어봤을 리야 없겠지."

그녀의 눈이 마치 강압에 의해 그 조치를 읽은 것 자체가 내 잘못이라는 듯 딱딱해진다.

184

"이건 다 그대들이 짐승처럼 위협했기 때문에 일어난 일이야."

메이븐이 투덜거리면서 내 방어를 위해 끼어든다.

"하지만 이제 그들은 우리 이름을 알지."

"이제 그들은 그대를 *사냥할* 거다."

메이븐이 주먹을 테이블 위로 쿵 내리치며 툭 자른다. 그 바람에 테이블 위에 앉은 얇은 먼지가 흔들리면서 공기 중으로 구름을 만든다.

"그대는 황소의 바로 앞에다 붉은 깃발을 흔들었지만 포크로 찌른 정도의 일밖에는 안 했잖아."

"그럼에도 그들은 몹시 놀랐어."

내가 이어 말한다.

"그들은 너희들을 두려워하는 경험을 배웠지. 그건 분명 뭔가 의미가 있을 거야."

"만약 그대들이 숨겨진 도시로 슬그머니 돌아와 앉아서 그들이 다시 재편성할 기회를 준다면, 그건 결국 아무 의미도 없을 거야. 그대들은 왕과 *군대*에게 시간을 주고 있어. 내 형님은 이미 그대의 흔적을 좇고 있고, 형님이 그대를 추적해 낼 때까지 그렇게 긴 시간이 걸리지 않을 거야."

메이븐은 이상하게 화난 듯이 자신의 손을 바라본다.

"이제 곧 한 발자국 앞으로 나간 것이 충분치 않게 될 거야. 심지어 그조차 불가능해질 거야."

생각에 잠긴 채 우리 두 사람 모두를 탐색하는 팔리의 눈이 전구처럼 빛이 난다. 킬런은 보기에는 거의 움직이지 않은 채로, 먼지 위로 동그라미를 그리고 있다. 나는 그만 집중하라고 킬런을 테이블 아래로 걷어차 주고 싶은 욕구와 싸운다.

"내 스스로의 안전은 그렇게 중요한 문제라고 생각하지 않아, 왕자. 내가 신경 쓰는 것은 마을 사람들, 노동자들과 군인들이지. 지금 이 순간도 엄격한 체벌을 받고 있을 사람들이라고."

팔리가 말한다.

우리가 지나는 것을 지켜보던 수천의 멍한 시선들을 기억하자, 내 가족들과 스틸츠로 마음이 날아간다.

"무슨 소식 들은 거라도 있어?"

손가락을 여전히 테이블 위에 빙글빙글 돌리면서도 킬런이 머리를 획 쳐든다.

"좋은 건 없어. 작업량이 두 배로 늘었고, 일요일에도 목이 매달리고 공동묘지에 묻히고. 보조를 맞추지 못하는 사람들에게는 전혀 아름답지 않은 상황이지."

그는 꼭 나처럼, 우리 마을을 떠올리는 중이다.

"전선에 나가 있는 우리 쪽 사람들 말이 거기 위쪽도 특별히 다르지 않다고 하더군. 15살과 16살들이 군대에 배정받고 있대. 대부분 오래 살아남지 못할 거야."

킬런의 손가락이 그의 기분이 어떤지를 나타내듯 먼지에 화난 X 자를 그린다.

"어쩌면 내가 그 일을 중지시킬 수 있을지도 몰라. 만약 그들을 바로 전방으로 보내는 것을 잠시 멈추고, 추가적인 훈련을 받게 하는 편이 좋다고 군사 회의에서 설득할 수 있다면 말이야."

메이븐이 큰 소리로 떠오르는 생각을 밝히면서 말한다.

"그건 충분하지 못해요."

내 목소리는 작지만 확고하다. 그 목록이 내 피부에 대고 불타는 것처럼, 자유를 달라고 탄원하는 것처럼 느껴진다. 나는 팔리에게로 몸을 돌린다.

"여기저기에 사람들을 심어 뒀지, 그렇지?"

만족의 그늘이 그녀의 얼굴을 지나가는 것을 내 눈은 놓치지 않는다.

"그렇지."

"그렇다면 그들에게 이 이름들을 전해."

나는 주머니에서 줄리언의 책을 꺼내서 목록의 첫 부분을 펼친다.

"그리고 이 사람들을 찾아내."

메이븐은 내게서 부드럽게 책을 받아들고 페이지를 전체적으로 훑어본다.

"수백은 되겠는걸. 이게 뭐지?"

그가 페이지에서 시선을 돌리지 않은 채로 중얼거린다.

"그들은 나와 같은 사람들이에요. 적혈이지만 은혈이고, 그들 모두보다도 더 강한 사람들."

이제 내가 우쭐할 차례다. 메이븐조차 입을 쩍 벌린다. 팔리는 손가락으로 딱 소리를 내고, 메이븐은 아무 생각 없이 그 책을 건네주지만 그의 시선은 여전히 그토록 강력한 비밀을 갖고 있는 그 작은 책에 머물러 있다.

"그렇지만 잘못된 사람이 이 사실을 알아낼 때까지 그다지 오래 걸리지 않을 거야. 팔리, 반드시 네가 그들을 먼저 *찾아내야만 해*."

킬런은 그들이 그에게 어떤 종류의 모욕이라도 준 것처럼 목록의 이름들을 흘깃 바라본다.

"이 일은 몇 달, 몇 년도 걸릴 수 있어."

메이븐이 씩씩거린다.

"우리에게 그런 정도의 시간은 없어."

"당연하지. 우리는 *지금* 행동해야만 해."

킬런이 동의한다.

나는 고개를 젓는다. 혁명이란 서둘러서 할 수 있는 성질의 것이 아니다.

"하지만 만약 기다린다면, 만약 찾을 수 있는 한 많은 이들을 찾아낼 수 있다면, 군대를 만들 수도 있어."

갑자기 메이븐이 테이블을 철썩 쳐서 우리 모두 펄쩍 뛴다.

"어쨌든 우리에게 방법이 하나 있어."

"내 지휘 아래에 이곳에도 많은 수가 있어, 하지만 *그렇게* 많은 건 아니라고."

메이븐을 마치 미친 것 같다는 듯 보며 팔리가 주장한다.

하지만 그는 어떤 숨은 열정으로 생생하게 타오르며 빙그레 미소를 짓는다.

"만약 내가 군대를, 아케온에 부대를 꾸릴 수 있다면, 그대는 어쩔 텐가?"

그녀는 그저 어깨만 으쓱한다.

"매우 적은 크기일 텐데, 어차피. 다른 부대들이 전장에서 순식간에 그들을 박살낼걸."

마치 벼락처럼 그 생각이 떠올라, 나는 마침내 메이븐이 하려고
하는 일이 무엇인지를 깨닫는다.

"하지만 우리는 전장에서 싸우지 않을 거거든."

나는 속삭이듯 말한다. 그가 나에게 몸을 돌리며 격한 감정에 날
뛰는 바보처럼 미소 짓는다.

"왕자님은 쿠 얘길 하려는 거죠."

팔리가 얼굴을 찌푸린다.

"쿠?"

나는 그들의 혼란을 떨쳐내려고 애를 쓰면서 설명한다.

"쿠, 그러니까 쿠데타 말이야. 이전의 일, 역사에 나오는 이야기
야. 소규모로 큰 정부를 빠르게 전복하려고 할 때 쓰는 방법이야. 들
어 본 적 있지?"

팔리랑 킬런은 시선을 교환하더니 실눈을 뜬다.

"계속해."

그녀가 말한다.

"아케온이 지어진 방식에 대해서는 다들 잘 알 거야. 브리지로 연
결된 동부 아케온과 서부 아케온."

나는 손가락으로 먼지 위에 도시의 간략한 지도를 그리면서 함께
설명한다.

"자, 서쪽에는 궁과 사령부, 재무부, 법원, 그리고 정부 전체가 있
잖아. 어떻게든 우리가 그 안에 들어가서, 외부와 차단시킨 다음에,
왕에게 도달하여, 그가 우리의 조항에 동의하도록 만들 수만 있다

면…… 전부 끝나는 거지. 왕자님 스스로가 그 말을 했었잖아요, 시저의 광장에서 전 나라를 지배할 수도 있을 거라고. 우리가 해야 하는 것은 해내는 것뿐이에요."

테이블 아래로 메이븐이 내 무릎을 토닥인다. 그는 자부심으로 붕 떠 있다. 보통 때 팔리가 보이는 의심스러운 표정은 사라지고 진정한 희망이 자리한다. 그녀는 입술 위에 손을 대고 눈은 먼지 위로 그려진 계획에 둔 채 혼자서 뭐라고 중얼거리고 있다.

"나만 그렇게 생각하는지 모르겠는데……."

킬런이 보통 때의 헐뜯는 어조로 돌아와서 말을 꺼낸다.

"하지만 어떻게 은혈들과 싸울 정도로 충분한 적혈들을 거기에 끌어들일 계획인지 난 분명히 알 수가 없는걸. 그들 한 명을 쓰러 뜨리려면 우리는 10명이 필요해. 당신 형(그는 메이븐을 흘긋 바라본다.) 에게 충성을 바치는 5000명은 되는 은혈 군인들이 있다는 건 말할 필요도 없겠지. 그들 모두가 살인 훈련을 받았고, 모두가 우리가 입을 뻥긋하는 사이에 우리를 사냥하려고 들 텐데."

나는 기가 꺾여서 다시 자리에 몸을 기댄다.

"그건 어려운 문제야."

불가능하다.

메이븐이 내가 그린 먼지 지도 위로 손을 쓸어서 손가락질 몇 번에 서부 아케온을 지워 버린다.

"군대란 그들의 장군에게 충성하는 법이지. 그리고 나는 마침 장군 하나를 잘 알고 있는 소녀를 알고 있거든."

메이븐의 눈이 내 눈과 마주칠 때, 그의 눈에 깃든 불꽃은 사라지고 그곳에는 쓰디쓴 차가움만이 자리하고 있다. 그는 엄격한 미소를 짓는다.

"왕자님이 지금 자기 형에 대해서 말하고 있는 건 아세요?"

군인. 장군. 왕세자. 그의 아버지의 아들. 다시 나는 줄리언에 대해서, 칼이 자신의 뒤틀린 정의의 관점에서는 죽일 수도 있을 삼촌에 대해서 생각해 본다. *칼은 결코 그의 나라를 배반하지 않을 거야, 어떤 것을 위해서도.*

그 말에 대꾸하는 메이븐의 어조는 아무 감정 없이 사무적이다.

"그에게 어려운 선택을 강요하는 일이 될 거야."

킬런의 눈이 내 얼굴을 향한 채 내 반응을 재는 것이 느껴지는데, 그건 거의 견디기 힘든 압력이다.

"칼 왕자님은 결코 자신의 왕위에, 당신 아버지에게 등을 돌리지 않을 거예요."

메이븐이 반격한다.

"나는 형님을 알아. 만약 그 일이, 그대의 목숨을 구해야 할지 아니면 자신의 왕위를 지켜야 할지의 문제에 이르게 되면, 우리 둘 다 형님이 무엇을 선택할지 알고 있지 않나."

"칼 왕자님은 결코 나를 고르지 않을 거예요."

메이븐의 시선에 내 피부가 불타는 것 같다. 도둑맞은 입맞춤 한 번에 대한 기억 때문에. 에반젤린에게서 나를 구해 줬던 것도 그랬다. 도망쳐서 스스로에게 더 많은 고통을 가했을 상황에서 나를 구했던 사람도 칼이었다. 징병에서 나를 구했던 사람도 칼이었다. 다른 사람들을 구하는 일에만 너무 바빴던 나머지, 칼이 얼마나 많이 나를 구해줬는지도 알아차리지 못했다. 그가 얼마나 많이 나를 *사랑하는지도.*

갑자기 숨을 쉬는 것이 무척 힘들게 느껴진다.

메이븐이 머리를 흔든다.

"형은 항상 그대를 선택할 거야."

팔리가 코웃음을 친다.

"지금 우리의 작전 전체를, 혁명 전부를 십 대의 사랑 이야기에 의존해야 된다는 거야? 믿을 수가 없네."

테이블 너머로, 낯선 표정이 킬런의 얼굴을 스친다. 팔리가 지지를 구하며 그에게로 몸을 돌리지만, 전혀 동의를 얻지 못한다.

"난 믿어."

그렇게 속삭이는 킬런의 눈은 결코 내 얼굴을 떠나지 않는다.

제25장

메이븐과 내가 악수와 비밀 계획으로 가득 찬 긴 하루를 보낸 후에 궁전으로 향하는 차를 타고 다리를 건너는 동안, 나는 새벽이 내일 아침이 아니라 오늘 밤에 시작했으면 하고 바란다. 우리가 도시를 통과하는 동안 우리 주변의 우르릉 하는 떨림을 나는 강력하게 의식한다. 거리의 자동차들로부터 강철과 콘크리트를 통해 이리저리 흐르는 빛들에 이르기까지 모든 것들이 에너지로 고동친다. 오래 전 그랜드 가든에서의 순간이, 분수에서 장난치던 님프와 꽃들을 성장시키던 그리니를 지켜보던 그때가 떠오른다. 그 순간에는, 나는 그들의 세계가 아름답다고 생각했다. 이제 나는 왜 그들이 그것을 지키고 싶어 하는지, 모든 나머지 사람들 위로 그토록 그들의 지배를 유지하고 싶어 하는지 이해하지만, 그렇다고 해서 그 말이 내가 그들이 그러도록 내버려 두겠다는 뜻은 아니다.

대개 왕이 자신의 도시에 돌아오는 것을 축하하는 축제가 열리지만, 최근의 사건들의 분위기 속에서 시저의 광장은 그래야 하는 것보다 훨씬 더 조용하다. 메이븐은 침묵을 어떻게든 채워 보려고 구경거리가 없음을 한탄하는 척한다.

"연회장은 홀에 있던 것보다 크기가 두 배는 크거든."

우리가 거대한 문들로 들어가는 동안 그가 설명한다. 칼의 부대의 일부가 병영에서 훈련을 하고 있는 모습이, 천 명쯤 되는 인원이 동시에 행군하는 모습이 보인다. 그들의 걸음은 북처럼 울린다.

"새벽까지도 춤을 추고는 했어…… 적어도, 형은 그랬지. 여자애들은 나한테는 그렇게까지 많이 춤을 청하지는 않았거든, 형이 여자애들한테 그러라고 부탁하지 않는 한은 말이야."

"나라면 왕자님에게 춤을 청했을 거예요."

나는 눈은 여전히 병영에 고정한 채로 그에게 중얼중얼 대꾸한다. *저들이 내일이면 우리의 군대가 될까?*

차량이 서서히 멈추기 시작하는 동안 자리를 옮기며, 메이븐은 대답하지 않는다. *형은 항상 그대를 선택할 거야.*

"칼 왕자님에게 아무 감정이 안 들어요."

나는 차량 밖으로 기어 나오는 동안 그의 귀에 속삭인다.

그는 내 손을 자신의 손으로 덮으며 미소를 짓고, 나는 스스로에게 그것이 거짓말이 아님을 되뇐다.

궁으로 향하는 문들이 우리를 향해 열리는데, 비참한 비명 소리가 긴 대리석 복도를 따라 울려 퍼진다. 메이븐과 나는 깜짝 놀라 시선을 교환한다. 우리 경호원들은 각자의 총에 손을 올린 채로 긴장하지만, 내가 달려 나가는 것을 막을 정도까지는 아니다. 메이븐은 할 수 있는 한 최선을 다해 속력을 내서는 내 속도에 맞추려고 한다. 비명 소리가 다시 들리고, 한 떼는 되는 행군하는 발자국 소리와 익숙한 갑옷의 철컥 하는 소리가 동반된다.

나는 기진맥진할 정도로 전력질주를 하고, 메이븐은 내 바로 뒤에서 따라온다. 우리는 번쩍이는 대리석과 어두운 나무로 되어 있는 둥근 회의실 공간으로 뛰어든다. 이미 관중들이 와 있어서 나는 사모스 경과 거의 부딪힐 뻔 하지만, 내 발이 딱 제때에 멈춘다. 메이븐이 내 등에 부딪치는 바람에 우리 둘 다 거의 넘어질 뻔 한다.

우리 두 사람을 향해서 비웃음을 날리는 사모스의 검은 눈은 차갑고 딱딱하다.

"마이 레이디, 메이븐 왕자님."

그가 우리 둘 어느 쪽에겐가로 머리를 기울이는 둥 마는 둥 하며 말한다.

"쇼를 보러 오셨습니까?"

쇼. 왕과 왕비를 포함하여 여러 남녀 귀족들이 우리 주변을 둘러싸고는 모두 똑바로 앞쪽을 응시하고 있다. 반대편에서 무엇을 보게 될지 알지 못한 채로 나는 그들을 헤치고 지나가지만, 분명 좋지 않은 장면일 거라는 건 알겠다. 메이븐이 내 팔꿈치를 놓지 않은 채로 뒤를 따라온다. 우리가 군중들의 맨 앞으로 도착했을 때, 나는 그의 손이 주는 온기가 내가 조용히 있을 수 있게, 그대로 물러설 수 있게 위안을 주는 점이 기쁘다.

적어도 16명은 되는 군인들이 방의 중앙에 서서 거대한 왕실 직인 위로 군화 자국을 남기고 있다. 그들의 갑옷이 검정 금속 미늘인 것은 똑같지만, 단 한 명만은 불그스레하게 반짝거리는 갑옷을 입고 있다. 칼이다.

머리를 뒤로 넘겨서 땋은 에반젤린이 그의 옆에 서 있다. 그녀는 무거운 숨을 몰아쉬며 숨차 하는데, 무척 자랑스러운 얼굴이다. 그리고 에반젤린이 있는 곳이라면, 그녀의 오라비도 멀지 않은 곳에 있겠지.

프톨레무스가 무리의 뒤에서 나타난다. 그는 비명을 지르는 몸을 머리채를 잡아끌고 온다. 내가 그녀를 알아본 순간 칼은 몸을 돌리다 내 눈을 마주친다. 분명 후회가 엿보이지만, 그는 그녀를 구하기 위해서 아무것도 하지 않는다.

프톨레무스가 반짝이는 바닥에 월시를 내던지자, 그녀는 돌에 얼굴을 세게 부딪친다. 그녀는 다친 눈을 왕에게 돌리기 전에 간신히 내게 흘깃 시선을 보낸다. 내게 처음 이 세계를 안내해 주었던 장난기 넘치고 미소를 잃지 않던 하인을 나는 여전히 기억한다. 그 사람은 이제 없다.

"오래된 터널들에서 쥐들이 기어 다니고 있군."

프톨레무스가 으르렁거리면서 발로 그녀의 몸을 뒤집는다. 그녀는 그토록 많은 부상을 입은 몸 치고는 놀랄 정도로 빠르게 그의 접촉을 피해 움직인다.

"강으로 난 구멍 근처에서 이 쥐새끼가 우리를 추적하는 걸 발견했습니다."

그들을 추적해? 어떻게 그렇게까지 어리석을 수가 있지? 하지만 월시는 어리석지 않다. *아니, 이건 명령이었던 거야.* 나는 커져 가는 공포와 함께 깨닫는다. 그녀는 트레인 터널들을 지켜보고 있었던 것이다. 우리가 내열시에서 돌아오는 길이 아무 문제없는지 확실히 하기 위해서. 그리고 우리가 안전하게 그 일을 해낸 반면, 그녀는 그러지 못했던 것이다.

메이븐이 내 팔을 쥔 손에 힘을 주더니, 내 등이 자신의 가슴에 닿을 때까지 나를 자신에게로 끌어당긴다. 그는 내가 그녀에게 달려가서 그녀를 구하고, 돕고 싶어 하는 것을 안다. 그리고 나는 우리가 아무 일도 할 수 없음을 안다.

"방사능 탐지기가 허락하는 한 멀리까지 갔습니다."

월시가 기침을 하며 피를 토하는 것을 무시하기 위해 최선을 다하며 칼이 덧붙인다.

"터널 시스템은 거대하고, 우리가 본래 생각했던 것보다 훨씬 더 큽니다. 그 안으로 수 킬로미터는 되는 여러 라인들이 있을 것이고, 진홍의 군대는 그 길들을 우리 중 어떤 이보다도 더 잘 알고 있을 것입니다."

티베리아스 왕이 수염 아래로 쏘아본다. 그가 월시를 앞으로 데려오라고 손짓한다. 칼은 그녀의 팔을 와락 붙들어서 왕의 앞으로 끌고 간다. 수천 가지의 다른 고문법들이 머리에 떠오르고, 점점 더 무섭고 나쁜 생각만 든다. 불, 금속, 물, 심지어 내 전기 능력까지. 그 애가 말하도록 만들 수 있는 방법들.

"다시는 똑같은 실수를 하지 않으리라."

왕이 그녀의 얼굴에 대고 으르렁거린다.

"엘라라, 그녀가 노래하게 하시오. 지금 당장."

"알겠습니다."

최악이다. 윌시는 입을 열 테고, 우리 모두를 연루시킬 거고, 우리를 파괴할 것이다. 그러고 나면 그들이 그녀를 천천히 죽이겠지. 그들은 우리 모두를 천천히 죽일 것이다.

군인 무리 속에 있던 이그리에, 미래를 보는 눈을 가진 능력자가 갑자기 앞으로 튀어나온다.

"그녀를 멈춰요! 팔을 잡아요!"

하지만 윌시는 그의 예지보다 빠르다.

"트리스탄을 위해."

그녀가 입을 손으로 탕 치기 전에 말한다. 그녀는 뭔가를 깨물고는 삼키고, 그녀의 머리가 뒤로 쿵 넘어간다.

"힐러!"

칼이 그녀의 목을 붙들고 그녀를 멈추려고 애쓰며 외친다. 하지만 그녀의 입에서는 하얀 거품이 나오고 그녀의 갈비뼈가 뒤틀린다. 그녀는 숨이 막히고 있다.

"힐러를, 당장!"

그녀는 폭력적인 움직임으로 마지막 남은 힘을 다해서 그의 손아귀에서 몸을 비튼다. 바닥에 그녀의 몸이 떨어지고, 크게 열린 그녀의 눈은 아무것도 보고 있지 않다. 죽은 것이다.

트리스탄을 위해.

나는 그녀를 위해 애도할 수조차 없다.

"자살 약이었어."

칼의 목소리는 이 일을 아이한테 설명하는 것처럼 부드럽다. 하지만 전쟁과 죽음에 이르자 나 자신이 정말 아이가 된 것 같다.

"그 약은 위험 지역에 있는 요원들, 우리 쪽 첩자들에게 지급되었지. 만약 잡히면……."

"말을 하지 않도록 말이죠."

내가 그를 향해 내뱉는다.

조심해. 나는 스스로에게 경고한다. 그의 존재가 내 피부에 소름이 끼치게 만드는 만큼, 나는 그것을 인내해야만 한다. 결국, 나는 그가 발코니에 있는 나를 찾도록 만들었다. *그에게 희망을 주어야만 해. 그에게 나와 함께할 기회가 있다고 생각하게 만들어야 해.* 그 부분은 메이븐의 생각이었는데, 그래서 그 말을 하는 것이 그를 더 상처 입혔을 것이다. 나로서는 진실과 거짓 사이의 좁은 길을 걷는 것은, 특히 칼과 함께라면 몹시 어려운 일이다. 나는 그가 밉고, 또한 그 사실을 잘 알지만, 그의 눈과 목소리에 깃든 무언가가 내게 자신의 감정이 그렇게 간단하지만은 않다는 것을 상기시켜 준다.

그가 자신의 거리를 유지한 채로, 한 팔 정도 떨어진 곳에 선다.

"우리 손에 죽는 것보다는 훨씬 나은 죽음이었어."

"그녀를 얼렸을 건가요? 아니면 어쩌면 속도 전환 삼아서 불 태웠으려나요?"

그가 고개를 젓는다.

"아니, 그녀는 '보울 오브 본즈'로 끌려갔을 거야."

그는 병영을 내려다보던 눈을 들어서 강 너머를 바라본다. 저 멀

199

리 고층건물들 사이에 누워 있는 거대한 둥근 경기장 둘레의 꼭대기에 창들이 삐죽삐죽 꽂혀 있다. *보울 오브 본즈.*

"그녀는 공개적으로 처형되고, 그 장면이 방송되었을 거야. 다른 나머지 모두에 대한 본보기로."

"그런 일을 더 이상 하지 않는 줄로만 생각했어요. 10년이 넘게 처형 방송은 보지 못했으니까."

몇 년도 더 전에 내가 아주 어린 소녀였을 때에 그런 방송을 봤던 것이 간신히 기억이 난다.

"처형은 언제나 일어날 수 있어. 경기장의 싸움들도 진홍의 군대를 막을 수 없다면, 무언가 다른 것들이 또 일어나야겠지."

나는 그에게서 후회 한 조각이라도 찾아내려고 애를 쓰면서 속삭인다.

"왕자님은 그녀를 알았잖아요. 왕자님이 우리가 처음 만난 다음 날에 그녀를 내게 보냈잖아요."

그가 마치 기억에서부터 스스로를 보호할 수 있기라도 한다는 듯이 팔짱을 낀다.

"그녀가 그대의 마을 출신이라는 걸 알고 있었지. 그 점이 그대가 조금이라도 적응하는 데 도움이 될 거라고 생각했어."

"여전히 왜 그때 왕자님이 신경을 썼던 건지 모르겠어요. 왕자님은 심지어 내가 달랐다는 것도 알지 못했잖아요."

잠시 침묵이 흐르고, 태양이 떠오르는데도 여전히 훈련 중인 군인들이 지르는 고함 소리가 아래쪽 멀리에서 들려와 침묵을 깬다.

"내게 있어 그대는 달랐어."

그가 마침내 중얼거린다.

"어떻게 됐을지 궁금해요. 만약에 이 모든 것들이…… (나는 궁전과 그 너머의 광장을 가리켜 보인다.) 우리 사이에 없었더라면요."

그가 그 점을 곰곰이 생각해 보게 만들어.

그가 내 팔에 손을 얹는다. 소매의 천을 통해 느껴지는 그의 손가락은 뜨겁다.

"하지만 결코 그럴 수 없겠죠, 왕자님."

내 가족, 메이븐, 킬런, 내가 하려고 하는 모든 일들에 의존해서 나는 할 수 있는 한 가능한 바라는 마음을 눈에 담으려고 애를 쓴다. 어쩌면 칼은 내 감정을 착각할지도 모른다. *그에게 있어서는 안 되는 희망을 줘.* 그것은 내가 할 수 있는 가장 잔인한 일이지만, 명분을 위해, 친구들을 위해, 내 목숨을 위해, 나는 할 것이다.

"메어."

그가 속삭이며 머리를 내게로 기울인다.

나는 그가 내 말을 생각해 보며 희망적으로 그 말에 빠져들도록 그를 발코니에 남긴 채 돌아선다.

"나도 모든 일들이 좀 더 달랐더라면 하고 생각한다."

그가 속삭이지만, 나는 여전히 그의 말을 들을 수 있다.

그 말들이 내 기억을 집으로, 내 아버지가 오래 전 그와 똑같은 말을 했던 때로 데려간다. 나의 아버지, 부서진 적혈 남자와 칼이 같은 생각을 공유할 수 있다는 생각이 나를 멈칫하게 한다. 나는 돌아보지 않을 수가 없다. 태양이 그의 실루엣 뒤로 비추는 것을 바라본다. 그가 작은 번개 소녀에게 느끼는 것이 무엇이든 간에 그는 그 감정과 자신의 의무 사이에서 갈피를 잡지 못한다. 그는 훈련 중인 군대를 내려다보다가 내게로 시선을 돌린다.

"줄리언 외삼촌은 그대가 그분이랑 닮았다고 하셨지."

그가 조용하게, 생각에 잠긴 눈으로 말한다.

"예전의 그분과 닮았다고."

코리앤. 그의 어머니. 내가 결코 알지 못했던 죽은 왕비에 대한 생각이 어쨌든 나를 슬프게 만든다. 그녀는 자신이 사랑했던 이들에게서 너무 빨리 떠나갔고, 그녀가 남긴 구멍을 그들은 나를 통해 메우려고 하고 있다.

그 사실을 인정하기가 너무나 싫은 만큼이나, 나는 두 세계 사이에 갇힌 기분을 느끼는 칼을 탓할 수가 없다. 결국에, 나 역시 그렇기 때문에.

연회 전에 나는 다가올 밤에 대한 공포로 신경과민이 되어 안절부절 못했다. 이제 나는 새벽을 기다릴 수가 없다. 만약 오는 아침에 우리가 승리한다면, 태양은 새로운 세계를 비추리라. 왕은 왕위를 내려놓고 자신의 권력을 나에게, 메이븐에게, 그리고 팔리에게 넘길 것이다. 그 이동은 무혈로 이루어져, 한 정권에서 다음 정권으로 평화로운 이동을 할 것이다. 만약 우리가 실패한다면, 보울 오브 본즈가 내가 희망할 수 있는 유일한 것이 되리라. 하지만 우리는 실패하지 않을 것이다. 칼은 내가 죽게 내버려 두지 않을 것이며 메이븐이 죽게 두지도 않을 것이다. 그들이 내 방패가 될 것이다.

침대에 누운 채, 나는 줄리언의 지도를 들여다보고 있는 자신을 발견한다. 그것은 옛 물건으로, 실질적으로는 쓸모가 없지만 여전히 안심을 준다. *그것은 세계가 바뀔 수 있다는 증거이다.*

머릿속이 생각으로 복잡한 채로, 나는 제대로 잠들지 못하고 얕은 잠에 빠져든다. 오빠가 꿈속에서 나를 찾아온다. 오빠는 창문 옆에 서서 이상할 정도로 슬픈 얼굴로 도시를 바라보고 있다가 나를 돌아본다.

"더 많은 이들이 있어. 그들을 찾아야만 해."

"그럴게."

오빠에게 중얼중얼 대답하는 내 목소리는 잠에 취해 무겁다.

깨 보니 새벽 4시라서, 더 이상 꿈을 꿀 시간이 없다.

카메라들은 도끼 앞의 나무들처럼 쓰러지고, 모든 작은 눈들은 내가 메이븐의 방으로 걸어가는 동안에 달깍 달깍 꺼진다. 그의 눈 아래에는 전혀 자지 못한 사람처럼 다크 서클이 있지만, 그는 지금까지 중에 가장 날카로워 보인다. 나는 그가 나를 팔로 안아 주기를, 따뜻하게 감싸주기를 기대하지만, 그에게서 떨어지는 것은 온통 차가움뿐이다. *그는 두려운 거야.* 나는 깨닫는다.

우리는 밖에서 잠시 고민하는 시간을 갖고, 군 사령부 뒤의 그늘을 걸어가서 건물과 외부 벽 사이의 우리 자리에서 기다린다. 우리의 장소는 완벽하다. 우리는 광장과 브리지를 볼 수 있고, 군 사령부의 미끄러지는 지붕이 순찰 도는 이들의 시선에서 우리를 가려준다. 우리가 정확히 제시간에 왔다는 사실을 알기 위해서는 시계도 필요없다.

우리 위로, 밤이 흐려지며 어두운 푸른색으로 바뀐다. *새벽이 오*

203

고 있다.

이 시각의 도시는 내가 그럴 거라고 생각했던 것 이상으로 조용하다. 심지어 순찰 도는 경비들조차 나른한 듯 느리게 이 구역에서 저 구역으로 움직이고 있다. 흥분이 나를 타고 올라서 다리가 덜덜 떨려온다. 어쨌든 메이븐은 침착함을 유지한다. 그는 눈조차 깜빡이지 않는다. 그는 다이아몬드 유리 벽을 통해서 계속 브리지를 보고 있다. 그의 집중은 엄청나다.

"늦는걸."

그가 전혀 움직이지 않은 채로 속삭인다.

"안 늦었어."

더 잘 알지 못했다면, 팔리가 쉐도우라고, 시야의 안팎을 드나들 수 있는 존재라고 생각했을 것이다. 그녀는 반쯤 어둠에 녹아든 것처럼 보이는 채로, 배수관 뚜껑에서 올라온다.

나는 그녀에게 손을 내밀지만, 그녀는 혼자 힘으로 올라와 선다.

"다른 사람들은 어디 있어?"

"기다려."

그녀가 땅 아래를 가리켜 보인다.

눈을 가늘게 뜨고 봐야지만 배수 시설을 통해서 이제 지면을 탈환하려고 버글대는 이들을 간신히 볼 수 있다. 그들과 함께 터널을 기어오르고 싶고, 킬런과 내 동족들과 함께 서고 싶지만 내 자리는 이곳, 메이븐의 옆이다.

"무장했어? 싸울 준비가 된 거야?"

메이븐의 입술은 거의 움직이지 않는다.

팔리가 고개를 끄덕인다.

"항상. 하지만 너희가 광장이 우리 것이라고 확신시켜 줄 때까지 저들을 호출하지는 않을 거야. 레이디 배로우의 매혹 능력을 그렇게까지 신뢰할 수가 없거든."

나 또한 그렇지만, 그 말을 크게 뱉지는 않는다. *형은 항상 그대를 선택할 거야.* 동시에 그토록 옳고도 그토록 그른 무언가를 원해 본 적이 있었던가.

"킬런이 네가 이걸 가지고 있었으면 한다더라."

그녀가 덧붙이면서 손을 내민다. 그것은 그의 눈동자 색을 한 조그만 녹색 돌이다. *귀걸이 한 짝.*

"걔 말로는 그게 무슨 의미인지 네가 잘 알 거라던데."

거대한 감정의 물결이 밀려와 나는 내 말에 숨이 막힌다. 고개를 끄덕이면서 나는 귀걸이를 그녀에게서 받아서 다른 것들 옆으로 들어올린다. *브리 오빠, 트래미 오빠, 쉐이드 오빠.* 나는 각각의 돌과 그것의 의미를 안다. *킬런은 지금 전사인 거야.* 그리고 *그 애는 내가 자신의 모습을 기억해 주길 바라는 거야.* 소리 내어 웃고, 나를 간지럼 태우고, 길 잃은 강아지처럼 내 주변을 쿵쿵대던 일. 나는 결코 그 모습들을 잊지 않을 것이다.

날카로운 금속이 찌르자, 피가 흐른다. 손을 귀에서 떼니, 손가락에 남은 진홍색 얼룩을 볼 수 있다. *이것이 바로 네가 누군가에 대한 대답이다.*

나는 터널을 돌아보고, 그 애의 녹색 눈동자를 알아보기를 희망해보지만, 어둠이 터널 전체를 삼켜 버린 듯 그와 다른 모든 이들을 숨

205

겨 준다.

"이제 준비되었나?"

팔리가 우리 두 사람을 번갈아 보며 속삭인다.

메이븐이 확고한 목소리로 나 대신 대답한다.

"준비되었어."

하지만 팔리는 만족하지 않는다.

"메어?"

"준비됐어."

혁명가는 배수관 옆을 발로 두드리기 전에 침착한 숨을 들이쉰다. 한 번, 두 번, 세 번. 다함께, 우리는 세계가 바뀌는 것을 기다리며, 브리지로 돌아선다.

이 시간에는 교통의 흐름이 전혀 없다. 단 한 대의 숨소리조차 들리지 않는다. 가게들은 문을 닫았고, 쇼핑센터는 텅 비었다. 운이 좋다면, 오늘 밤 잃어버린 유일한 것은 콘크리트와 강철이 될 것이다. 브리지의 마지막 구역, 서부 아케온과 나머지 도시 구역을 연결하고 있는 곳은 고요해 보인다.

다음 순간 그곳은 주황색과 붉은색으로, 은색 어둠을 찢는 태양처럼 밝은 불꽃으로 폭발한다. 열기가 밀려오지만 그것은 폭탄에서 나온 것이 아니다. *메이븐*에게서 나온 것이다. 폭발이 그의 안에 무언가를 점화시키고, 그의 불꽃에 불을 밝힌다.

그 소리가 웅웅거리면서 퍼지고, 나는 거의 발로 주저앉을 뻔 한다. 브리지의 마지막 구역이 침몰하는 동안 아래의 강물은 마구 소용돌이친다. 그것은 죽어 가는 야수처럼 신음 소리와 함께 몸서리를 치며 부서지더니 둑과 나머지 건물에서 떨어져나간다. 콘크리트 기둥과 강철 전선들이 갈라지고 뜯어지며, 물속으로 첨벙 하고 빠지거나 둑 위로 떨어진다. 먼지 구름과 연기가 일어나고, 시야에서 나머지 아케온을 차단한다. 브리지가 심지어 물을 때리기도 전에, 알람 소리가 광장 위로 울린다.

우리 위로 순찰들이 너도 나도 파괴 현장을 잘 보려는 마음에 벽을 따라 달려간다. 그들은 어떻게 이런 일이 일어났는지 알지 못한 채 서로를 외쳐 부른다. 병영에 불이 켜지고 군인들이 움찔대면서 일어나, 5000명 모두가 침대 밖으로 뛰쳐나온다. *칼의 군인들. 칼의 군대.* 그리고 운이 따른다면, 우리의 것이 될 군대.

나는 불꽃과 연기에서 시선을 떼지 못하지만, 메이븐이 나 대신 찾아낸다.

"저기 형이 있다."

그가 궁을 향해 달려가고 있는 어두운 그림자 몇을 가리키며 낮게 말한다.

칼은 자신의 경호원들을 데리고 있지만 그 전부를 앞질러서 병영을 향해 전력질주 한다. 여전히 잠옷 차림이지만, 그토록 무시무시해 보였던 적도 없다. 군인과 요원들이 광장을 메우는 동안 그는 명령을 내리고, 어쨌든 늘어나는 군중들 너머로 자신의 명령이 들리도록 한다.

"문 쪽을 조준하라! 님프들을 반대쪽에 배치해, 화재가 퍼져서는 안 돼!"

그의 부대가 명령을 빠르게 수행하고, 그의 말들을 전달한다. 군대는 장군에게 복종하는 법이지.

우리 뒤에서는 팔리가 벽에 등을 기대고 배수관 쪽으로 좀 더 가까이 다가간다. 그녀는 잘못된 신호 하나만 보여도 돌아서서 달려가 또 다른 날의 싸움을 기약하며 사라질 것이다. *그런 일은 일어나지 않을 거야. 이 일은 먹힐 거야.*

메이븐은 자신의 형에게 손을 흔들면서 먼저 가려고 하지만, 나는 그를 뒤로 민다.

"내가 그 일을 해야만 해요."

나는 이상한 침착함이 찾아오는 것을 느끼면서 속삭인다. *형은 항상 그대를 선택할 거야.*

광장으로, 군대와 순찰과 칼이 모두 보이는 곳으로 들어서며, 나는 돌아갈 수 없는 지점을 건넌다. 벽의 꼭대기마다 환한 조명이 생기를 얻어 번뜩거리고, 브리지의 어느 지점에서는 다른 조명들이 우리를 내려다본다. 하나가 나를 똑바로 비춰서, 나는 손을 들어 눈을 가려야만 한다.

"왕자님!"

나는 5000명의 군인들이 내는 귀가 멀 것 같은 소리 너머로 외친다. 어쨌든 그는 내 목소리를 알아듣고 내 방향으로 고개를 획 돌린다. 연대별로 편성을 하고 있는 군인들 무리 사이로 우리의 눈이 만난다.

그가 내 쪽으로 움직여 바다를 헤치고 다가오자, 나는 기절할지도 모르겠다는 생각이 든다. 갑자기 심장이 귀에서 쿵쾅거리며 뛰는 소리밖에 들리지 않아서, 알람도 비명도 모두 사라진다. 나는 두렵다.

너무나 많이 두렵다. *이 사람은 그저 칼이야.* 나는 스스로에게 말한다. *음악과 오토바이를 아주 좋아하는 소년. 군인이 아니라, 장군이 아니라, 왕세자가 아니라. 그저 한 소년. 그 소년은 항상 너를 선택할 거야.*

"안으로 들어가, 당장!"

그가 내 옆에 버티고 서서, 산이라도 절하게 만들 수 있을 것 같은 딱딱하고 엄격한 목소리로 말한다.

"메어, 여기는 안전하지 않아!"

내가 가지고 있는 줄도 결코 몰랐던 힘으로 그의 셔츠 칼라를 붙들지만, 어쨌든 그는 나를 뿌리치지 않는다.

"만약 저게 그 대가였다면요?"

나는 이제는 연기와 재로 뒤덮여 있는 부서진 브리지로 흘깃 시선을 던진다.

"몇 톤의 콘크리트 말고는 다른 아무 대가도 안 든다면요. 만약 내가 왕자님께 지금 바로 여기서, 지금 바로 이 순간, 왕자님이 모든 것을 바꿀 수 있다고 말한다면요. 왕자님이 우리를 구할 수 있다고 말한다면요."

그가 눈을 깜빡거리고, 나는 내가 그를 주목하게 만든 것을 알 수 있다.

"그러지 마."

그가 약하게 저항하며 한 손으로 내 손을 그러잡는다. 그의 눈에 공포가, 내가 그동안 보았던 것보다 훨씬 더한 공포가 서린다.

"한때는 우리를, 자유를 믿었다고 말했잖아요. 평등을요. *왕자님*

은 단 한 마디로 그걸 진짜로 만들 수 있어요. 전쟁은 없을 거예요. 아무도 죽지 않을 거라고요."

그는 감히 숨도 쉬지 않은 채, 내 말에 얼어붙은 것처럼 보인다. 나는 그가 무슨 생각을 하는지 알 수 없지만, 밀고 나간다. *그가 이해하도록 만들어야 해.*

"왕자님은 지금 힘을 쥐고 있어요. 이 군대가 당신 거고, 이 모든 세계를 왕자님이 차지하고…… 자유롭게 해 줄 수 있다고요. 궁전으로 행진해 들어가서, 당신 아버지의 무릎을 꿇리고 옳다고 알고 있는 일을 행하세요. *제발요, 칼!*"

나는 손 아래로 그를 느낄 수 있다. 그의 숨이 빠른 헐떡임으로 돌아오고, 무엇도 결코 그토록 현실감 있게 또는 중요하게 여겨진 적이 없다. 그가 무슨 생각을 하고 있는지 알겠다. 그의 왕국, 그의 의무, 그의 아버지. 그리고 나, 그에게 그 모든 것을 내던지라고 애걸하고 있는 작은 번개 소녀. 무언가 아래 깊은 곳에서 그가 그럴 거라고 내게 말한다.

몸을 떨며 나는 그의 입술에 힘껏 키스한다. *그는 나를 선택할 거야.* 내 피부 아래 느껴지는 그의 피부는 시체처럼 차갑다.

"나를 선택해요."

나는 그에게 속삭인다.

"새 세상을 선택해요. 더 나은 세상을 만들어요. 군인들은 왕자님에게 복종할 거예요. 왕자님 *아버지도* 왕자님에게 복종할 거라고요."

그의 대답을 기다리는 내 심장이 꽉 조이고, 모든 근육이 팽팽하다. 우리 위로 비추는 조명등이 내 힘에 깜빡거리면서 심장박동이 뛸 때마다 들어왔다 나갔다 한다.

"감옥에 남아 있던 건 내 피였어요. 내가 진홍의 군대 사람들이 도망가도록 도왔어요. 그리고 곧 모두가 알게 될 거예요…… 그리고 그들은 나를 죽일 거예요. 그러게 하지 마세요. 날 구해 줘요."

그 말이 그를 뒤흔들고, 내 손목을 쥔 그의 손아귀 힘이 갑자기 단단해진다.

"항상 그대였어."

그는 항상 너를 선택할 거야.

"새 새벽에 인사해요, 왕자님. 나랑 같이요. 우리랑 같이요."

그의 눈이 우리에게로 걸어오고 있는 메이븐에게로 움직인다. 형제는 눈을 마주치고 내가 이해할 수 없는 방식으로 이야기를 나눈다. *그는 우리를 선택할 거야.*

"항상 그대였어."

그가 다시 한 번 그 말을, 이번에는 지치고 망가진 목소리로 말한다. 그의 목소리에는 천 명의 죽음의 고통이, 천 명의 배신의 고통이 실려 있다. *누구든 누구라도 배신할 수 있어.*

"도망, 총격, 정전. 그것들이 모두 그대로 인해 시작되었군."

나는 물러서면서 설명하려고 한다. 하지만 그는 나를 놓아줄 마음이 전혀 없다.

"그대의 새벽 때문에 얼마나 많은 사람들이 죽어야 하는 거지? 얼마나 많은 아이들이, 얼마나 많은 죄 없는 이들이?"

그의 손이 뜨겁게, 태울 만큼 뜨겁게 달아오른다.

"얼마나 많은 사람들을 배신해야 하는 거지?"

무릎이 풀린 내 몸이 아래로 쓰러지려고 하지만, 칼은 그러도록 두지 않는다. 어디선가 메이븐이, 자신의 왕자비를 구하려고 애를 쓰는 왕자가 외치는 소리가 들린다. *하지만 나는 왕자비가 아니야. 나는 구할 가치가 있는 여자애가 아니야.* 칼의 안에서 불꽃이 솟아오르고 그의 눈 뒤에서 화염이 타오르자, 분노를 먹고 자란 번개가 내 몸을 흐른다. 그것이 우리 두 사람 사이를 흐르고, 나를 칼에게서 떼어 놓는다. 내 마음은 온통 슬픔과 분노와 전기로 흐려진 채 어지럽다.

내 뒤에서 메이븐이 소리를 지른다. 나는 그가 팔리를 향해 거칠게 손짓하면서 외쳐대는 모습을 딱 제때에 볼 수 있게 몸을 돌린다.

칼은 나보다 더 빨리 자신의 발로 일어서서, 뭔가를 그의 군인들에게 소리친다. 그의 눈이 메이븐의 외침을 따라 이동하더니, 그 사실에서 오직 장군만이 할 수 있는 결론을 도출해 낸다.

"배수관!"

그가 여전히 내게 시선을 꽂은 채로 포효한다.

"그들이 배수관에 있다."

팔리의 그림자가 사라지고, 총성이 그녀의 뒤를 쫓는 사이에 그녀는 탈출을 시도한다. 군인들은 광장으로 달려들어서, 쇠살대와 배수관과 파이프들을 뜯어내어 그 아래의 시스템을 노출시킨다. 그들은 끔찍한 홍수처럼 터널로 밀려들어간다. 귀를 가리고 비명들과 총알과 피를 막아 보고 싶다.

킬런. 그의 이름이 속삭임처럼 내 생각 가운데를 약하게 흔들고 지나간다. 나는 그를 오래 생각할 수가 없다. 칼이 몸 전체를 흔들면

서 여전히 내 위로 굽어보고 서 있다. 하지만 그는 나를 겁주지 않는다. 지금만큼은 무엇이라도 나를 겁줄 수 있다고는 생각되지 않는다. *최악은 이미 일어났어. 우리는 진 거야.*

"얼마나 많이?"

나는 그와 마주할 힘을 되찾자, 그에게 마주 소리를 지른다.

"얼마나 많이 굶주렸는데요? 얼마나 많이 살해당했는데요? 얼마나 많은 아이들이 끌려가서 죽었는데요? 얼마나 많이요, 응? 나의 왕자님?"

나는 이전에도 증오를 알았다고 생각했다. *나는 틀렸다. 나에 대해서도, 칼에 대해서도, 모든 것에 대해서도.* 고통이 내 머리를 돌게 하지만, 어쨌든 나는 내 발로 일어나 스스로 넘어지지 않고 선다. *그는 결코 나를 선택하지 않을 거야.*

"내 오빠, 킬런의 아버지, 트리스탄, 월시!"

수백의 이름들이 내 안에서 폭발할 것처럼 느껴져서, 잃어버린 모든 이들을 줄줄 말한다. 그들은 칼에게는 아무것도 아니지만 나에게는 모든 것이다. 그리고 수천, 수백만이 더 있음을 나는 안다. 부당하게 잊힌 수백만의 사람들.

칼은 대답하지 않고, 나는 그의 눈에 내가 느낀 분노가 반사되는 걸 볼 수 있을 거라고 생각한다. 하지만 그 대신 내가 볼 수 있는 것은 온통 슬픔뿐이다. 그는 다시 한 번 속삭인다. 그리고 그 말들에 나는 차라리 쓰러져서 다시는 일어나지 않았으면 싶어진다.

"모든 일들이 좀 더 달랐더라면 하고 생각해."

스파크가 일기를, 번개가 일어나기를 바라지만, 결코 돌아오지 않

는다. 목에는 차가운 손길이, 손목에는 금속 족쇄가 느껴지자, 나는
이유를 깨닫는다. 사일런스인 아벤 선생이, 우리를 인간으로 만들
수 있는 그가 내 뒤에 서서 내가 다시 울음을 터뜨리는 여자애 이상
아무것도 아닌 존재가 될 때까지 내 힘을 억누르고 있다. 그는 모든
것을, 내가 가졌다고 생각했던 모든 힘과 권력을 빼앗아 간다. *나는
졌어.* 내 무릎이 꺾이지만, 이번에는 아무도 나를 붙들어 줄 이가 없
다. 희미하게, 나는 메이븐이 역시 바닥에 눌리기 전에 외치는 소리
를 듣는다.

"형!"

그는 칼이 자신이 하는 일을 보도록 애쓰며 고함을 지른다.

"그들이 그녀를 죽일 거야! 그들이 *나를* 죽일 거라고!"

하지만 칼은 더 이상 우리의 말을 듣지 않는다. 그는 자신의 부하
들 중 한 명에게 뭐라고 말을 하고, 나는 더 이상 그의 말을 귀 기울
여 듣는 것도 귀찮다. 그러고 싶었다고 한들 그럴 수 없었겠지만.

내 아래의 바닥이 깊은 아래에서 총성이 울릴 때마다 흔들리는
것처럼 보인다. 얼마나 많은 피가 오늘 밤 터널에 흐를 것인가?

내 머리는 너무 무겁고, 내 몸은 너무나 약해, 나는 타일이 깔린
바닥 위로 털썩 몸을 누인다. 뺨 아래로 느껴지는 차가운 바닥은 달
래는 듯 매끄럽다. 메이븐은 앞으로 몸을 던져서, 그의 머리가 내 옆
에 놓인다. *이 같은 순간을 기억한다.* 내 머리 안에 사는 유령처럼
지사의 비명과 뼈가 부서지는 소리가 어렴풋이 울린다.

"그들을 안으로, 왕께 데려가라. 전하께서 그들 모두를 심판하실
거다."

칼의 음성을 더 이상 알아차릴 수가 없다. 그에게 나는 괴물이 되었다. 나는 강제로 그의 손을 떠밀었다. 내가 그가 선택하도록 했다. 나는 열렬했으며, 멍청했다. 나 자신에게 희망을 품었다.

나는 바보다.

태양이 칼의 머리 위로 떠오르기 시작하고, 새벽을 배경으로 그를 비춘다. 너무 밝고, 너무 날카롭고, 그리고 너무 이르다. 눈을 감지 않을 수가 없다.

제26장

간신히 속도에 맞출 수 있을 정도이건만, 족쇄를 채운 팔을 붙든 군인은 내 등 뒤에 서서 계속 나를 떠민다. 또 다른 군인이 내 옆을 따라 걷도록 메이븐을 똑같이 떠밀고 있다. 아벤은 우리를 따라오며, 우리가 확실히 도망갈 수 없도록 한다. 그의 존재는 무거운 무게가 있어서, 내 감각을 둔하게 만든다. 나는 여전히 우리 주변의 길을 볼 수 있고, 궁중의 살피는 눈을 피하기에는 너무 텅 비고 먼 길이지만 그것들까지 신경 쓸 만큼의 힘이 없다. 칼은 무리를 이끌고 있는데, 돌아보고 싶은 욕구와 싸우는 그의 어깨는 긴장으로 딱딱하다.

터널 안에서 총성 소리와 비명 소리, 피가 튀는 소리가 내 마음에 계속 울린다. 그들은 죽었어. 우리는 죽었어. 다 끝났어.

나는 우리를 아래쪽으로, 세상에서 가장 어두운 감옥으로 데려갈 거라고 생각한다. 대신에 칼은 우리를 위쪽으로, 창문도 감시병도 없는 방으로 데려간다. 우리가 들어가는 동안에도 발소리조차 울리지 않는다. 방음이다. 아무도 우리를 들을 수 없다. 그리고 총성이나 화재, 왕을 향해 퍼져 나가는 순수한 분노보다도 더 그 사실이 나를 겁나게 한다.

그는 방 가운데에 서서 머리에는 왕관을 쓰고 자신의 미끄러지는 갑옷을 걸치고 있다. 예식용 검을 옆에 차고, 아마도 결코 사용해 본 적이 없을 총도 차고 있다. *몽땅 다 가장행렬일 뿐이다. 적어도 역을 하나 맡긴 했네.*

왕비도 이곳에 와 있는데, 그녀는 얇은 하얀 가운 하나만을 걸친 채로 우리를 기다리고 있다. 우리가 들어가는 순간, 그녀의 눈이 내 눈과 만나고 그녀는 생살에 칼날을 찌르듯이 내 생각 속으로 비집고 들어온다. 나는 비명을 지르면서 머리를 붙들려고 하지만, 족쇄가 너무나 단단하다.

내 시야가 다시 돌아오기 전까지 모든 기억이 시작부터 끝까지 번쩍이며 지나가는 것은 한순간이다. 윌 할아버지의 수레. 진홍의 군대. 킬런. 폭동. 만남들. 비밀 메시지. 싸움에서 이겨 보려고 기억 속에서 소용돌이치는 메이븐의 얼굴을 찾아 일으켜 보지만, 엘라라 왕비는 그를 즉시 치워 버린다. *그녀는 내가 그에 대해서 기억하는 내용을 보고 싶지 않은 거야.* 그 공습에 내 뇌가 비명을 지르면서 내 전 인생에 이를 때까지 이 생각에서 저 생각으로 뛰고, 모든 키스와 모든 비밀들이 그녀의 앞에 낱낱이 발가벗는다.

그녀가 멈출 때쯤, 나는 죽을 것 같은 기분이다. 아니, 죽고 싶은 기분이다. *적어도 오래 기다리지는 않아도 되겠지.*

"물러가라."

엘라라 왕비가 날카롭게 자르는 목소리로 말한다. 군인들은 칼을 바라보면서 기다린다. 그가 고개를 끄덕이자, 그들은 떠나라는 명령을 받아 들여 덜컥대는 구둣발 소음을 내며 출발한다. 하지만 아벤은 그대로 뒤에 머무르고, 그의 영향력이 여전히 나를 내리누르고 있다. 군화의 행진이 멀어져 가자, 왕이 숨을 내쉰다.

"아들아?"

칼을 보는 왕의 손가락이 가느다랗게 떨리는 것이 보인다. 하지만 그가 정말로 두려워할 것이 무엇인지, 나는 모르겠다.

"이 일에 대해서 너의 설명을 듣고 싶구나."

"그들은 오랫동안 이 일의 일부였습니다. 그녀가 이곳에 온 이래로요."

칼은 간신히 그 말들을 뱉을 수 있는 듯하다.

"양쪽 다?"

티베리아스는 칼에게서 몸을 돌려 자신이 잊고 있던 아들에게로 향한다. 그는 거의 슬퍼 보이고, 얼굴을 고통스럽게 찡그리고 있다. 그의 눈이 시선을 붙지 못하고 흔들리지만, 메이븐은 똑바로 쏘아본다. 그는 움찔하지 않을 것이다.

"이 일을 알고 있었느냐, 내 아들아?"

메이븐이 고개를 끄덕인다.

"제가 이 일을 계획하는 걸 도왔습니다."

티베리아스는 메이븐의 말이 물리적인 힘이라도 가진 것처럼 휘청거린다.

"그리고 저격도?"

"제가 목표들을 선택했습니다."

칼은 마치 그렇게 하면 이 모든 것을 차단할 수 있다는 듯이 눈을 꽉 감는다.

메이븐의 눈은 자신의 아버지를 스쳐서, 근처에 서 있는 엘라라 왕비에게로 향한다. 그들은 서로 시선을 잠시간 맞추고, 나는 그녀가 메이븐의 생각을 들여다보고 있다고 생각한다. 깜짝 놀라며 나는 그녀가 그러지 않을 것임을 깨닫는다. *그녀는 그렇게 할 수가 없는 거야.*

"제게 이상을 가지라고 하셨죠, 아버지. 그래서 그랬습니다. 제가 자랑스러우신가요?"

하지만 티베리아스는 메이븐에게 대꾸하는 대신 곰처럼 으르렁거리며 내 주위를 맴돈다.

"네가 이 짓을 했구나! 네가 저 아이를 물들였어, 내 아들을 물들였다고!"

눈물이 그의 눈에 차오르고, 나는 왕의 심장이, 그것이 얼마나 작든 차갑든 간에 부서졌다는 것을 깨닫는다. *그는 메이븐을 자신의 방식으로 사랑해. 하지만 너무 늦었어.*

"네가 내 아들을 내게서 가져갔구나!"

"당신 스스로 그 일을 한 거죠."

나는 앙 다문 이 사이로 말한다.

"메이븐은 자신의 마음이 있고, 나만큼이나 다른 세상을 믿고 있어요. 어느 편인가 하면, 오히려 당신 아들이 날 바꿨죠."

"네 말은 믿을 수 없어. 어떻게든 네가 저 애를 속였을 거야."

"걔 말은 거짓이 아니에요."

내 말에 엘라라가 동의하는 소리를 듣다니 숨이 멎을 것 같다.

"우리 아들은 항상 변화에 목이 말라 있었죠."

그녀의 눈이 자신의 아들에게 꽂힌다. 그녀는 두려운 듯 말한다.

"저 애는 그냥 소년이에요, 티베리아스."

그를 구해요. 나는 머릿속으로 고함을 친다. 그녀는 내 말을 들어야만 한다. *그래야만 한다.*

내 옆에서는 메이븐이 우리의 종말이 어떤 형태가 될지 기다리며, 숨을 훅 들이쉰다.

다른 누구보다도 법을 잘 아는 티베리아스는 자신의 발을 바라보지만, 칼은 자신의 동생의 눈을 바라볼 정도로는 강하다. 그가 함께한 시간들을 떠올리고 있다는 것을 알 수 있다. *불꽃과 그림자. 다른 하나 없이는 나머지 하나도 존재할 수 없다.*

숨 막히는 침묵과 열기의 시간이 한참 흐른 뒤에, 왕은 손을 칼의 어깨에 얹는다. 그는 앞뒤로 머리를 흔들고, 눈물이 그의 뺨을 타고 흘러내려 수염 속으로 들어간다.

"소년이든 아니든, 메이븐은 죽어야 한다. 이…… 이 뱀 같은 것과 함께……(그는 떨리는 손가락으로 나를 가리킨다.) 메이븐은 자신의 사람들에게 등을 돌리는 중대 범죄를 저질렀다. *나에게 등을 돌렸고, 그리고 너에게 등을 돌렸어. 우리의 왕좌에 등을 돌렸어.*"

"아버지……."

칼이 재빨리 움직여서 우리와 왕 사이에 선다.

"메이븐은 아버지의 아들이에요. 분명히 다른 방법이 있을 겁니다."

티베리아스는 진정하고는, 아버지의 역할을 치우고 다시 왕의 모습이 된다. 그는 눈물을 손으로 쓸어 닦아낸다.

"네가 내 왕관을 쓰면, 너도 이해할게다."

왕비의 눈이 파란 틈으로 좁아진다. *그녀의 눈은 꼭 메이븐의 것과 같다.*

"다행스럽게도, 그 일은 결코 일어나지 않을 거예요."

그녀가 분명하게 말한다.

"뭐라고?"

티베리아스가 그녀에게로 몸을 돌리려다 반쯤 멈춰서고, 그의 몸은 그대로 얼어붙는다.

이 장면을 전에도 본 적이 있다. 오래 전 경기장에서, 위스퍼가 스트롱암을 때려눕혔을 때. 엘라라 왕비는 심지어 나에게도 그 일을 했다. 나를 꼭두각시 인형처럼 움직였다. 또 다시, 그녀는 그 줄을 잡은 것이다.

"엘라라, 무슨 일을 하려는 거요?"

그가 악문 이 사이로 쉿 소리를 낸다.

그녀는 왕의 머릿속에 직접 대고 내가 들을 수 없는 말들로 대답한다. 그는 그녀의 대답이 전혀 마음에 들지 않는 모양이다.

"안 돼!"

그녀가 자신의 속삭임으로 그를 무릎 꿇게 하자 그가 고함친다.

칼이 발끈하며 순식간에 불꽃을 주먹에 폭발시키지만, 엘라라는 한 손을 들어 올려서 그를 즉시 멈춘다. *그녀가 둘을 모두 붙들었어.*

티베리아스는 이를 꽉 물고 저항하지만, 조금도 움직일 수 없다. 그는 간신히 말을 하는 정도다.

"엘라라. 아벤……!"

하지만 내 옛 교사는 움직이지 않는다. 대신, 그는 조용하게 서서 계속 지켜본다. 아무래도 그의 충성심이 왕이 아니라 왕비에게로 향한 것 같다.

그녀가 우리를 구하고 있어. 자신의 아들의 목숨을 위해서, 그녀가 우리를 구하려는 거야. 우리는 칼이 세상을 구하기 충분할 정도로 나를 사랑할 거라는 데 걸었는데, 대신에 왕비에게 기대를 걸었어야 했나 보다. 나는 웃음을 터뜨리고 싶고 미소를 짓고 싶지만, 칼의 얼굴에 떠오른 어떤 표정이 내 안도를 누른다.

"외삼촌이 내게 경고했었지."

칼이 그녀의 주박을 풀려고 애를 쓰면서 으르렁거린다.

"나는 외삼촌이 당신에 대해, 내 어머니에 대해, 당신이 내 어머니에게 한 짓에 대해서 거짓말을 하고 있다고 생각했다."

무릎을 꿇은 채, 왕이 울부짖는다. 다시는 듣고 싶지 않을 정도로 비참한 소리다.

"코리앤."

그가 바닥을 응시하면서 신음처럼 그 이름을 부른다.

"줄리언은 알았던 거야. 사라도 알았지. 그대가 진실에 대한 대가로 그녀에게 벌을 내렸군."

엘라라 왕비의 이마에 땀이 맺힌다. 그녀는 왕과 왕세자를 그렇게 오래 붙들 수는 없는 것이다.

"메이븐을 이곳에서 빼내야만 해요. 나는 신경 쓰지 말고, 메이븐만 안전하게 해 줘요."

나는 왕비에게 말한다.

"아, 조바심내지 마, 작은 번개 소녀야."

그녀가 비웃는다.

"나는 너 따위에 대해서는 전혀 생각도 안 하고 있으니까 말이지. 내 아들에 대한 네 충실함은 꽤 인상적이긴 해도 말이야. 그렇지 않니, 메이븐?"

그녀가 어깨 너머로 여전히 족쇄를 차고 있는 아들을 향해 시선을 던진다.

그 대답으로 그가 팔을 툭 털자, 놀랄 만큼 쉽게 금속 족쇄가 떨어져 나간다. 족쇄는 그의 손목에서 뜨거운 쇳물이 되어 방울방울 녹아내리고, 바닥에 불타는 구멍을 남긴다. 그가 자신의 발로 일어서자, 나는 내가 그를 구하려고 했던 것처럼 그가 나를 구해 주리라고 생각한다. 다음 순간 나는 아벤이 여전히 나를 붙들고 서 있고, 스파크가, 전기가 일어나는 친숙한 느낌이 돌아오지 않는 것을 깨닫는다. 그는 여전히 내 뒤를 붙잡은 채 있다. 그가 메이븐은 놓아 줬음에도.

칼의 눈이 내 눈과 마주치자, 나는 그제야 그가 나보다 훨씬 잘 상황을 이해하고 있음을 깨닫는다. *누구든 누구라도 배신할 수 있어.* 그 말은 바람 폭풍이 되어 귀를 때릴 때까지 내 머릿속에서 점점 더 크게 울린다.

"메이븐 왕자님?"

그의 얼굴을 보려면 고개를 들어 올려다봐야 한다. 잠시, 나는 그를 알아볼 수가 없다. 그는 여전히 같은 소년, 내게 위안을 주고, 내게 입을 맞추고, 나를 강하게 만들어 주던 그 소년이다. 내 친구. 친구 이상이었던 존재. 하지만 그 안의 뭔가가 잘못되었다. 뭔가가 바뀌었다.

"왕자님, 날 일으켜 줘요."

그가 어깨를 돌리고, 고통을 쫓기 위해 뼈를 맞춘다. 그의 동작은 느리고, 낯설다. 그가 편한 자세로 엉덩이에 손을 올리고 서자, 나는 그를 처음으로 보고 있는 것 같은 기분이 든다. *그의 눈은 너무나 차갑다.*

"아니, 난 그렇게 생각 안 해."

"뭐라고요?"

나는 다른 누군가가 말하는 것처럼 내 목소리를 듣는다. 내 목소리는 어린 여자애의 것 같다. *나는 그저 어린 여자애에 불과해.*

메이븐은 대답하지 않지만 나와 시선을 맞춘다. 내가 알던 소년은 여전히 거기, 그의 깜빡이는 눈 뒤에 숨어 있다. *내가 그에게 닿을 수만 있다면……*. 하지만 메이븐은 나보다 더 빨리 움직여서 내가 팔을 뻗기도 전에 밀어내 버린다.

"타이로스 대위!"

여전히 말을 할 수 있는 칼이 포효한다. 엘라라 왕비는 그에게서 아직 목소리를 빼앗지 않았다. 하지만 아무도 달려오지 않는다. 아무도 우리 말을 들을 수 없다.

"타이로스 대위!"

그가 다시 소리를 지르지만, 탄원의 대상은 없다.

"에반젤린! 프톨레무스, 누구라도, 도와줘!"

엘라라 왕비는 의도적으로 그가 소리를 지르게 둔 채, 그 소리를 즐기고 있지만 메이븐은 움찔한다.

"계속 이 소리를 듣고 있어야 해요?"

그가 묻는다.

"아니, 안 그래도 될 것 같구나."

그녀가 한숨을 쉬더니, 고개를 기울인다. 칼의 몸이 그녀의 생각에 따라서 움직여서 그의 아버지와 얼굴을 마주한다.

칼은 공포에 질려 눈을 크게 뜬다.

"무슨 일을 하려는 거지?"

그의 아래에서, 왕의 얼굴이 어두워진다.

"명백하지 않으냐?"

나는 아무것도 이해할 수가 없다. 나는 여기에 속한 사람이 아니다. 줄리언이 옳았다. 이건 내가 이해할 수 없는 게임, 내가 하는 법을 알지도 못하는 게임이다. 줄리언이 여기 있다면, 내게 설명해 주고 나를 도와준다면, 나를 구해 준다면 얼마나 좋을까. 하지만 아무도 오지 않는다.

"메이븐, 제발요."

나는 그가 나를 보게 하려 애쓰며 간청한다. 하지만 그는 등을 돌린 채, 자신의 어머니와 그가 배신한 핏줄에 집중하고 있다. 그는 그의 어머니의 아들이지.

그녀는 그가 내 기억에 있는지 신경 쓰지 않았다. 그녀는 그가 이 모든 계획의 일부였는지 신경 쓰지 않았다. 그녀는 심지어 놀란 것처럼 보이지도 않았다. *답은 놀랄 만큼 간단하다. 왜냐하면 그녀가 이미 알고 있었으니까. 왜냐하면 그가 그녀의 아들이기 때문에. 왜냐하면 이건 내내 그녀의 계획이었으니까.* 그 생각이 피부를 저미는 칼날처럼 나를 찌르지만, 고통은 그 사실을 더욱 생생하게 만들 뿐이다.

"넌 날 이용했어."

마침내, 메이븐이 나를 거들떠본다.

"이해했나, 그대도?"

"네가 목표를 골랐지. 대령, 레이날드, 벨리코스, 심지어 프톨레무스까지…… 그들은 결코 진홍의 군대의 적이 아니었어, 오히려 당신들의 적이었지."

나는 그를 찢어 버리고 싶다. 번개로든 뭘로든. 그에게 상처를 입히고 싶다.

나는 마침내 그 교훈을 제대로 배운다. *누구든 누구라도 배신할 수 있다.*

"그리고 이 일…… 이 일은 그저 또 하나의 계획이었군. 네가 날 이 일로 밀어 넣었어, 심지어 이 일이 불가능한데도, 심지어 자신의 형이 결코 아버지를 배반하지 않을 거라는 걸 네가 알고 있었는데도! 넌 내가 그 사실을 믿게 만들었어. 넌 우리 모두가 그걸 믿게 만들었다고."

"그대가 동의하는 척하기 충분할 정도로 멍청했던 것은 내 잘못이 아니야. 이제 진홍의 군대도 다 끝났지."

그가 대꾸한다.

세계 한방 때리는 듯 가차 없는 말이다.

"그들은 네 친구들이었어. 그들은 너를 *신뢰*했다고."

"그놈들은 내 왕국에 위협이 되었지, 그리고 멍청했고."

메이븐이 되받아친다. 그는 삐뚜름한 미소를 띤 채 내게 몸을 구부린다.

"멍청*'했다'고.*"

엘라라 왕비가 그의 잔혹한 농담에 큰 소리로 웃는다.

"너를 그놈들 가운데에 집어넣는 건 너무나 쉬운 일이었지. 감상에 빠진 하인 한 명이면 모든 일이 다 끝이었다니. 어떻게 그런 멍청이들이 위협이 될 수 있었는지, 아직도 모르겠단 말이야."

나는 그가 내게 했던 모든 거짓말들을 떠올리며 다시 한 번 속삭인다.

"네가 날 믿게 만들었어. 난 네가 우리를 돕고 싶어 한다고 생각했어."

그 말은 훌쩍거림으로 터져 나온다. 짧은 순간, 그의 창백한 이목구비가 부드러워진다. 그러나 그건 오래가지 않는다.

"어리석은 계집애. 네 백치 같은 짓거리가 우리 일을 거의 망칠 뻔했어. 네 호위병을 이용해서 탈출에 쓰고, 그 모든 정전에 영향을 미치고…… 넌 정말로 내가 네 흔적들을 놓칠 정도로 멍청하다고 생각했니?"

왕비가 말한다.

망연자실하게, 나는 머리를 흔든다.

"당신이 내가 그러게 둔 거군. 당신은 그 모든 걸 알고 있었어."

"당연히 알고 있었지. 네가 어떻게 지금까지 올 수 있었는지에 대해서 어떻게 달리 생각할 수가 있어? *내가 네 흔적들을 덮어야 했고, 내가 이 모든 신호들을 알아차릴 만한 다른 사람들에게서 너를 보호해야만 했어.*"

그녀는 짐승처럼 으르렁거리면서 말한다.

"너를 보호하기 위해서 내가 해야 했던 일들의 깊이를 너는 결코 모를 거란다."

그녀는 기쁨으로 달아오르며, 이 일의 모든 순간을 즐긴다.

"하지만 너는 적혈이지, 다른 모든 것들처럼, 너는 결국 실패할 운명이었어."

그 말이 내게, 궁전으로 들어온 이후의 기억들에 부딪혀 부서진다. 마음 깊숙이, 메이븐을 신뢰하면 안 된다는 것을 알았어야만 했다. *그는 너무나 완벽했고, 너무나 용감했고, 너무나 친절했다. 그는 진홍의 군대에 합류하기 위해서 자신의 사람들에게 등을 돌렸다. 그는 나를 칼에게로 떠밀었다. 그는 정확하게 내가 바라는 것을 나에게 주었고, 그것이 나를 눈멀게 했다.*

비명을 지르고 싶고, 울음을 터뜨리고 싶다. 나는 눈으로 엘라라 왕비를 좇는다.

"당신이 그에게 정확히 무슨 말을 할지 알려줬군."

내가 속삭인다. 그녀는 고개를 끄덕일 필요도 없다. 나는 내 말이 옳다는 것을 안다.

"당신은 이곳에서 내가 누구인지 정확히 알고 있었고, 당신은 또

한……."

그녀가 내 마음을 어떻게 갖고 놀았는지에 대한 기억으로 내 머리가 아프다.

"당신은 정확히 어떻게 하면 나를 이길 수 있는지 알았던 거야."

메이븐의 얼굴에 떠오른 공허한 표정보다 더 깊이 나를 상처 입힐 수 있는 것은 없다.

"진실은 하나도 없었어?"

그가 고개를 젓는 순간, 나는 그 또한 거짓말임을 안다.

"토마스조차?"

전선에서 만난 소년, 다른 누군가의 전쟁에서 싸우다 죽어간 소년. *그의 이름은 토마스였지. 난 그가 죽는 걸 보았어.*

그 이름이 그의 가면을 때리고 차가운 무관심의 표면에 금이 가지만, 그걸로는 충분하지 않다. 그는 그 이름과 그것이 자신에게 주는 고통을 어깨를 쓱 올려 털어 버린다.

"또 하나의 죽은 아이일 뿐이지. 걘 아무 변화도 끼칠 수 없어."

"그 애가 모든 걸 변화시켰어."

나는 스스로에게 속삭인다.

"이제 작별 인사를 할 시간이라고 생각되는구나, 메이븐."

엘라라 왕비가 끼어들어서는 자신의 아들의 어깨에 하얀 손을 걸친다. 나는 그의 약점에 너무 가까이 치고 들어갔고, 그녀는 결코 내가 더 나아가게 두지 않으려는 것이다.

"내게는 아무도 없어요."

메이븐이 자신의 아버지에게 돌아서서 속삭인다. 그의 푸른 눈이 흔들리며 왕관, 검, 갑옷을 훑지만 자신의 아버지의 얼굴만은 보지 못한다.

"아버지는 결코 나를 보지 않으셨죠. 결코 나를 알려고 하지 않으셨죠. 형이랑 함께 있지 않을 때조차."

그가 고개를 칼의 방향으로 홱 움직인다.

"그게 사실이 아님을 알지 않느냐, 메이븐. 너는 *나의 아들*이다. 아무것도 그 사실을 바꿀 수는 없어. 심지어 네 어머니라고 할지라도 말이다."

티베리아스 왕은 말하면서 엘라라 왕비를 향해 시선을 단단히 고정한다.

"심지어 네 어머니가 하려고 하는 일도 그 사실을 바꿀 수 없다."

"여보, 난 아무것도 하지 않아요."

그녀가 지저귀듯 말한다.

"하지만 당신의 사랑하는 아들,(그녀는 칼의 뺨을 철썩 때린다.) 완벽한 후계자,(그녀는 칼의 뺨을 다시, 이번에는 더 세게 때린다.) 코리앤의 아들은 어떨까요."

왕비가 또 다시 뺨을 때리자, 이번에는 칼의 입술이 찢어지며 피가 흐른다.

"나는 얘를 대변해 줄 수는 없겠는데."

칼의 뺨을 타고 두꺼운 은색 피가 뚝뚝 떨어진다. 메이븐의 눈이 그 핏방울로 향하고, 그는 얼굴을 미세하게 찌푸린다.

"우리 사이에도 아들이 하나 있었죠, 여보."

속삭이는 엘라라 왕비의 목소리는 그녀가 왕에게 돌려주고 있는 분노로 인해 고르지 않다.

"당신이 나에 대해 어떻게 느끼는지와 상관없이, 당신은 우리 아들을 사랑해 줬어야만 해."

"그랬어!"

왕은 자신을 붙들고 있는 정신적 지배에서 벗어나려고 안간힘을 쓰며 소리 지른다.

"지금도 사랑해."

버려진 것 같은 기분이 무엇인지, 다른 사람의 그림자에 가려진 채 서 있는 것이 어떤 것인지 나는 잘 알고 있다. 하지만 이런 종류의 분노, 이 살인적이며 파괴적이며 끔찍한 장면은 내 지각을 넘어서는 일이다. 메이븐은 그의 아버지를, 그의 형을 사랑한다…… 그런데 어떻게 그의 어머니가 이런 일을 벌이도록 둘 수 있단 말인가? 어떻게 그는 이 일을 원할 수 있는 거지?

하지만 그는 고요하게 선 채로 지켜보고 있고, 나는 그를 움직일 만한 말을 찾을 수가 없다.

다음에 올 일은, 엘라라가 자신의 꼭두각시 인형에게 시킬 일은, 무엇으로도 마음의 준비를 할 수 없었을 것이다. 칼의 손이 떨리고, 앞으로 뻗어 나와 그녀의 의지를 따라 움직인다. 그는 할 수 있는 모든 힘을 1그램이라도 다 짜내서 싸우고 저항하려 하지만 아무 소용이 없다. 이것은 그가 어떻게 싸워야 할지 알지 못하는 전투다. 그의 손은 번쩍이는 검의 주변을 맴돌다가 칼집에서 검을 꺼낸다. 퍼즐의 마지막 조각이 제자리를 찾는다. 눈물이 그의 얼굴에 줄줄 흐르고 불타는 듯 뜨거운 피부 위로 증기가 된다.

"네가 아니란다."

티베리아스 왕이 칼의 비참한 얼굴에 시선을 고정한 채로 말한다. 그는 목숨을 구걸하려는 생각조차 없다.

"네가 하는 일이 아닌 걸 안다, 아들아. 네 잘못이 아니야."

누구도 이런 일을 당해 마땅하지 않다. 누구도. 머릿속으로 나는 손을 뻗어 번개를 꺼낸다. 나는 엘라라와 메이븐을 향해서 불을 뿜고, 왕세자와 왕을 구한다. 하지만 심지어 그 환상조차 더럽혀진다. 팔리는 죽었다. 킬런도 죽었다. 혁명은 끝났다. 심지어 내 상상에서조차, 나는 그 사실을 고칠 수 없다.

칼의 떨리는 손가락 안에서 검이 흔들리며 공기 중으로 솟아오른다. 칼날은 기껏해야 예식용으로 준비되었지만, 끝부분은 어슴푸레하게 빛나고 면도날처럼 날카롭다. 칼의 불같은 손길 아래에서 강철은 붉게 달아올라, 매끄러운 자루 부분이 손가락 사이에서 조금 녹는다. 금과 은과 철이 그의 손에서부터 눈물처럼 뚝뚝 떨어진다.

메이븐은 칼날을 가까이에서, 주의 깊게 바라본다. 그는 자신의 아버지의 마지막 순간을 지켜보는 것이 두려운 것이다. *나는 네가 용감하다고 생각했어. 어쩌면 그렇게 잘못 생각할 수 있었을까.*

"제발."

그것이 칼이 말할 수 있는 전부다. 억지로 그는 그 말을 짜낸다.

"제발."

엘라라 왕비의 눈에는 어떤 후회도 회한도 없다. 이 순간은 오래전부터 다가오고 있었던 것이다. 검이 번쩍하고, 공기 중에서 호를 그리며 살과 뼈를 가르는 동안, 그녀는 눈도 깜빡하지 않는다.

왕의 시체는 쿵 하고 쓰러지고, 그의 머리가 몇십 센티 떨어진 곳까지 굴러가서 멈춘다. 은색 피가 바닥을 가로지르며 후두둑 떨어져 거울 같은 물웅덩이를 만들고, 칼의 발치에 철썩인다. 그는 녹고 있는 검을 떨어뜨리고, 그것은 돌바닥 위로 챙그랑 하는 소리를 낸다. 다음 순간 칼이 무릎을 꿇으며 손에 머리를 묻고 쓰러진다. 왕관은 바닥을 가로질러 덜커덕대면서 굴러가 피 웅덩이를 빙빙 돌다가 메이븐의 발아래에 멈춘다. 왕관의 날카로운 끝 부분이 은색 액체로 빛난다.

엘라라 왕비가 울부짖으며 왕의 몸 위로 허우적대며 엎어지더니 비명을 지른다. 나는 그 모든 부조리에 큰 소리로 웃음을 터뜨릴 뻔한다. *저 여자가 마음을 바꾸기라도 했나? 완전히 정신을 놓은 거 아냐?* 다음 순간 나는 카메라가 달칵 하고 다시 생명을 얻으면서 켜지는 소리를 듣는다. 그들은 왕의 시체와 왕비가 자신의 죽은 남편에게 애도하는 것처럼 보이는 모습을 철저하게 벽 바깥으로 드러내려고 하는 것이다. 메이븐은 그녀의 옆에 서서 한 손을 자신의 어머니의 어깨에 얹고 소리를 지른다.

"형이 아버지를 죽였어! 형이 왕을 죽였어! 형이 우리 아버지를 죽였다고!"

그는 칼의 얼굴에 대고 소리 지른다. 비웃음의 기색이 조금 남아 있지만, 칼은 자신의 동생의 머리를 뜯어내고 싶은 충동을 어떻게든 참아낸다. 그는 충격을 받은 상태고, 전혀 아무것도 이해하지 못하고 있다. 아니, 이해하고 *싶지 않은* 것이다. 하지만 처음으로, 나는 확실히 이해하고 있다.

진실은 문제가 아니다. 사람들이 무엇을 믿을지가 문제다. 줄리언은 내게도 그 교훈을 가르치려 한 적이 있었다. 이제 나는 그 사실을 이해하겠다. 그들은 이 작은 무대, 이 배우들이 연출한 깜찍한 연극과 거짓말을 믿을 거야. 그리고 어떤 군대도, 어떤 나라도 왕위를 얻기 위해 아버지를 시해한 자를 따르지 않겠지.

"달려요, 칼!"

나는 그를 다시 현실로 되돌리려고 애를 쓰며 소리를 지른다.

"도망가야 해요!"

아벤이 나를 놓아주고, 전기적 힘이 내 혈관을 타고 얼음을 타는 불꽃처럼 밀려온다. 금속에 전기를 통하게 만드는 것은, 내 손목에서 족쇄가 떨어져 나갈 때까지 아무리 스파크를 일으켜 봤자 소용이 없다. 나는 이 느낌을 안다. 지금 내 안에서 자라나는 이 본능을 나는 잘 알고 있다. 달려, 달려, 달려.

나는 칼의 어깨를 움켜쥐고, 그를 일으키려고 애를 쓰지만 이 커다란 미련퉁이는 꼼짝도 안 한다. 나는 다시 소리를 지르기 전에 그의 정신을 차리게 만들기 충분할 정도의 전기 충격을 그에게 살짝 가한다.

"달리라고!"

이번에는 충분한 듯, 그가 자기 발로 일어서려고 하다가 피 웅덩이에서 거의 미끄러질 뻔 한다.

엘라라 왕비가 내게 맞서 싸우면서 내가 나 자신 혹은 칼을 죽이게 만들 거라고 생각하지만, 그녀는 계속 비명을 지르면서 카메라에 보일 연기를 펼친다. 메이븐은 그녀 옆에 서서 이글거리는 팔로 자신의 어머니를 보호할 준비를 한다. 그는 우리를 멈출 시도도 하지 않는다.

"갈 곳 따위 아무데도 없어!"

그가 소리치지만, 이미 나는 내 뒤로 칼을 질질 끌고 달리고 있는 중이다.

"너희들은 살인자들이며 반역자고, 정의를 마주하게 될 거야!"

그의 목소리, 내가 한때 그토록 잘 알았다고 여겼던 그 목소리가 문을 지나 복도로 내려가는 동안에도 우리를 따라오는 것 같다. 내 머릿속의 목소리가 그 목소리와 함께 소리를 지른다.

멍청한 계집애. 어리석은 계집애. 네 희망이 저지른 일을 보렴.

다음 순간 나를 끌고 가는 사람은 칼이다. 그는 내가 자신의 속도를 따라오도록 한다. 분노와 격노와 슬픔이 뒤섞인 뜨거운 눈물이 내 눈에 차오르고, 나는 그의 손에 잡힌 내 손 외에는 아무것도 볼 수가 없다. 그가 이끄는 곳이 어디인지, 나는 모른다. 나는 그저 따라갈 뿐이다.

발들이 우리 뒤를 쿵쿵대며 쫓아오는, 익숙한 군화 소리가 들린다. 요원들, 감시병들, 군인들, 그들이 모두 우리를 쫓아오고 있다.

우리 아래의 바닥은 번쩍이는 나무로 된 복도에서 현기증 나는 대리석으로 끊임없이 바뀐다. 연회장이다. 긴 테이블에는 훌륭한 도자기 그릇이 세팅되어 길을 막고 있지만, 칼은 불꽃을 폭발시켜서 그것들을 날려 버린다. 연기가 화재 경보를 울리자, 불을 끄기 위해서 우리를 향해 물이 아래로 쏟아진다. 칼의 피부에 닿은 물은 증기가 되어, 그의 주변을 격렬한 하얀 구름으로 둘러싼다. 그는 갑자기 삶을 빼앗긴 채 쫓기고 있는 유령 같이 보인다. 그리고 나는 어떻게 그를 위로할지 모르겠다.

연회장의 저 끝이 회색 제복과 검정색 총을 찬 사람들로 어두워 지자, 세계가 느리게 흐른다.

더 이상 달아날 곳이 없다. 싸워야만 한다.

번개가 내 피부에서 타오르며, 놓아 달라고 애원한다.

"아니야."

칼의 목소리는 공허하고, 약하다. 그는 손을 아래로 떨어뜨리고 불꽃도 사라진다.

"여기서 이길 수 없을 거야."

그의 말이 맞다.

그들은 수많은 문과 아치를 통해서 가까이 다가오고, 심지어 창문 들조차 제복을 입은 사람들로 붐비고 있다. 수백 명의 은혈들이 완전히 무장한 채로 우리를 죽이러 온다. *우리는 갇혔다.*

칼의 눈이 군인들을 살피며 얼굴들을 찾는다. *그의 사람들.* 그렇지만 칼의 시선을 마주보며 쏘아보는 그들의 눈에는, 이미 엘라라 왕비가 만들어 낸 공포가 보인다. 그들의 충성심은 부서졌다. 그들의 장군처럼. 그들 중 대위 하나가 칼의 시선에 몸을 떤다. 놀랍게도 그는 총을 옆으로 치우고 앞으로 나선다.

"체포에 순응하십시오."

그가 손을 떨면서 말한다.

칼은 자신의 오랜 친구에게 눈을 고정하고 고개를 끄덕인다.

"우리는 체포에 순응하겠다, 타이로스 대위."

달려. 내 안의 모든 부분이 소리를 지른다. 하지만 처음으로, 나는 그 소리에 따르지 않는다. 내 옆에서, 가장된 모습을 보이고 있는 칼의 눈은 내가 상상조차 할 수 없는 고통을 담고 있다. 그의 상처는 정신적인 것이다.

그도 자신의 교훈을 배웠으리라.

제27장

메이븐은 나를 배신했다. 아니, 그는 내 편에 섰던 적도 없다.

내 눈이 적응을 마치자, 희미한 불 아래에 철창이 보인다. 천장은 지하의 공기처럼 낮고 무겁다. 나는 결코 이곳에 와 본 적은 없지만, 언제나 이곳을 알고 있었다.

"보울 오브 본즈."

나는 아무도 들을 수 없을 거라는 생각에 큰 소리로 말한다.

하지만 누군가가 웃음을 터뜨린다.

어둠은 계속 움직여서, 감옥을 좀 더 드러낸다. 울퉁불퉁한 형체 하나가 내 옆의 철창에 기댄 채 앉아 있고, 웃음소리가 울릴 때마다 형체가 흔들린다.

"이곳에 처음 왔을 때에 난 네 살이었어, 메이븐은 간신히 두 살이 된 참이었고. 그 애는 자기 어머니의 치마 뒤에 숨어서, 어둠과 빈 감옥이 무섭다고 했지."

칼이 키득거린다. 그가 뱉는 모든 말들이 칼날처럼 날카롭다.

"이제는 더 이상 어둠이 무섭지 않겠지."

"그래요, 안 그렇겠죠."

나는 불꽃의 그림자야. 메이븐이 이 말을 했을 때, 그가 나에게 자신이 얼마나 이 세계를 미워하는지 말했을 때에 그를 믿었다. 이제 나는 그 모든 것이 거짓이었음을, 능수능란한 거짓이었음을 안다. 모든 말, 모든 손길, 모든 시선이 거짓말이었다. *나는 내가 거짓말쟁이라고 생각했건만.*

본능적으로 나는 내 능력을, 전기적인 맥박을 느끼고 내게 에너지의 스파크를 불러올 무언가를 꺼내 보려고 한다. 하지만 아무 일도 일어나지 않는다. 텅 빈, 평범한 부재 외에는 아무것도 없고, 이 공허한 감각에 나는 몸을 떤다.

"아벤이 근처에 있어요? 아무것도 느낄 수가 없어요."

나는 그가 어떻게 내 능력을 끄고 메이븐과 그 어머니가 자신들의 가족을 파괴하는 모습을 억지로 지켜보도록 만들었는지 떠올리며 묻는다.

"감옥이잖아."

칼이 심드렁하게 말한다. 그는 손으로 더러운 바닥에 그림을 그리고 있다. *불꽃이다.*

"'침묵하는 돌'로 만들어진 거야. 왜 그런지 묻지 마, 설명할 수도 없고 설명하고 싶은 기분도 아니니까."

그가 고개를 들자, 그의 눈이 끝없이 늘어선 감옥의 어둠 사이로 빛난다. 무서워야 마땅할 텐데, 더 이상 공포를 느낄 것이 남아 있질 않다. 최악은 이미 일어나 버렸다.

"대결이 있기 전에, 그러니까 우리가 여전히 우리 동족들을 처형해야 했던 때로 돌아가면 말이지, 보울 오브 본즈는 악몽이 만들어 낼 수 있는 모든 것들을 초대하던 곳이었어. 그레이트 그레코, 이 사람은 사람들을 반으로 찢어서는 그들의 간을 먹고는 했지. 포이즌 브라이드. 이 여자는 바이퍼 하우스의 아니모스였는데, 내 종조부의 종조부쯤 되는 분과 결혼식을 올리던 날 밤에 침대에다가 뱀을 불렀거든. 사람들 말이 그분 피가 뱀독으로 변했을 정도였대, 너무 많이 물려서 그만."

칼은 자기 세계의 범죄자들을 줄줄이 나열한다. 그 이야기들은 아이들이 예의바르게 굴도록 하기 위해서 만들어 낸 것처럼 들린다.

"이제, 우리가 있군. '반역자 왕세자', 그들은 나를 그렇게 부를 거야. '그는 왕위를 물려받으려고 자기 아버지를 죽였대. 그냥 기다릴 수도 없었나 보지.'"

그 이야기에 첨삭을 붙이지 않을 수가 없다.

"'그 망할 년이 그가 그렇게 하도록 했대.' 사람들이 서로 서로 신나게 떠들겠네요."

나는 모든 길거리 모퉁이마다, 모든 비디오 스크린에서 외치는 소리를 머릿속으로 그려볼 수 있다.

"그들은 나를, 작은 번개 소녀를 탓할 거예요. 내가 당신 생각을 독으로 물들이고, 당신을 부패시켰다. 내가 당신이 그러라고 했다."

"거의 그럴 뻔 했잖아."

그가 중얼중얼 받아친다.

"난 오늘 아침에 거의 그대를 선택할 뻔 했거든."

그게 고작 오늘 아침이었다고? 말도 안 돼. 나는 철창에 내 몸을 붙이고, 칼에게서 고작 몇 센티 떨어진 곳에 기댄다.

"그 사람들이 우릴 죽이겠죠."

칼은 고개를 끄덕이고, 다시 웃음을 터뜨린다. 전에도 그가 소리 내어 웃는 것을 들어 본 적 있다. 내가 춤을 추려고 애를 쓰는 매 순간 나를 향해서 터뜨리던 웃음. 하지만 이 웃음소리는 그때와 전혀 같지 않다. 그의 따뜻함이 사라지고, 그 뒤엔 아무것도 남지 않았다.

"왕이 그 일을 처리할 거야. 우리는 처형되겠지."

처형. 전혀 놀랍지 않다.

"어떻게 할까요?"

나는 마지막 처형에 대해서 간신히 기억해 낸다. 이미지만이 남아 있다. 모래 위의 은색 피와 군중들의 함성. 그리고 나는 고향의 교수대와 혹독한 바람에 흔들리던 밧줄도 기억한다.

칼의 어깨가 긴장한다.

"방법이야 많지. 함께, 한 번에 하나씩, 검으로 혹은 총으로 혹은 능력으로, 아니면 그 전부로. 고통이 따르도록 할 거야. 빠르게는 안 끝나겠지."

그는 한숨을 크게 내쉰다. 이미 자신의 운명을 받아들인 듯하다.

"어쩌면 온 곳에다가 피를 줄줄 흘리게 되겠네요. 세상 나머지 사람들에게 뭔가 생각할 거리라도 던져 줄 수는 있겠어요."

그 음산한 생각이 나를 미소 짓게 한다. 내가 죽을 때, 나는 거대한 경기장 모래 위에 나의 붉은 깃발을 가로질러 장식하여 꽂을 것이다.

"그러고 나면 나를 숨길 수만은 없을 거예요. 모두가 내가 정말로 어떤 존재인지 알 테니까."

"그게 뭐라도 바꿀 수 있을 거라고 생각해?"

반드시 그럴 것이다. 팔리는 목록을 갖고 있고, 그녀가 다른 이들을 찾을 것이며…… 하지만 팔리는 죽었다. 나는 오직 그녀가 다른 누군가 여전히 살아 있는 사람에게 메시지를 전달했을 거라는 희망을 가질 수 있을 뿐이다. 그들은 반드시 계속해야만 한다. 내가 더 이상 그럴 수 없기 때문에라도.

"내 생각에는 안 될 것 같아."

칼이 계속 얘기하는 소리가 침묵을 메운다.

"그걸 구실로 이용할 거라고 생각해. 더 많은 징병, 더 많은 법, 더 많은 강제 노동 수용소들이 생길 거야. 그의 어머니가 또 다른 놀라운 거짓말을 만들어낼 테고, 세계는 계속 돌아가고, 전처럼 똑같을 테고 그렇겠지."

아니다. 결코 전처럼 똑같을 수는 없다.

"그는 나 같은 사람들을 더 많이 찾아낼 거예요."

나는 큰 소리로 말하며 깨닫는다. 나는 이미 추락했고, 이미 졌다. 나는 이미 죽어 있다. 그리고 이것은 관에 마지막 못을 박는 일일 것이다. 머리를 손으로 떨어뜨리자, 내 날카롭고 재빠른 손가락들이 머리카락 사이로 파고드는 것이 느껴진다.

칼이 철창으로 이동하자 그의 무게가 금속을 통해서 진동을 보낸다.

"뭐라고?"

"다른 이들이 있어요. 줄리언이 그걸 가르쳐 줬죠. 그가 나에게 어떻게 그들을 찾을지 알려줬고, 그리고……."

내 목소리가 다음 말을 하고 싶지 않은 마음에 갈라진다.

"그리고 나는 그에게 그 말을 해 줬어요."

비명을 지르고 싶다.

"그는 나를 완벽하게 이용했어요."

철창을 통해서, 칼이 몸을 돌리고 나를 본다. 그의 능력이 사라져 버리고 이 비참한 벽 사이에 억눌린 상태에서도, 그의 눈에는 활화산 같은 분노가 타오른다.

"어떤 기분이지?"

그가 으르렁거리면서 내게 얼굴을 맞댄다.

"이용당하니까 어떤 기분이 들어, 메어 배로우?"

한때, 그가 내 진짜 이름을 부르는 소리를 들을 수 있다면 무엇이든 줄 수 있을 것 같던 적도 있었는데, 지금 그 말은 화살처럼 나를 찌른다. 두 *사람 모두를, 메이븐과 칼 모두를 이용하고 있다고 생각했다니. 얼마나 어리석었던가.*

"미안해요."

나는 털어놓는다. 그 말들이 경멸스럽지만, 그것만이 내가 줄 수 있는 전부이다.

"나는 메이븐이 아니에요, 칼. 당신에게 상처를 주려고 이런 일들을 벌인 게 아니에요. 결코 당신에게 상처를 주고 싶지 않았어요."

그리고 다음 말은 더 부드럽고, 간신히 들릴 정도다.

"모두가 거짓은 아니었어요."

그가 머리를 철창에 탕 하는 소리가 날 정도로 세게 다시 기댄다. 너무 큰 소리라서 분명 아플 텐데, 그는 그 사실을 알아차리지도 못한 것 같다. 나처럼, 그는 고통을 느끼거나 공포를 느낄 능력을 잃어버렸을까. 너무 많은 일들이 일어났다.

"메이븐이 내 부모님을 죽일 거라고 생각해요?"

내 여동생, 내 오빠들. 처음으로, 나는 쉐이드가 이미 죽어서 메이븐의 손이 닿지 않는 곳으로 떠났다는 사실이 기쁘다.

따뜻한 기운이 나를 향해 흐르고, 내 떨리는 뼈 사이로 자리하자 놀라운 기분이 든다. 칼이 다시 움직여서, 내 바로 뒤의 철창에 몸을 기댄다. 그의 열기는 부드럽고, 자연스럽다. 분노나 능력에 의한 것이 아니다. 그냥 *사람*의 것이다. 나는 그가 숨을 쉬는 것을, 그의 심장이 뛰는 것을 느낄 수 있다. 그가 나에게 거짓말을 할 힘을 내는 동안, 심장은 드럼처럼 망치질을 한다.

"걔한테는 그거 말고도 생각해야 될 중요한 일들이 많을 거야."

내가 우는 것을, 흐느낌으로 인해 내 어깨가 떨리는 것을 그는 분명 알아차렸겠지만, 아무 말도 하지 않는다. 이 일을 위로할 어떤 말도 없다. 하지만 그는 거기 그대로 머무르며, 먼지로 변하는 세계에서 내게 마지막 온기의 조각을 나눠주고 있다. 나는 그들 모두를 위해서 눈물을 흘린다. 팔리, 트리스탄, 월시, 월 할아버지. 쉐이드 오빠, 브리 오빠, 트래미 오빠, 지사, 엄마, 그리고 아빠. *그들 모두가, 전사였다.* 그리고 킬런. 내가 얼마나 그러려고 애를 썼든, 나는 그를 구하지 못했다. 나는 심지어 나 자신도 구하지 못한다.

적어도 나는 귀걸이를 갖고 있잖아. 내 피부에 날카로운 구멍을 낸 그 작은 점들은 최후까지 나와 함께할 것이다. *나는 이 귀걸이들과 함께 죽을 거고, 그럼 그들도 나와 함께할 거야.*

우리는 몇 시간은 될 시간 동안 그렇게 그대로 머무른다. 흐르는 시간을 알려 주는 어떤 변화도 일어나지 않는다. 익숙한 목소리에 홱 깨어나기 전까지, 나는 심지어 꾸벅꾸벅 졸고 있었다.

"다른 삶이었다면, 분명히 질투했을 거야."

메이븐의 말에 등뼈가 아프도록 떨린다.

내 생각을 넘어서는 빠른 속도로 칼이 벌떡 일어나서 철창으로 바싹 다가선다. 그의 움직임에 금속들이 울린다. 하지만 철창은 너무나 단단하고, 메이븐은 교활하고, 역겨우며, 끔찍하다. 메이븐은 딱 팔이 닿지 않을 거리에 서 있다. 하지만 기쁘게도 그는 여전히 움찔 놀라 물러선다.

"힘을 아껴 둬, 형. 곧 필요해질 테니까."

말할 때마다 이를 딱딱 부딪치며 그가 말한다.

왕관을 쓰고 있지 않음에도, 메이븐은 이미 끔찍한 왕의 분위기를 두르고 서 있다. 그의 정장용 군복은 새로운 메달들로 꽉 차 있다. 한때 그의 아버지의 소유였던 것들이다. 그 메달들이 더 이상 피로 뒤덮여 있지 않다는 것이 놀랍다. 눈 아래에 있던 다크서클이 사라졌음에도, 그는 심지어 전보다도 더 창백해 보인다. 살인이 잠자는 데 도움이 됐나 보다.

칼이 손으로 금속을 꼭 쥐면서 철창 사이로 으르렁거린다.

"경기장에는 네가 나올 거냐? 네가 직접 할 거야? 너한테 그럴 배짱은 있고?"

철창으로 달려가서, 내 손에 메이븐의 목젖을 쥘 때까지 맨손으로 금속들을 갈기갈기 찢어 버리고 싶지만, 내게는 설 힘조차 없다. 나는 그저 지켜볼 뿐이다.

메이븐은 자기 형의 말에 심드렁하게 웃음을 터뜨린다.

"우리 둘 다 내가 결코 능력으로는 형을 이길 수 없다는 걸 알고 있는데, 뭘."

그가 오래 전에 칼이 들려 준 충고를 되돌려주듯 말한다.

"그래서 나는 머리를 써서 형을 누른 거야, 친애하는 형님."

한때, 그는 내게 칼이 지기 싫어한다고 말했더랬다. 이제 나는 이기기 위해 경기에 임하는 사람은 언제나 메이븐이었음을 알겠다. 그가 뱉은 모든 숨결, 모든 단어들이 이 피로 물든 승리를 위해 안배한 것이었다.

칼은 낮은 소리로 으르렁거린다.

"메이비."

하지만 그 애칭에는 더 이상 사랑은 담겨 있지 않다.

"네가 어떻게 아버지께 이럴 수가 있어? 나에게? 그녀에게?"

"살해당한 왕, 배반한 왕자라. 너무 많은 피가 흐르는군."

그가 칼의 팔이 닿는 경계에서 춤을 추면서 비웃는다.

"우리 아버지를 위해서 사람들은 길거리에서 눈물을 흘리고 있어. 아니면 적어도, 그런 척을 하고 있든가."

그는 흥미 없다는 듯 어깨를 으쓱하며 덧붙인다.

"어리석은 늑대들은 내가 휘청대기를 기다리고 있지만, 영리한 이들은 내가 그러지 않을 것임을 알고 있지. 사모스 하우스, 아이릴 하우스, 그들은 자기들 발톱을 수년 동안 갈면서 약한 왕, 자애로운 왕을 기다려 왔거든. 그치들이 형을 볼 때마다 군침을 줄줄 흘렸던 것은 알지? 생각해 봐, 형. 지금부터 몇십 년 동안, 아버지는 천천히, 평화롭게 죽었을 테고, 형은 왕위에 올랐겠지. 강철과 칼날로 만들어진 아가씨 에반젤린과 결혼도 하고, 옆에는 그녀의 오빠를 끼고 말이야. 형은 대관식 날 밤도 못 넘겼을 거야. 그녀는 내 어머니가 하셨던 일을 똑같이 하고 형을 자기 아이들로 대체했을 거라고."

"설마 왕조를 지키기 위해서 이 짓을 한 거라고 말하려는 거냐. 너는 너 자신을 위해서 이 일을 했어."

칼이 머리를 흔들면서 코웃음을 친다.

다시 한 번, 메이븐은 어깨를 으쓱거린다. 그는 날카롭고 잔인한 미소를 짓는다.

"형은 정말 그렇게까지 놀랐어? 불쌍한 메이비, 둘째 왕자. 그의 형의 불꽃의 그림자. 옆에 서서 무릎 꿇게 예정되어 있는 약하고 어린 것."

그는 칼의 감옥에서부터 어슬렁거리며 걸어와서 내 감옥 앞에 선다. 나는 바닥에서 그를 올려다볼 뿐이다. 움직일 기력이 없다. 그에게서는 심지어 차가운 냄새가 난다.

"다른 사람을, 형을, 누구도 결코 무시한 적 없는 왕자를 바라보는 소녀랑 약혼도 했지."

그의 말에는 치명적인 날이 서 있다. 그것은 거친 분노로 묵직하다. 하지만 거기에는 어떤 진실이, 내가 그토록 잊으려고 애를 썼던 냉혹한 진실이 있다. 피부 위로 벌레가 기어가는 느낌이 든다.

"형은 원래 내 것이어야 했던 모든 것을 가져갔어, 형. 모든 것을."

갑자기 나는 벌떡 일어난다. 폭력적으로 몸이 흔들리지만, 그래도 간신히 서 있을 순 있다. 그는 우리에게 그토록 오랜 시간 거짓말을 해 왔지만, 지금도 거짓말을 하게 둘 수는 없다. 나는 그를 향해서 으르렁대며 말한다.

"나는 결코 네 것이었던 적이 없었어, 그리고 너 또한 결코 내 것이었던 적이 없잖아, 메이븐. 그리고 그건 또한 결코 *네 형* 때문이 아니야. 나는 네가 완벽하다고 생각했어, 나는 네가 강하고 용감하며 *선하다*고 생각했지. 나는 네가 *네 형보다도 더 낫다*고 여겼어."

칼보다도 더 낫다. 그것은 결코 아무도 말하지 않으리라고 메이븐이 생각했던 말들이다. 그는 움찔하고, 잠시 동안 나는 내가 알았던 그 남자애를 볼 수 있다. 더 이상 존재하지 않는 남자애를.

그는 한 손을 뻗어서 철창 사이로 나를 붙든다. 그의 손가락이 내 손목의 드러난 살 위로 그토록 가까이 닿는데도, 혐오감 외에는 아무 감정도 느낄 수가 없다. 그는 내가 무슨 생명줄이라도 되는 양 나를 단단히 붙든다. 뭔가가 그의 안에서 부러지면서, 필사적인 아이가 모습을 드러낸다. 자기가 제일 좋아하는 장난감을 붙들려고 애를 쓰는, 애처롭고, 절망에 빠진 아이.

"나는 너를 구해 줄 수 있어."

그 말에 내 피부에 소름이 돋는다.

"네 아버지는 너를 사랑했어, 메이븐. 너는 그 사실을 못 봤지만,

분명히 그랬어."

"거짓말."

"네 아버지는 너를 사랑했어, 그리고 너는 그를 죽였지!"

말들이 혈관을 타고 도는 피처럼 빠르게 쏟아져 나온다.

"네 형은 너를 사랑했어, 그리고 너는 그를 살인자로 만들었지. 난…… 나는 너를 사랑했어. 너를 믿었어. 너를 필요로 했고. 그리고 이제 나는 그 때문에 죽게 될 거야."

"나는 왕이야. 내가 만약 그러고 싶으면 그대는 살 거야. 내가 그렇게 만들 거야."

"네가 거짓말을 하면 그렇게 될 거라는 뜻이야? 언젠가 네 거짓말들이 네 목을 조를 거야, 메이븐 전하. 내 유일한 후회는 내가 살아 그것을 보지 못한다는 거겠지."

다음 순간 내 쪽에서 그를 와락 잡아챈다. 나는 내 모든 힘을 모아서 그를 잡아당기고, 그는 철창에 비틀거리며 부딪친다. 내 손가락 마디가 그의 뺨에 닿자, 그는 발에 채인 개처럼 비명을 지른다.

"난 두 번 다시 너를 사랑하는 실수를 범하지 않을 거야."

실망스럽게도, 그는 재빨리 회복하고 머리를 다듬는다.

"그래서 그대는 형을 선택했다?"

항상 그거였다. 질투. 경쟁심. 그렇게 해서 그림자는 불꽃을 패배시킬 수 있었지.

나는 머리를 뒤로 젖히고 웃음을 터뜨린다. 두 형제의 눈이 나를 향하는 게 느껴진다.

"칼은 나를 배신했고, 나 역시 그를 배신했어. 그리고 너는 우리 두 사람 모두를 배신했지, 수천 가지 다른 방법으로."

돌처럼 무겁지만 맞는 말이다. 정확히 맞는 말.

"난 아무도 안 골라."

처음으로 나는 제대로 불길을 제어해서 메이븐을 지지는 것 같은 기분이 든다. 그는 비틀거리면서 내 감옥에서 물러선다. 자신의 번개도 없는 작은 소녀, 사슬에 묶인 죄수, 신이기 전에 인간이었던 존재가 어떻게든 그를 패배시켰다.

"내가 피를 흘리면 사람들에게 뭐라고 할 거야? 진실?"

나는 그에게 말한다.

그는 가슴 깊은 곳에서 웃음을 터뜨린다. 어린 소년은 사라지고, 다시 한 번 살인자 왕이 돌아온다.

"진실은 내가 만드는 거지. 나는 이 세계에 불을 지필 수도, 비를 내릴 수도 있어."

그리고 누군가는 그 말을 믿겠지. 바보들이라면. 하지만 다른 이들은 믿지 않을 것이다. 적혈이자 은혈, 높은 동시에 낮은 이. 누군가는 진실을 볼 것이다.

그의 목소리가 으르렁거리는 소리로 바뀌고, 그의 얼굴에 짐승의 그늘이 드리운다.

"우리가 그대를 숨겼다는 사실을 아는 사람은 어떤 이도, 의심의 흔적만 보이기만 해도, 그 대가를 치르게 될 것이다."

나에 대해서 무언가 하나라도 이상하다는 사실을 깨달았던 모든 사람들에게 생각이 미쳐, 내 마음이 어지럽다. 그 많은 죽음들을 나열하는 것이 즐거운 듯 보이는 메이븐이 내게 일침을 가한다.

"레이디 블로노스도 가야 했지, 당연히. 힐러들에게는 참수형이 잘 맞아."

그녀는 늙은 *까마귀*였고, 골칫거리였지만······ 이런 일을 당할 사람은 아니었다.

"하녀들은 좀 더 쉽지. 예쁜 여자애들이었어, 올드샤이어에서 온 자매들 말이야. 어머니께서 알아서 그들을 처리하셨어."

내 무릎이 바닥을 무겁게 찍지만, 나는 간신히 그 사실을 느낄 뿐이다.

"그들은 아무것도 몰라."

하지만 내 애원은 이제 아무 소용이 없다.

"루카스도 곧 갈 거야."

그가 비웃음을 짓자 어둠 속에서 이가 환하게 빛난다.

"그건 뭐 직접 볼 수도 있을 거야."

욕지기가 난다.

"루카스가 안전하다고 말했었잖아, 가족들과 함께 안전하게 있다고······!"

그가 격렬한 웃음을 길게 터뜨린다.

"내 입에서 나왔던 모든 말들이 다 *거짓*이었다는 건 대체 언제 깨달을 건가?"

"루카스가 억지로 그 일을 하게 시켰어, 줄리언과 내가 시켰다고. 그는 아무것도 잘못한 게 없어."

애원하는 것은 너무나 끔찍한 기분이지만, 할 수 있는 일이라고는 그것밖에 생각나지 않는다.

"그는 사모스 하우스잖아. 그 사람들 일원을 그렇게 그냥 죽여 버릴 수는 없어."

"메어, 지금까지 이야기에 집중 안 하고 있었어? 나는 무슨 일이든 할 수 있어. 줄리언을 제때에 여기로 데리고 오지 못한 것이 좀 아쉽군. 그대가 죽는 모습을 그가 지켜보게 만드는 것도 좋았을 텐데 말이지."

그가 으르렁댄다.

나는 흐느낌을 억누르려고 최선을 다하며 내 입을 손으로 누른다. 내 옆에서, 자신의 외삼촌을 생각한 칼이 목구멍 깊은 곳에서 으르렁거린다.

"그분을 찾았어?"

"당연히 찾았지. 우리는 줄리언과 사라를 모두 붙잡았어."

메이븐이 웃음을 터뜨린다.

"스코노스를 먼저 죽인 것, 어머니께서 시작하셨던 일을 마무리한 것으로 만족해야겠지. 형도 이제는 그 이야기를 알지, 안 그래, 형? 내 어머니가 무슨 일을 했는지, 어떻게 형 어머니의 머릿속으로 들어가서 그녀의 뇌가 느려지도록 속삭였는지 이제 알잖아."

더 가까이 움직이는 그의 눈은 거칠고 섬뜩하다.

"사라는 알았지. 그리고 아버지도, 심지어 형도, 그녀를 믿기를 거부했어. 형은 내 어머니가 이기도록 내버려 뒀지. 그리고 또 다시 똑같은 일을 했어."

칼은 철창에 머리를 기대며 아무 대꾸도 하지 않는다. 자신의 형을 무너뜨렸다는 데에 만족하며, 메이븐은 나에게로 돌아서서 내 감

252

옥 앞에서 서성거린다.

"나머지 사람들이 그대 때문에 비명을 지르게 만들 거야, 메어, 최후의 한 명까지 전부. 그대의 부모님들뿐만이 아니야. 그대의 형제들뿐만이 아니야. 그대와 같은 단 한 명의 사람이라도 전부. 나는 그들을 찾아낼 거고, 그들은 이 모든 것이 그대가 그들에게 가져다준 운명이라는 사실을 똑똑히 아는 채로 그대와 함께 죽게 될 거야. 나는 왕이지만 그대는 나의 적혈의 여왕이 되지 못할 테지. 이제 그대는 *아무것도 아니니까*."

내 뺨을 타고 줄줄 흐르는 눈물을 닦을 생각조차 들지 않는다. 더 이상 아무 소용이 없다. 메이븐은 망가진 내 모습을 즐기면서 나를 맛보고 싶다는 것처럼 자신의 이를 빤다.

"안녕, 메이븐."

더 할 말이 있다면 좋겠지만, 그의 악(惡)에는 더 이상 남은 말이 없다. 그는 자신이 어떤 존재인지 알고 있으며, 최악은, 그가 그 사실을 좋아한다는 점이다.

그는 머리를 숙이고, 우리 두 사람 모두를 향해 절을 하다시피 한다. 칼은 인사를 할 생각은 없지만 철창이 메이븐의 목이라도 되는 것처럼 대신 꽉 쥔다.

"안녕, 메어."

비웃음은 사라지고, 놀랍게도 그의 눈은 젖어 있다. 그는 가고 싶지 않은 것처럼 망설인다. 갑자기 자신이 저지른 짓과 그로 인해 우리 모두에게 무슨 일이 일어난 건지 이해한 것처럼.

"예전에 그대의 본심을 숨겨야 한다고 내가 말했었잖아. 내 말을 들었어야지."

어떻게 그가 감히.

나는 메이븐을 향해서 침을 뱉는다. 세 명의 오빠를 가진 사람답게 내 조준은 완벽해서, 그의 눈을 정확하게 맞춘다.

그는 재빨리 돌아서서 거의 우리에게서 달아나다시피 한다. 칼은 오랫동안 그의 뒷모습을 바라보고, 아무 말도 하지 못한다. 나는 그저 주저앉아서, 내 분노가 다시 씻겨 나가기만을 바란다. 칼이 내 쪽으로 다시 기대어 앉지만, 우리 사이에 더 이상 나눌 말은 남아 있지 않다.

많은 것들이 우리 모두를 오늘로 이끌었다. 잊힌 아들, 복수심에 불타는 어머니, 긴 그림자를 가진 형, 낯선 돌연변이. 다함께, 우리는 비극을 써 내려 갔다.

이야기에는, 오래된 동화에는 늘 영웅이 나온다. 하지만 내 영웅들은 사라지거나 죽었다. 아무도 나를 구하러 오지 않는다.

감시병들이 온 것은 다음 날 아침이 분명하다. 아벤이 직접 그들을 이끌고 온다. 질식할 것 같은 벽과 함께, 그의 존재감이 나를 더욱 일어서기 어렵게 만들지만, 그들은 강제로 나를 일으켜 세운다.

"프로보스 감시병, 바이퍼 감시병."

칼이 그의 감옥 문을 여는 그들에게 고개를 끄덕인다. 그들은 그를 거칠게 일으켜 세운다. 죽음과 마주한 지금조차, 칼은 침착하다.

그는 우리가 지나는 모든 경비병들에게 인사를 하고, 그들의 이름을 하나하나 부른다. 그들은 화나거나 갈피를 잡지 못하거나, 아니면 둘 다인 채로 칼을 마주본다. 왕 시해자는 그렇게 친절해서는 안 된다. 군인들은 심지어 더 나쁘다. 그는 멈춰 서서 그들에게 제대로 작별인사를 하고 싶어 하지만, 그의 군인들은 그를 보자 경직되고 차가워진다. 다른 모든 것들 만큼이나 그 점이 그를 아프게 만든 것 같다. 잠시 동안 그는 입을 다물고, 그에게 마지막 남은 의지를 잃어버린다. 우리가 어둠 밖으로 올라가자, 군중들의 소음이 지속적으로 점점 더 가까워진다. 처음에는 희미하지만, 다음 순간 따분한 고함소리가 우리 바로 위에서 터져 나온다. 경기장은 관중으로 가득 차 있고, 그들은 쇼를 볼 준비가 되어 있다.

내가 스파이럴 가든에 떨어졌을 때 시작된 이 일은, 스파크로 만들어진 몸을 거쳐, 이제 보울 오브 본즈에서 끝난다. 나는 시체가 되어 이곳을 떠나게 되리라.

경기장 수행원들은 모두 지루한 눈을 한 은혈들로, 그들은 비둘기한 무리처럼 내려온다. 그들은 커튼 뒤로 나를 끌고 가서 사무적인 움직임과 단단한 손길로 다가올 일에 나를 준비시킨다. 그들이 나를 밀고 당기고 싸구려 버전의 운동복 안으로 쑤셔넣는 것을 간신히 느낄 수 있다. 죽으러 가는 내게 이토록 단순한 옷차림을 입히는 것은 아마도 모욕이리라고 생각되지만, 나로서는 비단의 속삭임보다는 거친 천이 낫다. 나는 하녀들에 대해서 희미하게 떠올려 본다. 그들은 나를 매일 칠했다. 그들은 분명 내가 뭔가 숨기는 게 있다는 사실을 알았을 것이다. 그리고 그들은 그것 때문에 죽었다. 지금은 아무도 나를 색칠하지도 않고 심지어는 하룻밤을 감옥에서 보내느라 묻은 먼지들을 털어낼 생각조차 하지 않는다. *더 화려한 구경거리를*

위해서. 한때, 나는 비단옷을 입고 보석을 걸치고 예쁜 미소를 지었지만, 그런 차림은 메이븐의 거짓말과는 잘 어울리지 않는다. 넝마를 걸친 적혈 소녀 쪽이 그들을 이해시키기에 더 편한 것이다. 죽이기도 더 쉽고.

그들이 나를 다시 끌어냈을 때, 똑같은 일을 칼에게도 한 것을 알 수 있다. 메달도, 갑옷도 없다. 하지만 그는 팔목에 다시 불꽃을 만드는 팔찌를 차고 있다. 불은 여전히 타올라서, 부서진 군인의 안에서 연기가 된다. 그는 죽음을 운명으로 받아들였으나, 다른 이를 함께 데려가기 전에는 죽지 않을 것 같다.

우리는 서로를 응시하는데, 그건 그저 다른 처다볼 곳이 없기 때문이다.

"우리가 지금 어떤 상황인 거지?"

칼이 마침내 자신의 눈을 내게서 떼어 아벤을 마주하며 묻는다.

종이처럼 하얀 그 늙은 남자는 후회의 깜빡임조차 보이지 않고 자신의 옛 제자를 돌아본다. 그들이 그에게 무엇을 약속했을까, 도움의 대가로? 하지만 곧 그것을 알 수 있다. 배지가 그의 가슴 언저리에 붙어 있는데, 흑요석과 다이아몬드와 루비로 만들어진 왕관 모양의 그것은 예전에 칼이 하고 있던 것이다. 그가 저것 이상을 받았으리라는 것은 의심의 여지가 없다.

"당신은 왕자이자 군인이었지 않소. 자비로운 왕께서 지혜를 발휘하시어 당신에게 최소한 영광스럽게 죽음을 맞이할 기회를 주기로 결정하셨소."

말하며 미소 짓는 그의 입술 사이로 작고 날카로운 이가 보인다.

쥐의 이빨.

"반역자에게는 베풀 가치가 없는 좋은 죽음이자 친절이지. 협잡꾼 적혈 계집애에게도 마찬가지고."

그는 무시무시한 시선을 나에게 돌리며 더 냉정하게 쏘아본다. 숨막힐 듯한 그의 힘의 무게가 나를 끌어내릴 듯 위협한다.

"저 여자애는 아무 무기도 없이 악마인 자신 그대로의 모습으로 죽을 겁니다."

나는 항의하려고 입을 벌리지만 아벤이 내 위로 음흉한 웃음을 보내고, 그의 숨결에서는 지독한 독내가 난다.

"왕의 명령이오."

아무 무기 없이. 나는 비명을 지르고 싶다. *번개도 없이.* 아벤은 내가 죽는 순간까지 나를 놔주지 않을 것이다. 메이븐의 말들이 날카롭게 머릿속에서 울린다. *이제 그대는 아무것도 아니니까.* 나는 아무것도 아닌 채로 죽을 것이다. 만약 그들이 내 힘들이 어쨌든 조작이었다고 주장할 수만 있다면 그들은 내 피를 숨길 필요도 없다.

저 아래 감옥에서는, 나는 모래 위로 뛰쳐나가서 하늘을 향해 내 스파크를 보내고 땅 위로 내 피를 흘릴 열망에 가득 차 있었다. 지금 나는 흔들리며 떨고 있고, 달아나고 싶다. 하지만 내게 남겨진 유일한 것인 내 비참한 자존심이 그것조차 허락하지 않을 것이다.

칼이 내 손을 잡는다. 그도 나처럼 떨고 있고, 죽음을 두려워 하고 있다. 적어도 그는 *싸울 기회라도 주어질 거잖아.*

"할 수 있는 한 내가 그대를 지켜줄게."

그가 속삭인다. 저벅저벅 걸어오는 발자국 소리와 내 심장의 애처로운 고동 소리 때문에 그의 말을 거의 제대로 듣지도 못한다.

"내겐 그럴 자격이 없어요."

나는 중얼중얼 대답한다. 하지만 나는 항상 감사했다는 뜻으로 그의 손을 꼭 쥔다. 나는 그를 배신하고, 그의 삶을 파괴했는데, 그는 이렇게 내게 보답해 준다.

다음 방이 마지막이다. 경사진 복도는 강철 문까지 부드럽게 기울어져 있다. 햇빛이 복도 사이로 춤을 추고, 꽉 찬 경기장의 소음을 따라 우리에게로 흘러내린다. 벽들은 소리를 왜곡시켜서 환호와 고함 소리를 악몽의 울부짖음으로 변환시킨다. 나는 그 또한 그렇게 진실에서 먼 표현은 아니라고 생각한다.

우리가 들어서자, 죽음을 기다리는 사람이 우리만이 아님을 알게 된다.

"루카스!"

경비가 그의 팔을 붙들고 있지만, 루카는 가까스로 어깨 너머로 시선을 던진다. 그의 얼굴은 온통 멍투성이에 며칠 동안 햇빛을 보지 못한 것처럼 전보다 한층 창백한 모습이다. 아마 정말로 햇빛을 보지 못했으리라.

"메어."

그가 내 이름을 부르는 그 방식에 나는 움찔한다. 그는 내가 배신한 또 다른 사람이다. 내가 칼을, 줄리언을, 대령을 이용했던 것처럼, 메이븐을 이용하려고 했던 것처럼 그를 이용했다.

"언제 당신을 다시 볼 수 있을지 궁금해 하던 참입니다."

"미안해요."

나는 사죄하며 내 무덤으로 향한다. 그리고 그것은 충분하지 않을 것이다.

"그들이 나더러 당신이 가족과 함께 있다고 했는데, 당신이 안전하다고, 그렇지 않으면……."

"그렇지 않으면 뭡니까?"

그가 천천히 묻는다.

"나는 당신에게 아무것도 아니죠. 그저 이용하고 버릴 무언가였을 뿐."

그 고발은 칼날처럼 날카롭다.

"미안해요, 하지만 그 일을 꼭 해야만 했어요."

"왕비님이 내가 기억해 내게 만들었어요."

만들었다. 그의 목소리에는 고통이 있다.

"사과하지 마십시오, 어차피 진심도 아닐 테니."

나는 그를 끌어안고, 이것이 내가 원한 것이 아니었음을 보여 주고 싶다.

"진심이에요, 맹세해요, 루카스."

"캘로어 하우스와 메란더스 하우스의 메이븐 전하, 노르타의 왕, 북쪽의 화염."

외침이 경기장 안에 울려 퍼지고, 문을 통해서 우리에게까지 메아리친다. 따라오는 함성에 나는 움찔하고, 루카스 역시 주춤한다. 그의 마지막이 가까이 왔다.

"다시 그러겠습니까?"

그 말은 날카롭게 찌른다.

"당신의 테러리스트 친구들을 다시 구하기 위해서라면 당신은 다시 나를 위험에 빠뜨릴 건가요?"

그럴 것이다. 나는 그 말을 크게 말하지 않지만, 루카스는 내 눈에서 대답을 읽는다.

"나는 당신의 비밀을 지켰습니다."

그것은 그가 나에게 던질 수 있는 어떤 모욕보다도 더 나쁘다. 그가 나를 보호했다는 것, 심지어 내가 그럴 가치가 없는데도 그랬다는 진실은 안에서부터 나를 물어뜯는다.

"하지만 이제 나는 당신이 다르지 않다는 것을, 더 이상은 그렇지 않다는 것을 알겠습니다."

그가 거의 내뱉다시피 계속 말한다.

"당신은 나머지 모두와 똑같아요. 냉혹하고, 이기적이고, 차갑죠. 딱 우리처럼. 그들이 당신을 아주 잘 가르쳤네요."

다음 순간 그는 몸을 돌리고 다시 문을 마주본다. 그는 내게서 더 대답을 듣고 싶지도 않은 것이다. 나는 그에게 가서 설명하고 싶지만, 경비가 나를 붙잡고 있다. 그저 서서 우리의 최후가 다가오는 것을 기다리는 것 외에는 내가 할 일이 없다.

"나의 시민들이여."

메이븐의 목소리는 햇빛과 함께 문을 통해서 들어온다. 그는 자신의 아버지처럼, 칼처럼 말하지만 어딘가 더 날카로운 기색이 있다. *그는 고작 17살인데 벌써 괴물이 되었다.*

"나의 사람들, 나의 아이들이여."

칼이 내 옆에서 코웃음 친다. 하지만 경기장 밖에는 죽은 듯한 고요가 자리 잡는다. 그들은 그의 손바닥 안에 있다.

"누군가는 이 일을 잔혹하다 할 것이오."

메이븐이 계속 말한다. 아마도 그의 어머니라는 이름의 마녀가 썼을, 사람의 마음을 뒤흔드는 연설문을 그가 달달 외웠을 것은 틀림없다.

"내 아버지의 시체가 식지도 않았고, 그분의 피가 여전히 바닥을 흐르고 있으며 나는 그분의 자리를 강제적으로 물려받았고 이토록 폭력적인 그늘 안에서 나의 치세를 시작하게 되었소. 우리는 지난 10년간 우리 동족을 처형하지 않았기에, 이런 끔찍한 전통을 다시 시작한다는 것이 몹시 고통스럽소. 하지만 나의 아버지를 위해, 나의 왕관과, 그대들을 위해서, 나는 해야만 하오. 나는 어리지만, 약하지 않소. 그런 범죄들, 그런 악들은 처벌받아야만 하오."

우리 위 경기장 높은 곳에서 야유가 울리며 죽음을 환호한다.

"사모스 하우스의 루카스, 왕권에 맞선 죄, 진홍의 군대로 알려진 테러리스트 조직과 공모한 죄로 나는 그대에게 유죄를 선언한다. 나는 그대에게는 사형을 선고한다. 처형에 따르라."

다음 순간 루카스는 경사로를 따라, 그의 죽음을 향해서 걸어 올라간다. 그는 내게 시선 한 번 보내지 않는다. 내게 그럴 가치도 없다는 듯이. 그저 우리가 그에게 하도록 강제했던 그 일 때문만이 아니라 내가 무슨 존재인지 알기 때문에 그는 죽음을 맞는다. 그가 떨어진 문을 통해서 사라지자, 나는 버틸 수가 없어서 몸을 돌려서 벽을 바라본다. 총성은 무시할 수가 없다. 군중이 그 폭력적인 광경에 기쁨의 환호성을 지른다.

루카스는 고작 시작, 서장일 뿐이야. 우리가 진짜 쇼지.

"걸으시오."

아벤이 우리를 쿡 찌르면서 말한다. 우리가 느리게 길을 오르기 시작하자 그가 따라온다.

휘청거릴 경우를 대비해서 칼의 손을 놓을 수가 없다. 그는 몸의 모든 근육들을 긴장시킨 채로, 목숨을 건 싸움을 준비한다. 나는 마지막 시도로 번개를 꺼내려 해 보지만, 아무것도 나타나지 않는다. 미세한 떨림조차 내 안에 남아 있질 않다. 아벤이, 그리고 메이븐이 그걸 가져가 버렸다.

문을 통해서, 나는 루카스의 몸이 모래 위에 은색 피의 흐름을 남기고 끌려 나가는 모습을 본다. 토할 것 같은 느낌이 나를 덮쳐서 나는 입술을 깨문다.

커다란 신음 소리와 함께, 강철 문이 몸서리를 치면서 열린다. 순간 태양빛이 눈을 멀게 해서, 나는 그 자리에서 얼어붙지만, 칼이 내가 경기장으로 나서도록 당긴다.

가루처럼 고운 하얀 모래가 우리 발아래에 미끄러진다. 눈이 적응하자, 나는 숨 쉬는 것도 거의 잊을 지경이 된다. 강철과 석조로 만든 커다란 회색 입 같은 경기장은 거대하고, 수천 명의 성난 얼굴들이 그곳을 채우고 있다. 그들은 우리를 귀가 먼 것 같은 침묵 속에서 내려다보고, 자신들의 증오를 내 피부 속으로 쏟아 붓는다. 어떤 적혈도 보이지 않는데, 예상 못했던 바는 아니다. 이것은 은혈들이 오락거리라고 부르는 것이며, 그들이 웃음을 터뜨리고 즐길 또 다른 연극인데 그들이 이것을 공유할 리가 없다.

경기장에 흩어져 있는 비디오 스크린이 나 자신의 얼굴을 내게 반사해 보여 준다. 당연히 그들은 이것을 기록하고 있을 것이며, 전국적으로 방송할 것이다. 세상에 대고 또 다른 적혈 하나가 그토록 창피를 당했다는 것을 보여줄 것이다. 그 모습에 나는 잠깐 멈춘다. 나는 다시 나 자신처럼 보인다. 지저분하고 헝클어진 머리에, 간단한 옷차림, 먼지가 내게서 작은 구름들처럼 떨어지고 있다. 내 피부는 내가 그토록 오래 감추려고 노력해 왔던 피로 인해서 발갛게 물들어 있다. 죽음이 나를 기다리고 있지 않았더라면, 나는 분명히 미소 지었을 것이다.

놀랍게도, 장면이 깜빡거리더니 칼과 나의 이미지에서 뭔가 거칠고 선명하지 못한 감시 카메라 영상으로 바뀐다. 모든 감시 카메라들, 모든 전자기적 눈들에서 뽑아낸 영상이다. 떨리는 숨결로, 나는 메이븐이 얼마나 깊게 계획을 짰는지 정확히 실감한다.

스크린은 모든 것을 되돌려, 우리가 몰래 함께한 모든 순간들을 보여 준다. 칼과 함께 홀을 슬쩍 빠져나왔던 것, 함께 춤을 추고, 속삭이며 대화를 나누고, 키스하는 모습까지. 다음 순간, 왕의 살해 장면이 꽉 찬, 끔찍한 영광 속에서 흘러나온다. 두 장면을 하나로 합치는 걸 보자니, 메이븐의 줄거리가 무엇인지 깨닫는 건 어렵지가 않다. 모두를 하나로 연결해 보면, 왕자를 유혹하고, 그가 왕을 죽이게끔 만든 적혈 악마에 대한 이야기가 된다. 관중은 숨을 들이쉬고 중얼거리며, 그 완벽한 거짓말을 꼭꼭 씹어 먹는다. 내 친부모님들조차도 그걸 부정하기 어려울 것이다.

"메어 몰리 배로우."

메이븐의 목소리가 우리 뒤에서 터져 나와서, 우리는 이쪽을 내려다보고 있을 멍청이 왕을 보기 위해서 돌아선다. 그의 좌석이 있는 특별석은 검정색과 붉은색의 깃발이 펄럭이고 있고 남녀 귀족들로 꽉 차 있다. 나도 아는 사람들이 잔뜩이다. 그들은 살해당한 왕에 대한 경의로 자신들의 하우스의 색을 입지 않고, 검정색을 차려 입고 있다. 소냐, 일레인, 그리고 다른 모든 하이 하우스의 아이들이 경멸이 담긴 눈빛으로 나를 내려다본다. 사모스 경이 메이븐의 왼쪽에 서 있고, 왕비가 그의 오른쪽에 있다. 엘라라 왕비는 애도하는 베일 뒤에 숨은 채로, 아마도 자신의 못된 미소를 가리고 있을 것이다. 에반젤린이 다음 왕과 결혼할 의도로 근처에서 서성대고 있을 것이라고 나는 추측한다. 결국 그녀는 오직 왕관만을 원했으니까. 하지만 그녀는 어디에서도 보이지 않는다. 메이븐은 어두운 유령처럼 보인다. 그의 창백한 피부는 검정색으로 빛나는 갑옷과는 대조적으로 날카로워 보인다. 그는 심지어 그들이 왕을 죽일 때에 썼던 검을 들고, 태양 아래 어슴푸레 빛나는 자기 아버지의 왕관을 머리 위에 얹고 있다.

"한때 우리는 그대가 실종되었던 메리어나 타이타노스라고, 또 다른 희생당한 시민이라고 믿었다. 그대의 적혈 형제들의 도움을 받아, 그대는 기술적인 속임수와 책략으로 우리를 기만하고, 내 가족에 스며들었다."

기술적인 속임수라. 스크린에는 스파이럴 가든에서 전기를 진동시키는 내 모습이 비친다. 영상 속에서 그 장면은 부자연스럽게 보인다.

"우리는 그대에게 교육, 지위, 권력, 힘을 주었고, 심지어 우리의 사랑까지도 베풀었다. 그 대가로, 그대는 우리에게 배신으로 보답했고, 내 친형제가 그대의 속임수에 자신의 혈육에 등을 돌렸다.

우리는 이제 그대가 패배한 진홍의 군대의 첩보원이었음을, 수를 셀 수 없을 인명 손실에 바로 책임이 있음을 알고 있다."

이미지가 깜빡거리면서 태양 저격 사건의 밤으로, 피와 죽음들이 가득했던 연회장으로 돌아간다. 팔리의 깃발, 찢어진 태양이 그려진 흔들리는 붉은 넝마가 그 혼란 한가운데 서 있다.

"내 형제인 캘로어 하우스와 제이코스 하우스의 티베리아스 7세 왕자와 함께, 그대는 기만, 반역, 테러, 그리고 살인을 포함하여 왕권에 대항한 수많은 폭력과 개탄스러운 공격들의 죄목으로 기소되었다."

네 손도 내 것만큼이나 깨끗하지 못할 텐데, 메이븐.

"그대는 왕을, 내 아버지를 죽였다. 그 아들이 직접 그 일을 하도록 홀려서. 그대는 적혈 악마이며……."

그는 자신의 눈을 칼에게 휙 돌리고, 이제 거의 분노에 불이 붙은 듯 칼을 향해 말한다.

"그대는 약한 자이다. 왕권과 그대의 피와 그대의 색에 대한 반역자이다."

왕의 죽음이 다시 한 번 상영되며 메이븐의 비틀린 말을 공고히 한다.

"나는 그대 둘 모두가 유죄임을 선언한다. 처형을 따르라."

우리가 울거나 목숨을 간청하기를 기대하며 비디오 스크린이 다시 칼과 나에게로 돌아온다. 하지만 우리 둘 다 조금도 움직이지 않는다. *결코 그 장면만큼은 우리에게서 얻어낼 수 없을 것이다.*

메이븐은 자신의 자리 옆쪽으로 내다보고, 음흉한 시선을 보내며 우리 중 누군가가 무너지는 순간을 기다린다.

대신에, 칼은 손가락 두 개를 눈썹에 대고, 거수경례를 한다. 그건 메이븐의 얼굴에 대고 주먹을 날리는 것보다도 더 효과적이라, 그는 실망한 얼굴로 뒤로 물러선다. 그는 우리에게서 시선을 떼고 경기장 저쪽 먼 곳을 바라본다. 돌아서며 나는 루카스를 죽였던 총을 든 사람들이 보일 거라 예상하지만, 매우 다른 광경이 나를 맞이하고 있다.

어디서 온 건지 언제 온 건지는 모르겠지만 다섯 형체가 먼지 속에서 모습을 드러낸다.

"나쁘지는 않네요."

나는 칼의 손을 꼭 쥐며 중얼거린다. *그는 전사이고, 군인이야. 5대 1 정도는 어쩌면 그에게 공평할 수도 있어.*

하지만 칼은 눈썹을 찌푸리고, 우리의 처형인들을 바라본다. 그들이 점점 선명하게 다가올수록 공포가 내 안으로 밀려온다. 나는 그들의 이름과 능력들을 알고 있고, 몇몇은 다른 이들보다 훨씬 뛰어나다. 그들 모두가 힘을 뿜어내며, 갑옷과 전쟁을 위해 준비된 의상을 입고 있다.

스트롱암인 램보스는 나를 두 쪽으로 갈라 버릴 수 있고, 헤이븐 남자애는 모습을 감춘 다음에 그림자 유령처럼 나를 숨 막히게 하겠지. 그리고 오사노스 경은 칼의 불을 꺼트릴 거야. 아벤도 그렇고. 나는 나 자신에게 되새김질한다. 그는 문에 버티고 서서 내게서 눈을 떼지 않는다.

나머지 둘도 잊으면 안 되지. 마그네트론들.

사실, 그들은 거의 시적이다. 맞춰 입은 갑옷, 딱 어울리게 쏘아보는 눈빛, 에반젤린과 프톨레무스는 길고 잔인해 보이는 칼들을 각각의 손에 곤두세운 채로 우리를 내려다보고 있다.

머릿속 어디선가, 시계가 똑딱이고 카운트다운을 시작한다. 남은 시간이 많지 않다.

우리 위에서, 메이븐의 쉰 듯한 목소리가 말한다.

"그들에게 죽음을 내려라."

제28장

쉴드가 우리 위에서 생명을 얻으며 폭발하고, 스파이럴 가든에서의 것처럼 가느다란 줄이 간 유리로 된 거대한 보라색 돔이 생겨난다. 우리를 보호하기 위해서가 아니라, 관중을 보호하기 위한 것이다. 전기 스파크가 거대한 천장을 통해 맥박 치며, 나를 놀린다. 아벤이 없다면 저 전기는 내 것이 되었을 테고 나 역시 싸울 수 있었을 것이다. 이 세상에 내가 누구인지 보여 줄 수 있었을 것이다. 하지만 그 일은 일어날 수 없다.

칼이 움직이며 팔을 내민다. 그를 둘러싼 공기가 진동하며 그의 몸에서 흘러나오는 열기의 파동으로 왜곡이 일어난다. 그는 다른 사람들 쪽으로 비스듬히 움직이며 나를 보호한다.

"할 수 있는 한 내 뒤에 있어."

그가 자신의 열기로 나를 뒤로 밀면서 말한다. 팔찌에서 불꽃이 튀고, 불은 그의 손가락 사이에서 탁탁 소리를 내다가 팔을 따라가며 커진다. 그의 셔츠의 어떤 소재가 불타는 걸 막는 것인지, 천에서는 연기조차 나지 않는다.

"저들이 벽을 부수면, 그대는 밖으로 달려 나가야만 해. 에반젤린이 제일 약하지만, 스트롱암 쪽이 느리거든. 그대는 그보다 더 빨리 달릴 수 있어. 저들은 이걸 오래 끌려고 할 거야, 쇼로 만들어야 하니까."

그러고 나서 부드럽게 덧붙인다.

"저들은 우리를 빨리 죽이지 않을 거야."

"당신은 어쩌고요? 오사노스가……."

"오사노스 걱정은 내가 하게 해 줘."

처형인들은 늑대들이 먹잇감을 쫓는 것처럼 꾸준히 움직인다. 그들은 경기장 가운데를 지나 퍼져 나가, 각자 접근할 준비를 한다. 어디선가 금속이 긁는 소리가 나고 경기장 바닥의 일부분이 미끄러지며 움직이더니, 오사노스 경의 발치에 출렁대는 연못이 나타난다. 그는 미소를 지으면서 물을 끌어올려 위협적인 방패를 만든다. 나는 그의 딸인 티라나가 메이븐과 훈련 중에 결투하던 모습을 생각한다. 그녀는 그를 무너뜨렸다.

도처에서 관중이 야유를 던진다. 프톨레무스는 그들과 함께 소리를 지르고, 그의 유명한 성질머리는 점점 부푸는 듯하다. 그가 자기 갑옷을 때리자, 그것은 종처럼 울린다. 그의 옆에서, 에반젤린은 자신의 칼날을 돌리고, 손가락 마디 사이로 그것들을 미끄러뜨리면서 빙그레 미소를 짓는다.

"이번엔 지난번하고 같지 않을 거다, 적혈 계집아. 어떤 속임수도 지금 너를 구해줄 수 없어."

그녀가 떠들어댄다.

속임수. 에반젤린은 누구보다도 더 내 능력을 잘 알고 있다. 그녀는 그것들이 속임수가 아니라는 것을 안다. *하지만 그녀는 믿고 있다. 그녀는 이해하기 더 쉬운 것을 위해서 진실을 무시한다.*

헤이븐 소년, 스트랄리언은 혼자 미소를 짓는다. 자신의 여동생 일레인처럼, 그는 쉐도우다. 그의 모습이 깜빡거리더니 밝은 햇살 속으로 사라지자, 칼은 내가 가능하다고 생각했던 것보다 훨씬 더 빠른 속도로 움직이더니 마치 강타라도 먹이는 것처럼 자신의 팔을 크게 거친 각도로 휘두른다.

불꽃의 포효가 그의 팔을 따르며, 모래 위로 불타올라 그들과 우리 사이를 갈라놓는다. 하지만 불꽃은 놀라울 만큼 약하다. *모래는 가까스로 불에 탈 것이다.*

메이븐을 흘깃 돌아보는 나 자신을 막을 수가 없다. 나는 그를 향해 소리를 지르고 싶지만, 그는 참을 수 없는 삐딱한 비웃음으로 나를 여전히 응시하고 있다. 그는 내 능력만 빼앗아간 것이 아니라, 칼의 능력도 할 수 있는 한 제한하고 있다.

"개자식."

나는 조용하게 저주한다.

"모래가……."

"나도 알아."

칼이 손을 움직여 땅에 좀 더 불을 붙이면서 쏘아붙인다.

우리 바로 맞은편에서 곧장, 불의 선이 잠시 갈라지고 바로 이어서 쓰디쓴 고통의 비명이 뒤따른다. 죽어가는 불의 반대편에서는, 스트랄리언이 다시 모습을 드러낸다. 그는 자신의 팔에 붙은 불을 때리고 있다. 오사노스가 귀찮은 듯이 그에게 물을 퍼부어서 불을 꺼준다. 다음 순간 오사노스는 놀랍도록 선명한 푸른 눈을 우리와 칼의 벽을 향해 돌리고는 한 번의 동작으로 약한 불꽃 위로 철썩대는 물의 파도를 끌고 온다. 물은 쉿쉿 대고 지글거리며, 번쩍하고 끓어올라서 두꺼운 증기 구름을 만든다. 유리 돔 안에 갇힌 증기는 경기장 안에 자리를 잡고 우리를 유령의 하얀 안개처럼 감싼다. 안개는 빙빙 돌며 회전을 하고, 이내 모든 그림자가 우리의 파멸이 될 수 있는 하얀 세계로 우리를 감싼다.

"준비해!"

칼이 한 손을 내게 뻗으며 소리치지만, 프톨레무스가 살과 강철로 된 함성을 지르며 증기 속에서 뛰어나온다.

그가 칼의 몸통을 때리며 바닥으로 넘어뜨리지만, 칼은 프톨레무스가 자신의 칼로 찌를 만큼 충분히 바닥에 누워 있진 않다. 칼이 도약을 한 다음 몇 초 동안 칼날은 바닥을 파고들고, 칼은 자신의 손을 프톨레무스의 갑옷에 댄다. 강철이 그의 손길 아래에 녹으면서, 용맹한 전사로부터 비명이 흘러나온다. 칼이 그 남자를 자기 갑옷 안에서 요리하는 동안, 나는 그저 달릴 뿐이다.

"너를 죽이고 싶지 않다, 프톨레무스."

칼이 고통에 찬 비명 사이로 말한다. 프톨레무스가 그를 찌르려고 들어 올리는 모든 칼, 모든 금속 조각이 그의 강렬한 열 앞에서 녹아

내린다.

"이 일을 하고 싶지 않아."

세 개의 반짝이는 칼날이 증기를 뚫고 달려들고, 흐릿한 번쩍임만이 간신히 보인다. 공중에서 녹이기엔 너무 빠르다. 그것들은 칼의 등을 때리고, 녹아 없어지기 전에 그의 셔츠를 뚫고 그를 찌른다. 칼은 고통으로 고함을 지르고, 셔츠 위로 세 방울의 은색 핏자국 얼룩이 생기는 사이 잠깐 집중을 잃는다. 프톨레무스는 기회를 놓치지 않고 눈 깜짝할 사이에 자신의 칼들을 하나의 거대한 검으로 만든다. 그는 칼을 두 조각으로 썰어 버릴 의도로 그 검을 휘두르지만, 칼은 제시간에 재빨리 피해서 배꼽을 가로지르는 찰과상만 입는다.

여전히 살아 있어. 하지만 그렇게 길게는 아닐 것이다.

에반젤린이 번뜩이는 기교로 칼날들을 회전시키며 증기 사이에서 나타난다. 칼은 몸을 숙여 그녀의 칼날을 피하고, 그녀에게 불덩어리를 던져서 그녀를 쓰러트린다. 그는 그들 두 사람과 동시에 결투를 벌이고, 두 사람의 힘과 능력에도 불구하고 마그네트론 둘을 싸워 물리치라고 그에게만 허락된 듯한 미친 속도로 연타를 날린다. 하지만 피가 그의 옷에 얼룩지고 새로운 상처들이 매 순간 생겨난다. 프톨레무스의 무기는 모양이 검에서 도끼로, 다시 면도날처럼 얇은 금속 채찍으로 바뀌고, 에반젤린은 삐쭉삐쭉한 표창으로 계속 물어뜯는다. *그들이 그를 서서히 약화시키고 있어. 느리지만 확실하게.*

내 번개. 나는 문에 서 있는 아벤을 돌아보며 슬프게 생각한다. 그는 나를 뒤쫓는 검은 존재감을 드러내며 거기 여전히 서 있다. 허리에는 총을 차고 있어서, 심지어 그와 싸우려는 시도조차 할 수 없다.

나는 아무것도 할 수 없어.

거대한 콘크리트 덩어리가 증기를 헤치고 나를 정확히 겨냥하며 다가오는 순간, 내게는 거의 피할 시간조차 없다. 돌덩이는 내가 몇 초 전까지 서 있었던 모래 위로 부서지고, 생각할 여유도 주지 않고 다음 것이 나를 쫓으며 공기 중에서 울부짖는다. 하늘에서 나를 향해 콘크리트 비가 내린다. 칼처럼 나는 내 리듬을 찾아, 뭔가가 나를 멈춰 세울 때까지 모래 사이를 쥐처럼 요리조리 피한다.

손. 보이지 않는 손이다.

스트랄리언의 손아귀가 내 목을 쥐고 숨통을 조인다. 나는 그가 내 귀에 대고 숨 쉬는 것은 들을 수 있지만, 그를 볼 수는 없다.

"적혈은 죽어라."

그가 손아귀를 조이며 으르렁거린다.

나는 팔을 휘둘러서 그의 갈비뼈가 있는 부위라고 생각되는 곳에 팔꿈치를 꽂아 보지만, 그는 단단히 서 있다. 숨을 쉴 수 없고, 검정색 점이 시야를 가리기 시작하며 퍼져 나가지만, 나는 계속 싸운다. 연무 사이로 나는 램보스 스트롱암이 어슬렁거리며 다가오는 것을 볼 수 있다. 그의 눈은 내게로 꽂혀 있다. *그가 나를 찢어 버릴 거야.*

칼은 여전히 사모스 남매와 싸우고 있고, 그들에게 찔리지 않기 위해서 최선을 다하고 있다. 그러고 싶다고 한들 그를 향해 도와 달라고 소리를 지를 수도 없는데, 어떻게든 그는 간신히 내 방향으로 불꽃 공을 던진다. 램보스는 풀쩍 뛰어 물러서다가 육중한 발에 걸려 비틀대고, 내게 몇 초를 더 벌어 준다. 숨이 막혀 질식할 지경인 채로, 나는 손톱을 들어 내가 볼 수 없는 머리에 뻗는다. 그의 얼굴을 느끼고 다음 순간 그의 귀를 찾아낸 것은 기적이다. 숨 막히는 비명과 함께, 나는 엄지로 그의 눈구멍을 찔러 시력을 뺏는다. 스트랄리언은 비명을 지르며 나를 놓아 준다. 그는 무릎을 꿇고 다시 반짝거리면서 모습을 드러낸다. 은색 피가 그의 눈을 따라서 거울 같은 눈물이 되어 흐른다.

"당신은 내 것이 될 거였잖아!"

비명 같은 소리에 돌아보니 에반젤린이 칼날을 든 채로 칼의 옆에 서 있다. 프톨레무스가 칼과 바닥에서 몸싸움을 벌이고 있고, 두 사람이 모래 사이로 구르는 동안 에반젤린은 그들을 쫓아다니면서 바닥을 뒹구는 칼을 향해 칼날을 뿌려대고 있다.

"내 것이었다고!"

그녀에게 직접 몸을 부딪쳐서 쓰러지기 전까지는 마그네트론에게 머리부터 먼저 달려드는 게 그다지 좋은 아이디어가 아니라는 생각도 미처 들지 않았다. 우리는 함께 쓰러지고, 내 얼굴은 그녀의 갑옷에 찰과상을 입는다. 갑옷에 따끔거리며 찔리는 바람에 피가 흐르고 모두가 볼 수 있게 붉은 피가 뚝뚝 떨어진다. 스크린을 볼 수는 없지만, 내 피 장면이 방방곡곡에 방송되었을 것은 분명하다.

에반젤린은 소리를 꽥 지르며 춤추는 칼날들로 나를 후려갈기려고 한다. 우리 뒤에서 칼은 일어서려고 애를 쓰며, 프톨레무스를 불꽃 폭풍으로 날려 버린다. 그 마그네트론은 자신의 여동생과 충돌해서는, 그녀의 칼이 나를 베기 전에 그녀를 쓰러트리며 몇 초 간 멀리 날아간다.

"숙여!"

칼은 소리 지르며 또 다른 콘크리트 판이 우리 위로 날아오는 것과 동시에 나를 쓰러트린다. 판은 먼 벽에 부딪치며 산산이 부서진다.

이걸 계속 할 수는 없어.

"나한테 생각이 있어요."

칼이 모래에 침을 뱉는데, 피와 함께 이 몇 개를 본 것 같다는 생각이 든다.

"잘됐네, 왜냐면 난 5분 전에 바닥났거든."

또 다른 돌덩이가 미끄러져 와서 우리는 딱 적절한 때에 펄쩍 뛰어 갈라진다. 에반젤린과 프톨레무스가 복수하러 달려들어, 칼은 칼날과 금속 파편의 혼란스러운 춤 속에 묶인다. 그들의 힘은 우리 주변의 경기장 전체를 흔들고, 더 많은 금속을 깊은 곳에서부터 불러 일으킨다. 칼은 자신이 발 딛고 선 자리를 바라본다. 파이프와 철사 조각들이 모래를 뚫고 찌르며 올라오고, 금속으로 된 치명적인 장애물 코스를 만들어 낸다.

여전히 눈을 가린 채 비명을 지르고 있는 스트랄리언이 무릎 꿇고 있는 곳에 파이프 중 하나가 솟아난다. 파이프는 그를 관통해서 쭉 뻗더니, 그의 입을 통과해 솟아 나와서 그의 비명을 영원히 침묵시킨다. 잔해 사이로, 경기장의 관중들이 그 장면에 비명을 지르고 숨을 들이키는 소리가 들린다. 그들의 그 모든 폭력적인 방식에도, 그 모든 힘에도 불구하고 그들은 여전히 겁쟁이들이다.

감히 나를 공격하려고 하는 램보스의 주변을 빙빙 도는 사이, 내 발은 모래를 두드린다. 칼이 옳다. *내가 더 빠르다.* 램보스가 근육으로 만들어진 괴물이라고 할지라도, 그는 나를 추적하려고 하는 사이에 자기 발에 걸려 넘어진다. 그는 들쭉날쭉한 파이프들을 땅에서부터 뽑아내더니, 창처럼 나를 향해 던진다. 하지만 그것들을 피하는 건 너무 쉬워서, 그는 좌절하며 고함을 친다. *나는 적혈이야, 나는 아무것도 아니지, 그래도 나는 여전히 너를 쓰러트릴 수 있어.*

밀려오는 물소리에 나는 문득, 다섯 번째 처형인이 남아 있음을 기억해 낸다. 님프.

나는 제때에 몸을 돌려 오사노스가 커튼처럼 수증기를 가르고 아레나 바닥을 청소하는 모습을 볼 수 있다. 그리고 10미터쯤 떨어진 곳에서, 여전히 힘겹게 결투를 벌이고 있는 사람이 보인다. 칼. 연기와 불꽃이 그에게서부터 폭발하며 마그네트론들을 격퇴한다. 하지만 오사노스가 나서자, 물이 휘몰아치는 망토처럼 나아가면서 칼의 불꽃이 약해진다. 여기 진정한 처형인이 있다. 이것이 쇼의 끝이다.

"칼!"

나는 비명을 지르지만 그를 위해 할 수 있는 건 아무것도 없다. 아무것도.

또 다른 파이프가 내 뺨을 스치고 지나간다. 아주 가까이에서 차갑게 찌르는 느낌이 나면서, 나는 흔들리며 쓰러지고 만다. 문은 고작 몇 미터 떨어져 있고, 아벤은 여전히 반쯤 어둠에 감싸인 채 거기서 있다.

칼은 불꽃 폭풍을 오사노스에게 보내지만, 그는 재빨리 불꽃들을 진화하여 죽여 버린다. 물과 불이 충돌하자 증기가 비명을 지르지만, 물이 이기고 있다.

램보스가 달려들어서 나를 문을 향해서 밀어 붙인다. 막다른 골목이다. *그가 나를 이리로 몰게 만든 건 나 자신이다.* 돌과 금속이 내 뒤의 벽을 때리는 소리는 뼛속까지 흔들 정도다. *번개야, 와라.* 나는 머릿속으로 고함을 친다. **번개야.**

하지만 아무것도 없다. 그저 어둠만이 죽음의 향기를 풍기며 내 숨통을 막는다.

우리 주변의 관중들이 끝을 느끼고 모두 벌떡 일어선다. 내 위에서 메이븐이 나머지 모두와 함께 환호하는 소리를 들을 수 있다.

"그들을 끝장내라!"

그가 외친다. 그의 목소리에서 그런 적의를 들으니 여전히 놀랍다. 하지만 내가 올려다본 순간, 보호막과 수증기 사이로 내 눈과 마주친 그의 눈에는 분노와 격노와 악만이 있을 뿐이다.

램보스가 정조준을 하며 길고 들쭉날쭉한 창을 손에 든다. 죽음이 오고 있다.

소음을 뚫고, 승리에 찬 고함 소리가 들린다. 프톨레무스다. 그와 에반젤린이 물이 회전하며 생겨난 구에서부터 물러서고, 그 깊은 곳 안에 흐릿한 형체가 있다. 칼. 물이 끓어오르고, 그의 몸이 한계에 이르도록 빠져나가려고 애를 쓰지만, 방법이 없다. *그는 익사할 거야.*

내 뒤에서 거의 귀에 대고 웃는 것처럼 아벤이 소리 내어 혼자 웃는다.

"누가 유리하지?"

그가 혼자서 비웃으면서 훈련 때부터 하던 그 대사를 반복한다.

근육들은 온통 아프고 뒤틀리고, 이만 끝을 맞이하라고 내게 간청한다. 그냥 드러누워서 패배를 선언하고, 죽음을 맞이하고 싶다. 그들은 나를 거짓말쟁이, 협잡꾼이라고 불렀고, 그들이 옳았다.

아직도 내 소매 속에는 단 한 가지 속임수가 더 남아 있다.

램보스가 겨냥을 하고, 그의 발이 모래를 차올리자, 나는 내가 무슨 일을 해야 할지 정확히 깨닫는다. 그는 자신의 창을 공기라도 태울 수 있을 것처럼 보이는 대단한 힘으로 집어던진다. 나는 모래에 내 몸을 던지며 쓰러진다.

역겨운 쩍 소리가 내 계획이 성공했음을 말해 주고, 전기가 비명과 함께 생명을 얻으며 밀려오는 것은 내가 이길 거라는 뜻이다.

내 뒤에서, 아벤이 무너져 내린다. 창이 그의 몸 한가운데에 꽂혀 있다.

"내가 유리하지."

나는 그의 시체에 말한다.

내가 다시 일어서자, 천둥과 번개와 스파크와 충격과 내가 제어할 수 있는 모든 것들이 내 몸에서 뿜어져 나온다. 관중이 큰 소리로 비명을 지르고, 그들 모두보다도 메이븐이 더한다.

"그녀를 죽여라! **그녀를 죽여!**"

그가 돔을 통해 나를 손가락으로 가리키며 고함을 친다.

"그녀를 쏴라!"

총알이 돔을 파고들자 전기 보호막은 불꽃을 일으키며 쪼개지지만, 계속 단단함을 유지한다. 그것은 그들을 보호하기로 되어 있었지만, 동시에 전기이자 번개이며 *내 것*이고 이제는 *나*를 보호하는 방패다.

군중들은 자신들의 눈을 믿지 못하고 숨을 헉 하고 들이킨다. 붉은 피가 내 상처에서 뚝뚝 떨어지고, 번개가 내 피부 안에서 떨면서 내가 어떤 존재인지 모두에게 선언하고 있다. 머리 위에서, 비디오 스크린이 어두워진다. 하지만 모두가 이미 나를 보았다. 그들은 이미 일어난 일은 어떻게 할 수 없다.

램보스는 떨면서 물러나고, 그의 숨이 목에 걸린다. 나는 그에게 다시 한 번 더 숨을 쉴 기회도 주지 않는다.

은혈이자 적혈, 그들 모두보다도 더 강한 존재.

내 번개가 그를 관통해서, 그가 뒤틀린 고기 덩어리가 되어 쓰러질 때까지 피를 끓게 하고 신경을 튀긴다.

내 번개는 오사노스에게 달려, 그가 다음으로 쓰러진다. 액체 구가 바닥에 철썩하고 퍼지고, 칼은 모래 위로 주저앉아 마른기침을 하며 물을 뱉어낸다.

삐죽삐죽한 금속 창들이 모래 사이로 솟아올라오며 나를 관통하려고 하지만, 나는 모든 장애물들을 뛰어 넘고 피하면서 전력질주하기 시작한다. *저들이 이런 상황에 대비한 훈련을 시켰지. 그건 정말 저 사람들의 실수였다. 그들이 자신들의 멸망을 도왔다.*

에반젤린은 손을 흔들어서 강철 기둥을 내 머리 위로 날린다. 나는 그 아래로 미끄러지며 바닥에 무릎을 스치듯 지나쳐서, 양손에 번개를 비수처럼 날카롭게 들고 그녀의 옆으로 불쑥 튀어 오른다.

그녀는 회전하는 금속에서부터 검을 불러내고 칼날을 만든다. 내 번개는 그것에 부딪혀 깨지며, 강철을 따라 감전시키지만 그녀는 여전히 맞선다. 금속이 모양이 바뀌며 우리 주변에서 나눠지고, 나와 싸울 준비를 한다. 심지어 그녀의 거미들조차 나를 무너뜨리기 위해서 돌아오지만, 그들은 충분하지 않다. 그녀는 충분하지 않다.

또 다른 번개 폭풍이 그녀의 칼날들을 날려 버리고 그녀는 바닥에 대자로 눕는다. 그녀는 내 분노를 피해서 도망가 보려고 하지만, 그럴 수 없다.

"속임수가 아니었어."

그녀가 방어를 풀면서 속삭인다. 그녀는 물러나며 내 손 사이로 시선을 던지고, 경솔한 방어에 불과한 금속 조각을 날린다.

"거짓말이 아니었어."

나는 입 안에서 내 붉은 피를 맛본다. 그것은 날카롭고 금속 맛이 나며, 이상할 정도로 멋지다. 나는 모두가 볼 수 있게 피를 뱉어낸다. 머리 위에서, 보호막을 친 돔 위로 푸른 하늘이 어두워진다. 비를 가득 머금은 무겁고 검은 구름이 모이고 있다. *폭풍이 오고 있다.*

"내가 널 방해하면 날 죽여 버릴 거라고 했었지."

그녀의 얼굴에 대고 그녀가 했던 말들을 도로 뱉어주는 것은 정말로 통쾌한 기분이다.

"여기 기회가 왔어."

그녀의 가슴이 숨을 내쉴 때마다 오르락내리락 한다. 그녀는 지쳐 있다. 부상을 입었다. 눈 뒤에 있던 강철 같은 단단함은 거의 사라지고 공포에게 자리를 내어 준다.

그녀는 달려들고, 나는 그녀의 공격을 막으러 움직이지만, 공격은 없다. 대신 그녀는 *달린다.* 그녀는 자신이 찾을 수 있는 가장 가까운 문으로 전력질주를 해서 *나에게서* 도망간다. 나는 그녀의 뒤를 쫓아 달리며 사냥에 나서지만, 칼의 절망에 찬 포효가 내 발걸음을 멈춘다.

오사노스가 다시 일어나서, 새롭게 얻은 힘으로 결투를 벌이고 있고 그 사이 프톨레무스가 그들 주변을 돌며 자신이 끼어들 틈을 찾고 있다. *칼은 님프를 상대로는, 불이 있든 없든 불리하다.* 메이븐이 오래 전 훈련에서 얼마나 쉽게 당했는지 기억하고 있다.

나는 님프의 손목으로 손을 뻗어서 그의 피부를 감전시켜, 그가 자신의 분노를 나에게 향하게 만든다. 물은 망치처럼 나를 모래 바닥에 때려눕힌다. 그것은 숨도 쉴 수 없게 나를 때리고 또 때린다. 내가 경기장에 들어선 이래 처음으로, 차가운 공포의 손이 내 심장 언저리를 조인다. 이제 나는 이길 기회를, 살 기회를 잡았기에, 지는 것이 너무 두렵다. 내 폐가 공기를 갈구하며 비명을 지르자 나는 입을 벌리지 않을 수가 없고, 물은 곧장 나를 숨 막히게 한다. 그것은 불처럼, 죽음처럼 쓰라리다.

작은 스파크가 내 몸에 번지고, 그리고 그것만으로도 물을 통해서 오사노스를 감전시키기에는 충분하다. 그는 소리를 지르며 내가 재빨리 자유를 찾기 충분할 만큼의 시간을 주며 물러난다. 나는 젖은 모래 위로 미끄러져 나온다. 숨을 헉 하고 들이쉬자 공기가 내 폐를 화끈거리게 만들지만, 그것을 즐길 시간 따위 없다. 오사노스가 다시 나를 덮친다. 이번에는 그의 손이 내 목을 조르고, 나를 물의 소용돌이 속으로 밀어 넣는다.

하지만 이번에는 나도 준비되어 있다. 그 멍청이는 나를 잡을 정도로, 내게 자신의 피부를 갖다 댈 정도로 충분히 어리석었다. 내가 번개를 보내자, 살과 물을 통해서 전기가 흘러 그는 끓어오르는 차 주전자처럼 비명을 지르면서 뒤로 털썩 드러눕는다. 물이 사라지고,

모래가 마르자 나는 그가 정말로 죽었음을 깨닫는다.

흠뻑 젖은 채로 아드레날린과 공포와 *힘*에 취한 채로 일어서서, 내 눈은 칼을 향한다. 그는 여기저기 베이고 멍이 들고, 전신에서 피를 흘리고 있지만, 그의 팔은 밝은 붉은색 불꽃으로 불타오르고, 프톨레무스는 그의 발치에 웅크리고 있다. 프톨레무스는 패배의 뜻으로 손을 들어 자비를 구한다.

"그를 죽여요, 칼."

나는 프톨레무스가 피를 흘리는 모습을 보고 싶은 마음에 으르렁댄다. 내 밀려오는 분노에 우리 위로 전기 보호막이 다시 맥동한다. 만약 저게 에반젤린이기만 하다면. 만약 내가 *스스로* 할 수 있다면.

"그는 *우리*를 죽이려고 했어요. 그를 죽여요."

칼은 움직이지 않고, 이 사이로 힘든 숨을 내쉰다. 그는 너덜너덜하고 복수의 열망에 사로잡힌 채, 전투의 흥분에 거의 휩싸여 있는 것처럼 보이지만, 다시금 원래 그랬듯 차분하고 사려 깊은 남자로 서서히 돌아온다. 더 이상 될 수 *없는* 그 남자로.

하지만 사람의 본성이란 그렇게 쉽게 바뀌지 않는다. 그는 물러서고, 불꽃은 사라진다.

"죽이지 않을 거야."

침묵이 내려앉는다. 우리가 죽는 순간을 바라면서 소리 지르고 야유하던 관중들을 생각하면 놀라운 변화다. 하지만 올려다보니, 그들은 더 이상 지켜보고 있지 않다. 그들은 칼의 자비나 내 능력을 보고 있지 않다. 그들은 심지어 거기 존재하지도 않는다. 거대한 경기장은 우리의 승리에 대한 증인 하나 없이 텅 비어 있다. 왕은 그들을

내보내고, 우리가 한 일의 진실을 숨겨 자신의 거짓말로 대체하려고
한다.

관람석에서, 메이븐이 박수를 치기 시작한다.

"잘했어."

그가 경기장의 끝으로 이동하며 소리친다. 그는 보호막 너머 우리
를 뚫어져라 바라보고 있고, 그의 어머니가 그의 어깨에 붙어 있다.

그 소리는 칼날보다도 더 나를 아프게 해서, 나는 움찔하고 만다.
소리는 빈 건물을 울리며, 모래와 돌 위로 행진하는 발자국과 부츠
굽 소리에 묻힐 때까지 계속된다.

보안 요원들, 감시병들, 군인들, 그들 모두가 모든 문에서부터 모
래 위로 쏟아져 나온다. 그들은 수백, 수천이고, 싸우기에 너무 많다.
달아나기에도 너무 많다. 우리는 전투는 이겼으나, 전쟁에서는 졌다.

프톨레무스는 군인들 사이로 재빨리 움직여서 사라진다. 이제 우
리는 꾸준히 닫히는 원 안에 고립되고, 아무것도 그리고 아무도 남
지 않는다.

*공평하지 않다. 우리는 이겼다. 우리는 그들에게 보여 줬다. 이건
공평하지 않다.* 나는 소리 지르고 감전시키고 화내고 싸우고 싶지
만, 총알들이 나를 먼저 맞출 것이다. 뜨거운 분노의 눈물이 내 눈에
차오르지만 나는 울지 않을 것이다. 이 마지막 순간에는 그러지 않
을 것이다 .

"당신에게 이런 일을 저질러서 미안해요."

나는 칼에게 속삭인다. 그의 신념에 대한 내 생각이 어떻든, 여기
에서 정말로 손해를 입은 한 사람이 있다면 그건 바로 칼이다. 나는

위험을 알고 있었지만 그는 그저 장기의 졸이었고 보이지 않는 게임을 벌이는 너무 많은 이들 사이에서 갈가리 찢어졌다.

그는 턱을 꽉 다물고 비튼다. 꼭 여기서 나갈 어떤 방법을 찾는 듯하다. 하지만 그런 방법은 없다. 그가 나를 용서해 주기를 기대하지는 않는다. 내게는 그걸 기대할 자격도 없다. 하지만 그의 손이 내 손을 덮고, 자신의 옆에 있을 마지막 사람을 붙든다.

느리게, 그는 콧노래를 부르기 시작한다. 나는 그 슬픈 노래의 곡조를 알아차린다. 우리가 달빛으로 가득찬 방에서 키스했을 때 흐르던 노래다.

천둥이 구름에서부터 우르릉대면서 위협적으로 번쩍인다. 빗방울이 우리 위의 돔을 두드린다. 보호막이 전기를 흘리고 비를 지글거리게 하지만, 물은 계속 꾸준하게 아래로 내린다. *심지어 하늘조차 우리의 패배에 울어 주는구나.*

관람석 끝에서, 메이븐이 우리를 내려다본다. 번쩍이는 보호막이 그의 얼굴을 왜곡시켜, 바로 그 자신인 그 괴물처럼 보이게 만든다. 물이 그의 코 아래로 뚝뚝 떨어지지만, 그는 알아차리지도 못한다. 그의 어머니가 그의 귀에 뭔가를 속삭이자 그가 갑자기 벌떡 움직이며 현실로 돌아온다.

"안녕, 작은 번개 소녀."

그가 손을 들 때, 나는 그가 떨고 있는 것 같다고 생각한다.

수백 개의 총알이 꿰뚫는 눈먼 고통이 느껴질 거라 생각하며 나는 작은 소녀인 것처럼 눈을 감는다. 내 생각은 마음속으로, 오래 전의 날들로 돌아간다. 킬런에게로, 나의 부모님에게로, 오빠들에게로,

내 여동생에게로. *곧 그들 모두를 보게 될까?* 내 마음이 내게 그렇다고 말한다. 그들은 나를 어디선가, 어떻게든 기다리고 있을 것이다. 스파이럴 가든에서의 그날에 그랬던 것처럼 죽음을 마주하고 있다는 생각이 들자, 나는 차갑게 그것을 인정하고 받아들인다. *나는 죽을 거야.* 나는 삶이 떠나는 걸 느끼고, 그것을 놓아준다.

태풍이 머리 위에서 귀가 멀 듯한 천둥소리와 함께 폭발하고, 너무 강한 그 소리에 공기가 흔들린다. 땅은 내 발 밑에서 우릉우릉 떨리고, 심지어 감은 눈 뒤에서도 나는 번쩍하는 빛을 볼 수 있다. 강한 자백색의 번개는 내가 지금까지 느껴본 중에 가장 강한 것이다. 나는 그것이 나를 때리면 무슨 일이 일어날지 살짝 궁금해진다. 나는 죽을까, 살아남을까? 그것이 나를 검으로 제련시키고 끔찍하고 날카로우며 새로운 무언가로 변화시킬까?

나는 결코 알 수 없으리라.

칼이 내 어깨를 와락 붙들고 나를 보호하며 피하는 동시에 거대한 번개가 하늘에서 내려친다. 번개에 보호막이 쪼개지자 보라색 파편이 눈이 내리듯 아래로 떨어져 내린다. 그것은 기분 좋은 감각으로 내 피부에 지글거리며 부딪치고, 격려하는 듯한 힘의 파동을 통해 내게 다시 생명을 되돌려준다.

우리 주변에는 온통 총을 든 사람들이 웅크리고, 몸을 수그린 채 달아나거나, 번쩍이는 태풍을 피하려고 애를 쓰고 있다. 칼은 나를 끌고 가려고 하지만, 나는 그를 거의 알아차리지도 못한다. 대신, 내 감각은 태풍과 함께 웅웅거리고, 내 위에서 태풍이 휘젓는 것을 느낀다. *내 것이다.*

또 다른 번개가 내리쳐 모래에 꽂히자, 보안 요원들이 흩어져 문으로 달려간다. 하지만 감시병들과 군인들은 그리 쉽게 놀라지 않고, 그들은 재빨리 자신들의 감각을 회복한다. 칼이 나를 끌어당기며 우리 둘 다를 구하려고 애쓰고 있음에도, 그들은 꾸준하다……달아날 곳은 없다.

태풍을 느끼는 것이나 마찬가지인 상태는 나를 이내 고갈시키고, 거머리처럼 내 에너지를 빨아들인다. 번개 태풍을 제어하는 것은 너무 과하다. 내 무릎이 휘고, 심장은 북 두드리듯 너무 빨리 뛰어서 터져 버릴 것만 같다. *한 번만 더, 번개 한 번만 더. 우리에게 기회가 생길 수도 있다.*

뒤쪽으로 발을 헛디뎠는데, 뒤꿈치가 아까 오사노스의 물 공격이 등장했던 깊은 빈 공간의 끝에 걸린다. 정말 끝이구나. 달아날 곳이 더는 없다.

칼은 나를 단단히 붙잡고, 혹시 내가 떨어질까 봐 모서리에 서 있는 나를 끌어당긴다. 저 아래에는 검은 어둠뿐이고, 출렁대는 물소리만이 깊은 아래에서 메아리친다. 파이프와 배관과 어둠을 제외하면 아무것도 없다. 그리고 우리 앞에는, 잘 훈련되고 인정사정없는 군인들이 기다리고 있다. 그들은 체계적으로 조준을 하고, 그들의 총을 일제히 들어올린다.

보호막이 부서지고, 태풍은 죽어 가고 있으며, 우리는 졌다. 메이븐은 내 패배의 냄새를 맡고는 자신의 좌석에서 크게 미소를 짓는다. 그의 입술이 섬뜩한 미소를 그린다. 심지어 이 거리에서도, 나는 그의 왕관의 번쩍이는 끝부분을 볼 수 있다. 빗방울이 그의 눈으로 흘러들지만, 그는 눈도 깜짝하지 않는다. 그는 내 죽음을 놓치고 싶지 않은 것이다.

총이 올라가고, 이번에 그들은 메이븐의 명령을 기다리지도 않을 것이다.

총성이 내 태풍처럼 천둥소리를 내고, 빈 경기장을 가로질러 크게 울린다. 하지만 나는 아무것도 느낄 수 없다. 총을 든 이들의 첫 번째 줄이 무너지고, 그들의 가슴에는 총알구멍이 뚫려 있다. 나는 이해할 수가 없다.

내 발을 눈을 깜빡대며 바라보는데, 깊은 구멍의 가장자리에 이상하게 생긴 총 한 줄이 불쑥 튀어나와 있는 것이 보인다. 각각의 총구에서는 연기가 나고 튀어 오르며, 여전히 불을 뿜으며 우리 앞의 모든 군인들을 살육하고 있다.

이해해 볼 틈도 없이, 누군가가 내 셔츠의 뒤를 붙들고는 나를 시꺼먼 공기 중으로 끌어내린다. 우리는 저 아래의 물로 떨어지지만, 팔들은 결코 놓아주지 않는다.

물이 나를 삼키고, 깊은 어둠 속에 잠긴다.

에필로그

수면의 검은 공동이 썰물처럼 빠져나가고, 삶에 다시 자리를 내
준다. 내 몸이 흔들리는 것으로 보아, 어딘가에 엔진이 있음을 느낄
수 있다. 금속이 금속에 맞물리며 비명을 지르고, 내가 모호하게 인
지할 정도의 소음 속에서 높은 속도로 서로를 긁고 있다. *언더트레
인이다.*

뺨 아래로 느껴지는 좌석은 이상하게 부드럽고, 동시에 팽팽하다.
가죽도 천도 콘크리트도 아니고, 따뜻한 살이라는 것을 나는 깨닫는
다. 그것은 내 아래에서 움직이고, 내 움직임에 맞춰 약간 조절을 하
고, 나는 눈을 뜬다. 눈앞에 보이는 풍경은 내가 여전히 꿈꾸는 있는
중이라고 생각하게 만들기 충분하다.

칼은 기차의 맞은편에 앉아 있는데, 그의 자세는 딱딱하고 경직되
어 있고, 주먹은 무릎 위에 꽉 쥐고 있다. 그는 앞을 똑바로 바라보

며 나를 부드럽게 잡고 있는 사람을 응시하고 있는데, 그의 눈에는 나도 잘 아는 불길이 깃들어 있다. 그는 트레인에 매혹되어 있다. 그의 시선은 때때로 움찔대며 전등이나 창문이나 전선들을 흘긋 살핀다. 그는 기차를 탐구하고 싶어 죽겠는 모양인데, 그의 옆에 앉은 사람이 그가 전혀 움직이지 못하게 막고 있다.

팔리.

흉터와 긴장이 가득한 그 혁명가는 그의 옆에 서서 그를 지켜보고 있다. 어쨌든 그녀는 광장 아래의 대량 학살에서 살아남은 것이다. 나는 미소를 짓고 그녀의 이름을 부르고 싶지만, 나약함이 내 온몸에 퍼져서 나는 그대로 침묵한다. 나는 태풍을, 경기장의 전투를, 그 전에 왔던 모든 공포들을 기억한다. *메이브.* 그의 이름이 내 심장을 아프도록 조이고, 괴로움과 수치로 비틀리게 만든다. *누구든 누구라도 배신할 수 있지.*

그녀의 총은 가슴을 가로질러 매달려 있고, 칼을 쏠 준비가 되어 있다. 긴장한 채 그를 방어하는 모습은 좀 더 그녀스럽다. 그들은 부러지고, 상처 입고, 너무 적은 수만이 남았지만, 여전히 위협적으로 보인다. 그들의 눈은 추락한 왕자에게서 결코 떠나지 않고, 그가 고양이었어야 할 쥐인 것처럼 바라보고 있다. 다음 순간 나는 그의 손목이 묶여 있음을 알아차린다. 철로 된 족쇄쯤이야 손쉽게 녹여 버릴 수 있으리라. 하지만 칼은 그러지 않는다. 그는 그냥 거기에 조용하게 앉아서, 무언가를 기다리고 있다.

그가 내 시선을 느끼고, 내 눈을 딱 마주본다. 생명이 그의 안에서 다시금 불꽃을 일으킨다.

"메어."

그가 중얼거리고, 뜨거운 뷰노가 얼마간 부서진다. 얼마간.

일어나 앉으려고 하는데, 머리가 빙빙 돈다. 하지만 누군가가 안심시키는 듯한 손길로 나를 다시 뒤로 밀어 눕힌다.

"그냥 누워 있어."

나는 그 목소리를 모호하게 알아차린다.

"킬런."

나는 웅얼거린다.

"나 여기 있어."

혼란스럽게도, 옛 어부 소년이 팔리 뒤의 방위군들 사이를 뚫고 나온다. 그는 이제 흉터가 있고, 팔에는 더러운 붕대를 감고 있지만, 자신만만해 보인다. 그리고 그는 살아 있다. 그저 그의 모습을 보는 것만으로도 안도의 홍수가 밀려온다.

하지만 만약 킬런이 나머지 진홍의 군대들과 다함께 저기 서 있는 거라면, 그렇다면……

나는 날카롭게 목을 돌려, 내 위의 사람을 올려다본다.

"누구……?"

얼굴은 낯이 익다. 나도 아는 그 얼굴. 만약 내가 이미 누워 있지 않았더라면, 나는 분명히 쓰러졌을 것이다. 그 충격은 그만큼이나 견디기 힘들다.

"내가 죽었어? 우리 죽은 거야?"

나를 데리러 온 거야. 나는 경기장에서 죽었어. 이건 환각이었어. 꿈, 소망, 죽기 전에 내가 마지막으로 했던 생각. 우리는 모두 죽은

거구나.

하지만 내 오빠는 머리를 느리게 흔들며 익숙한 벌꿀 색 눈동자로 나를 똑바로 바라본다. 쉐이드 오빠는 항상 잘생긴 사람이었고, 죽음조차 그 사실을 바꾸지 못했다.

"넌 죽지 않았어, 메어. 나도 그렇고."

오빠의 목소리는 내가 기억하는 것처럼 매끄럽다.

"어떻게?"

그것이 내가 간신히 할 수 있는 말의 전부다. 나는 뒤로 기대앉으며 오빠를 전체적으로 살핀다. 그는 내가 기억하는 그대로의 모습으로 보이고, 군인의 흔한 흉터들조차 없다. 심지어 오빠의 갈색 머리는 군인식의 머리 모양을 벗어나 자라고 있는 중이다. 나는 오빠의 머리카락을 손가락으로 쓸어 본다. 오빠가 진짜라는 걸 확신하기 위해서.

하지만 그는 똑같지 않아. 네가 똑같지 않은 것과 마찬가지로.

"돌연변이."

내 손이 오빠의 팔을 스친다.

"그들이 오빠를 그래서 죽였잖아."

오빠의 눈동자가 춤추듯 움직인다.

"죽이려고는 했지."

나는 눈도 깜빡이지 않고, 시간도 흐르지 않는데 그는 내 시각을 넘어서는 속도로, 심지어 스위프트의 속도보다도 더 빨리 움직인다. 이제 그는 내 맞은편에, 여전히 족쇄를 차고 있는 칼의 옆에 앉아 있다. 마치 오빠가 공간을 넘어 이동하고, 이 장소에서 또 다른 장소로 전혀 시간도 걸리지 않고 뛰어넘는 것처럼 보인다.

"그리고 실패했고."

오빠는 새로운 자리에 앉아서 말을 마무리한다. 오빠가 더 크게 미소 짓는 모습을 보아하니 내가 입을 쩍 벌리고 있는 지금 상태를 즐기고 있는 듯하다.

"그들은 자기들이 날 죽였다고 하고는 대장들에게 내가 죽었으며 내 몸을 불태웠다고 보고했어."

다음 짧은 순간 오빠는 얇은 공기 사이로 나타나 다시 내 옆에 앉아 있다. 순간이동.

"하지만 누구도 충분히 빠르진 못했어. 아무도 그러지 못했지."

고개를 끄덕이려고, 오빠의 능력, 오빠의 단순한 존재를 이해해 보려고 노력하지만, 나는 나를 안아 주는 오빠의 팔 범위 이상은 이해할 수도 없다. 쉐이드 오빠다. 살아 있고, 나와 같은 존재.

"다른 사람들은 어떻게 됐어? 엄마, 아빠……."

하지만 쉐이드 오빠는 미소를 지어 나를 진정시킨다.

"모두 안전하게 기다리고 있어. 곧 만나게 될 거야."

그렇게 말하는 쉐이드 오빠의 목소리는 감정을 극복하느라 조금 갈라진다.

내 심장이 그 생각으로 부풀어 오른다. 하지만 내 모든 행복과 내 모든 기쁨과 내 모든 희망들처럼, 그조차 오래 가지는 않는다. 내 눈은 무기를 들고 긴장하고 있는 진홍의 군대 사람들로, 킬런의 흉터로, 팔리의 긴장한 얼굴과 칼의 묶인 손으로 향한다. 그토록 많이 고통 받았던 칼은 한 감옥에서 또 다른 감옥으로 탈출했다.

"그를 보내 줘."

나는 그에게 내 목숨을, 아니 내 목숨보다 더 많은 것들을 빚지고 있다. 확실히 나는 그에게 이곳에서 약간의 편안함을 줄 수 있다. 하지만 누구도 내 말에 조금도 움직이지 않고, 심지어 칼조차 움직이지 않는다.

놀랍게도, 팔리보다도 칼이 먼저 대꾸한다.

"이들은 그러지 않을 거야. 그리고 그럴 수도 없고. 사실, 당신들이 정말로 철두철미하게 굴고 싶었으면 말이지, 아마도 내 눈부터 가렸어야 했겠지."

그토록 심하게 꺾이고, 심지어 자신의 삶에서부터 내동댕이쳐졌어도, 칼은 자신이 어떤 사람인지를 바꾸지 못한다. 그의 안에는 여전히 군인이 있다.

"칼, 입 닥쳐요. 당신은 아무한테도 위험하지 않다고요."

코웃음과 함께, 칼이 머리를 기울이며 무장한 반란군들의 기차를 가리켜 보인다.

"저 사람들은 반대로 생각하는 것 같은데."

"우리에게는 아니란 말이에요."

나는 다시 내 좌석에 뒤로 기대며 덧붙인다.

"내가 저지른 그 모든 짓 후에도, 그는 저 위에서 내 목숨을 구해 줬어. 그리고 당신에게 메이븐이 저지른……."

"다시는 그 이름을 꺼내지 마."

그 으르렁거리는 소리가 어찌나 무서운지, 나도 오한이 든다. 나는 총을 쥔 팔리의 손에 힘이 들어가는 것을 놓치지 않는다.

그녀는 꽉 다문 이 사이로 말을 뱉는다.

"이 남자가 너한테 무슨 일을 해 줬는지와는 상관없이, 왕자는 우리 편이 아니야. 그리고 우리에게 남은 것들을 네 작은 로맨스에 거는 위험을 감수할 수는 없어."

로맨스. 우리는 그 단어에 움찔한다. 우리 사이에 더 이상 그런 것은 없다. 우리가 서로에게 한 일들 후에, 우리에게 일어난 일들 후에. 우리가 얼마나 그러고 싶어 했는지와는 상관없이.

"우리는 계속 싸울 거야, 메어. 하지만 은혈은 우리를 전에도 배신했지. 우리는 다시는 그들을 믿지 않을 거야."

내 이해를 돕기 위해 애쓰는 킬런의 말은 더 부드럽고, 상처에 바르는 연고 같다. 하지만 칼을 향한 그의 눈에는 불꽃이 튄다. 분명 감옥 안에서 당했던 고문과 피를 얼리던 그 끔찍한 장면들을 기억하고 있을 터다.

"그는 가치 있는 죄수가 될 거야."

그들은 나처럼은 칼을 잘 알지 못한다. 그들은 칼이 그들 전부를 부숴 버릴 수 있음을, 자신이 정말로 원하기만 한다면 생각해 볼 것도 없이 당장 이곳을 탈출할 수 있음을 모른다. 그런데 왜 그는 계속 여기에 있는 거지? 그의 눈이 내 눈을 마주볼 때, 왠지 그는 말하지 않고도 내 질문에 대답을 준다. 그에게서 퍼져 나오는 아픔이 내 심장도 부수기 충분할 정도다. 그는 지쳤어. 그는 산산조각 났어. 그리고 그는 더 이상 싸우고 싶지 않은 거야.

내 일부분 또한 마찬가지다. 내 일부분도 내가 사슬에, 감금과 침묵에 굴복했으면 하고 바란다. 하지만 난 진흙탕에서, 그림자 속에서, 감옥 안에서, 실크 드레스를 입고도 이미 그런 삶에서 살아남았다. 나는 결코 다시는 굴복하지 않으리라. 나는 결코 싸움을 멈추지 않을 것이다.

킬런도 그럴 것이다. 팔리도 그럴 것이다. 우리는 결코 멈추지 않을 것이다.

"우리와 같은 다른 사람들은……."

내 목소리가 떨리지만, 결코 이보다 더 강하게 느껴 본 적이 없다.

"나나 쉐이드 오빠 같은 다른 사람들 말이야."

팔리가 고개를 끄덕이고는 주머니를 톡톡 두드린다.

"난 여전히 그 목록을 가지고 있어. 이름들을 알고 있어."

"메이븐도 그렇지."

나는 매끄럽게 대답한다. 칼이 그 이름에 몸을 뒤튼다.

"그는 그들을 추적하기 위해서 혈액 베이스를 이용할 거고, 그들을 사냥할 거야."

기차가 흔들리고 떨리면서 어두운 길을 따라 구부러지지만, 나는 억지로 내 발로 일어선다. 쉐이드 오빠가 나를 붙들어 주려고 하지만, 나는 그의 팔을 부드럽게 쳐 낸다. 나는 내 힘으로 서야만 한다.

"그는 우리가 찾기 전까지는 그들을 찾을 수 없을 거야."

나는 턱을 쳐들고, 기차의 맥박을 느낀다.

그것이 나를 충전시킨다.

"그럴 수 없을 거야."

킬런이 나에게로 걸어올 때, 그의 얼굴은 단호하고 준비된 표정이고 그의 멍과 흉터와 붕대들은 사라진 듯 보인다. 그의 눈에서 새벽이 보이는 것 같다.

"그러지 않을 거야."

이상한 따뜻함이 내게 내리쬔다. 우리가 지하 깊은 곳에 있음에도 태양이 내리쬐는 것 같은 따뜻함이다. 그것은 내 자신의 번개만큼이나 익숙하고, 팔을 뻗어 와 우리가 더 이상 할 수 없는 포옹으로 나를 감싼다. 그들이 칼을 내 적이라고 부를지라도, 그들이 심지어 그를 두려워할지라도, 나는 그의 따뜻함이 내 피부 위에 떨어지도록 두고, 그의 눈이 내 눈과 마주치며 불타오르도록 허락한다.

우리의 공통된 기억이 내 앞에 번쩍이고, 우리가 함께한 모든 순간들을 펼쳐 보인다. 하지만 이제 우리의 우정은 사라지고, 그것은 우리가 여전히 공통적으로 가지고 있는 한 가지로 대체되었다.

메이븐을 향한 우리의 증오로.

우리가 그 생각을 공유하고 있다는 사실을 알기 위해서 서로 속삭일 필요도 없다.

나는 그를 죽일 것이다.

감사의 말

저는 모든 사람들을 포함하려고 가능한 노력하며, 이 감사의 말을 시간 순서대로 하려고 해요. 왜냐하면 저는 너무 많은 사람들에게 감사를 빚지고 있기 때문입니다. 처음으로는, 그리고 무엇보다도, 제가 원하는 것은 어떤 것이든 할 수 있도록 그리고 모든 것을 할 수 있도록 제게 용기를 불어넣어 주신, 우스꽝스러울 만큼 저를 지지해 주시는 부모님들이 계십니다. 그분들은 제 가장 위대한 선생님들이셨고, 특별히 제가 세 살 때에 「쥬라기 공원」을 보도록 허락해 주신 것을 포함해서 제게 주신 모든 선물들에 감사를 표합니다. 제 오빠, 앤드류는 모든 게임과 모든 농담에 늘 함께해 주었고, 제 환상의 세계를 좀 더 크고 환하게 만들어 주었지요. 제 조부모님이신 조지와 바바라, 그리고 메리와 프랭크, 그분들은 제가 이해할 수 있는 것보다 더 많은 사랑과 기억들을 주셨어요. 이름을 일일이 부르기에는 너무 많은 삼촌들, 숙모들과 이모들, 그리고 사촌들이 있네요. 그분들의 삶과 뒷마당마다 넘쳐나며 저를 참아 준 친구들과 이웃들은 언급하지 않더라도 말이죠. 나탈리, 로렌, 테레사, 킴, 카트리나, 그리고 샘. 거친 10대 시절과 의심스러운 의상 선택들에도 제 곁에 머물러 준 사람들입니다. 물론, 저를 가르쳐 주셨던 모든 영어와 사회 선생님들은 끊임없이 제게 소설 쓰기는 그만하고 에세이나 쓰라고 하셨지요. 그리고 전혀 저를 모르시는 분들임에도 불구하고, 전혀 이치에 맞지 않게도 제게 영향을 주셨던 분들께도 감사를 해야 될 것 같아요. 스티븐 스필버그, 조지 루카스, 피터 잭슨, J. R. R. 톨킨, J. K. 롤링, C. S. 루이스. 저는 작은 도시에서 자랐지만 이분들 덕분에, 제 세계는 결코 그와 같이 보이진 않았습니다.

서던 캐롤라이나 대학교와 그곳의 비할 데 없는 영화 예술 학교는 어쨌든 제게 슬쩍 입학을 허락해 주었고, 제 인생의 궤도를 완전히 바꾸었습니다. 제 영상 시나리오 학과 교수님들 모든 한 분 한 분께서 지금의 제가 되도록 작가의 길로 밀어 주셨고, 제가 지금 알고 있는 모든 기술은 다 그분들께서 가르치셨습니다. 그 덕분에 이야기를 하고 싶어 하는 저의 이 충동이 실현가능한 일이라는 것을 제가 믿기 시작했을 뿐만 아니라, 제가 되고 싶은 사람이 되기 시작할 수 있었습니다. 시나리오 쓰기 프로그램은 그 자체로 제가 일하는 작가가 되는 기회를 잡을 수 있던 이유였으며, 저는 그 점에 도무지 충분한 감사를 표현할 방법조차 없습니다. 서던 캐롤라이나에서 저는 멋진 친구들을 만들 수 있을 정도로 충분히 운이 좋았으며, 몇몇은 제 가장 친한 친구가 되었죠. 니콜, 캐틀린, 사이나, 젠 L., 에린, 앤젤라,

바얀, 모건, 젠 R., 토리, 쉐 형제들, 트래디스 등등. 그들은 마지못해 저를 더 나은 사람으로 만들어 주었죠.(그리고 때때로는 기뻐하며 더 별로인 사람으로 만들어 주기도 하고요.)

대학 후에는, 저는 불가능한 직업적 선택이라는 끔찍한 국면을 마주했습니다. 운 좋게도, 저는 제 뒤를 지지해 주는 밴더스핑크와 만났죠. 제 첫 편집자인 크리스토퍼 코스모스는 제게 이 작품을 쓰라고 격려해 주었습니다. 제가 초안을 마쳤을 때, 그는 그 원고를 '뉴리프 리터러리'에 보냈습니다. 그리고 제게 또 한 번 삶이 바뀌는 길이 열렸죠. 저는 출판계의 최고들과 함께 작업을 했어요. 포우야 샤흐바지안, 지속적으로 엔터테인먼트 산업의 물 속에서 이 작품과 저를 이끌어 주었지요. 캐틀린 오르티즈, 이 세계로의 제 여권이자 이 작품이 전 세계를 여행할 수 있도록 해 주는 이유입니다. 조 볼프, 우리의 두려울 것 없는 대장이자 멋진 친구죠. 대니엘르 바델, 자이다 템퍼를리, 제스 댈로우, 그리고 재키 린더트, 이분들은 제 이상한 요청들을 견뎌 주고 제게 없어서는 안 될 사람들이 되었어요. 데이브 카카보, 조지 워싱턴의 친구이자 USA 축구의 열광적인 팬, 저는 그가 숫자에 능하다고 들었습니다. 그리고 미안해요, 여러분, 저는 최고를 가장 나중을 위해 아껴두었네요. 수지 타운센드는 계속해서 제 문학적인 북극성이 될 것입니다. 이 작품은 이 많은 사람들 덕분에 진짜 책으로 탄생했습니다. 하지만 그 모든 것은 특별히 수지의 덕분이에요. 그녀는 언제나 제가 필요할 때에 밀고, 당기고, 제 머리를 두드려 주었습니다.

수지가 우리가 이 작품에 대한 오퍼를 받았다고 제게 전화했을 때, 저는 그녀에게 제가 운전 중인데 나무에 차를 박을지도 모르겠다고 했었죠. 하지만 저는 카리 수더랜드와 하퍼 틴 출판사의 선매 독점을 받아들였습니다. 제 첫 편집자로서, 카리는 제 손을 잡고 더 큰 출판의 세계로 떠나는 여행을 인도해 주었고, 원고를 소설로 변신시켰습니다. 앨리스 저먼과 하퍼 출판사의 모든 팀원들을 향한 제 끝나지 않을 감사를 표현할 수가 없네요. 우리의 불굴의 리더이자 편집장인 케이트 잭슨, 탁월한 애피타이저이자 환상적인 편집 감독인 젠 클론스키, 제작 편집자인 알렉산드라 알렉소와 멜린다 웨이젤, 다른 사람들과는 달리 제 쉼표들과 다툼을 벌여야 했던 교열 담당인 스테파니 에반스, 제작 매니저인 릴리언 선, 디자인 마법사인 사라 카우프만, 앨리슨 클랩터, 그리고 바브 핏츠시몬스, 표지 예술가 마이클 프로스트와 함께 이분들은 정말로 아름다운 책을 만들어 주셨습니다. 마케팅 팀의 크리스티나 콜란젤로와 엘리자베스 워드, 이 작품에 지도를 넣어 준 에밀리 버틀러, 카라 브래머, 그리고 매디슨 킬런, 저를 그런대로 괜찮게 만들어 주고 카메라 앞에서 위안을 준 것 감사합니다. 비할 데 없는 지나 리조와 샌디 로스턴, 언론 팀들은 24시간 내내 전 세계를 대상으로 일하셨죠. 애쉬튼 퀸, 판매와 그 어마어마한 지지에 감사드립니다. 에픽 리즈 팀인 마고와 오브리, 제 차가운 마음속으로 춤추며 들어온 분들이에요. 엘리자베스 린치(핀), 제가 아는 중에 가장 일을 많이 하는 사람 중 하나죠. 그리고 크리스틴 프티, 용감하게 이 작품을 안내해 주고 여행 내내 나머지 시리즈도 이끌어 주어서 고맙습니다.

마을 하나를 통째로 언급하려는 건 아니에요. 그건 너무 과도하지요.(하지만 진지하게 말씀드리건대, 감사할 사람들이 마을 하나치랍니다.) 제 나머지 감사는 저의 엔터테인먼트 팀을 포함한답니다. 벤더스펑크의 모든 돌격대원들인 제이크스, JC, 다니엘, 영원히 논쟁할 데이비드, 그리고 너무나 많은 인턴들에게도 감사를 표합니다. 제 변호사 스티브 영거는 제 서부 해안 아빠로도 알려져 있죠. 사라 스코트와 제니퍼 허친슨은 이 작품을 큰 스크린으로 희망적으로 옮겨 준 전사 공주님들입니다. 다음은 제가 결코 현실에서는 만나지 못한 사람들이 있어요. 트위터와 이메일과 인스턴트 메시지들을 통해서 저와 매일 만난 분들이죠. 출판과 엔터테인먼트는 소셜 미디어에서 더욱 생생하고, 저는 저를 동지로 맞아주고 환영해 주고 격려하고 영감을 주는 너무 많은 분들을 만났습니다. 모든 작가, 블로거, 저술가, 그리고 팬은 제게는 너무나 가치 있고, 저는 여러분 모두에게 여러분이 보내 주신 지지와 말씀들에 감사하고 있습니다. 제 캐나다인 쌍둥이이자, 독자이자, 비평가이며 친구인 엠마 테리얼트에게 특별히 더 감사를 표합니다.

저는 작가이며, 그 말은 제가 대부분은 혼자 일한다는 건데, 하지만 저는 결코 진실로 혼자였던 적이 없습니다. 제 옆에 서서 제 이상함을 받아들여 주신 모든 분들께 너무 감사드립니다. 컬버, 모건, 그리고 젠, 또 특별히 마음 잘 맞는 바얀, 신비로운 에린, 언제나 저를 판단하는 법이 없는(적어도 큰 소리로는요.) #안젤라에게도 감사를 표합니다. 그리고 요즘 저를 버틸 수 있게 제 삶을 유지시켜 주는 요소들이 있습니다. 제 일꾼 같은 옷차림을 전혀 신경 쓰지 않는 바리스타인 잭슨 마켓. 타깃, 단풍, 포터리 반, 서점들, 요가 바지, 싸구려 티

셔츠, 내셔널 파크 시스템, 애국 기념일(축구와 헌법 제정자들 양쪽 다요.), 조지 R. R. 마틴, 그리고 위키피디아. 저는 또한 제가 2장을 쓰고 이 책 전체를 쓰기로 결심했던 몬타나 주에도 감사를 표합니다.

이런 말들을 너무 많이 쏟아낸 것에 사죄를 드립니다만, 거의 끝나긴 했어요. 제 가장 친한 친구이자 필요할 때와 결코 원하지 않을 때조차 자극을 주고는 하는 모건에게 한 번 더 감사를 전합니다. 네가 아무리 뭐라고 해도 나는 계속 복도에 전구를 켜 놓은 채로 다닐 거야. 그리고 제 부모님, 헤더와 루이스에게도 다시 한 번 감사를 드립니다. 그분들은 제가 집을 떠나서 책을 쓰는 일에 집중하게 해 주셨는데, 그건 정말 말도 안 되는 일이었죠. 그분들은 제가 멀리 떨어져 있는 멋지지만 충격적으로 비싼 대학에 다닐 수 있도록 도와주셨는데, 그 또한 말도 안 되는 일이었습니다. 그분들은 비정상적인 저를 외양만은 어느 정도 기능적인 인간형으로 키워 내셨는데, 그 또한 말도 안 되는 일이에요. 그리고 그분들은 여전히 저를 지지하고, 사랑해 주시고, 절 위해 희생하시고, 제 콧대를 꺾고, 대개는 그 모든 걸 동시에 하신답니다. 그분들은 제가 지금 있는 곳까지 저를 이끌어 주시고, 이 책과 이 미래와 이 모든 삶을 가능하게 해 주셨습니다. 그건 정말 말도 안 되는 일이지요.

옮긴이 | 김은숙

번역하다가 자기도 모르게 작품에 빠져 작업을 잊고 다음 페이지를 읽다가 정신 차리기를 몇 번씩 반복하는 초보 번역가. 소설 취향은 잡식성. 번역한 책으로 『미술관을 터는 단 한 가지 방법』(공역), 「웨이크 시리즈」(전3권) 등이 있다.

레드 퀸 : 적혈의 여왕 II

1판 1쇄 펴냄 2016년 4월 11일
1판 5쇄 펴냄 2022년 6월 20일

지은이 | 빅토리아 애비야드
옮긴이 | 김은숙
발행인 | 박근섭
편집인 | 김준혁
펴낸곳 | 황금가지

출판등록 | 2009. 10. 8 (제2009-000273호)
주소 | 06027 서울 강남구 도산대로 1길 62 강남출판문화센터 5층
전화 | 영업부 515-2000 **편집부** 3446-8774 **팩시밀리** 515-2007
홈페이지 | www.goldenbough.co.kr

도서 파본 등의 이유로 반송이 필요할 경우에는 구매처에서 교환하시고
출판사 교환이 필요할 경우에는 아래 주소로 반송 사유를 적어 도서와 함께 보내주세요.
06027 서울 강남구 도산대로 1길 62 강남출판문화센터 6층 민음인 마케팅부

한국어판 ⓒ ㈜민음인, 2016. Printed in Seoul, Korea

ISBN 979-11-5888-102-3 04840(2권)
     979-11-7052-143-3 04840(세트)

㈜민음인은 민음사 출판 그룹의 자회사입니다.
황금가지는 ㈜민음인의 픽션 전문 출간 브랜드입니다.

Black
Romance
Club

블랙 로맨스 클럽을 열며

로맨스 소설에도 흐름이 있다. 한참 인기를 지속하던 칙릿 이후 10대에서 출발해서 무서운 속도로 영역을 넓혔던 인터넷 소설 시장에 이어, 과히 광풍이라고 부를 수 있을 정도로 전 세계를 평정한 뱀파이어 소설이 최근의 주류를 이루고 있다. 하지만 한 작품이 인기를 끌고 나면 그 뒤로는 아류작이 쏟아져 나오는 시장의 특성상, 너무나 천편일률적인 작품들이 유행에 따라서 서점을 채우고 있다.

블랙 로맨스 클럽은 바로 이 획일화 되어 있는 로맨스 소설 시장에 대한 고민에서 출발했다. 사실 로맨스 소설은 다 비슷한 게 당연한 것 아니냐고? 천만의 말씀. 그냥저냥 잘생긴 남자랑 예쁜 여자가 만나서 악역 조연들에게 시달리며 오해를 겹겹이 쌓아가다가 어느 순간 너를 너무 사랑하니까 하고는 결혼에 골인하면 되는 거 아니냐고? 부디 블랙 로맨스 클럽을 통해 그 편견을 버려 주시길 바란다.

블랙 로맨스 클럽 편집부는 로맨스라면 흔히 떠올리는 소재나 플롯 등에서 벗어나 다양한 소재를 다룬 신선한 소설, 탄탄한 이야기 구조를 기반으로 재미와 감동을 전해 주는 소설만을 엄선하고자 한다. 시리즈의 작품들은 하나 같이 기존의 로맨스 소설의 공식을 깨는 개성 넘치는 작품들로, 시대를 초월한 재미를 추구하는 작품만을 선정했다. 추리, 호러, 스릴러, SF, 판타지, 역사, 좀비 등 소설에서 기대할 수 있는 모든 이야기에 로맨스라는 양념이 덧붙여진 종합 선물 세트와 같은 다양한 소설들로 독자들에게 색다른 재미를 드리고자 한다. 블랙 로맨스 클럽의 '블랙'은 하얀색, 분홍색, 빨강색 등의 색조로 흔히 표현되는 로맨스 소설을 뒤집어 개성 넘치는 로맨스 소설을 담고자 하는 출판사의 마음을 담고 있다.